LE MAÎTRE D'ESCRIME

Du même auteur

Le Tableau du maître flamand
Jean-Claude Lattès, 1993

ARTURO PÉREZ-REVERTE

LE MAÎTRE D'ESCRIME

TRADUIT DE L'ESPAGNOL
PAR FLORIANNE VIDAL

OUVRAGE TRADUIT AVEC LE CONCOURS
DE LA DIRECTION GÉNÉRALE DU LIVRE
ET DES BIBLIOTHÈQUES DU MINISTÈRE
ESPAGNOL DE LA CULTURE

ÉDITIONS DU SEUIL
*27, rue Jacob, Paris VIe*

Titre original : *El maestro de esgrima*
Éditeur original : Mondadori Espagne, S. A.
ISBN original 84-397-1238-3

ISBN 2-02-020896-2

A Carlota.
Et au chevalier au pourpoint jaune.

« Je suis l'homme le plus courtois du monde. Je me fais gloire de n'avoir jamais été grossier, sur cette terre où vivent tant d'insupportables fripons qui viennent s'asseoir à côté des gens pour leur raconter leurs malheurs et qui vont même jusqu'à leur déclamer des vers de leur composition. »

Heinrich Heine, *Tableaux de voyage*

Dans le cristal des verres à cognac pansus se reflétaient les bougies qui brûlaient dans les candélabres d'argent. Entre deux bouffées, occupé à allumer un robuste cigare de Vuelta Abajo, le ministre étudia à la dérobée son interlocuteur. Pour lui, il ne faisait pas de doute que l'homme était une canaille ; pourtant il l'avait vu arriver à la porte de Lhardy dans une superbe berline tirée par deux magnifiques juments anglaises, et à l'un de ses doigts fins et soignés qui faisaient glisser la bague du havane luisait un précieux solitaire à monture d'or. Tout cela, ajouté à son élégante désinvolture et aux renseignements précis qu'il avait ordonné de prendre sur lui, le situait automatiquement dans la catégorie des canailles distinguées. Et pour le ministre, qui était bien loin de se considérer comme un radical en matière d'éthique, le degré d'intégration sociale d'une canaille se trouvait en relation directe avec sa distinction et sa fortune. Surtout si, au prix de quelque petite violence morale, on obtenait certains avantages matériels.

– J'ai besoin de preuves, dit le ministre, qui parlait pour parler.

En réalité, sa conviction était, à l'évidence, déjà faite : c'était lui qui payait le souper. Son interlocuteur souriait discrètement, comme celui qui n'entend rigoureusement que ce qu'il veut bien entendre. Il continua à sourire tandis qu'il tirait sur les manchettes immaculées de sa chemise, en faisant resplendir le diamant criard des boutons, et introduisit une main dans la poche intérieure de sa redingote.

– Des preuves, naturellement, murmura-t-il avec une douce ironie.

L'enveloppe cachetée à la cire et ne comportant aucun sceau était là, sur la nappe de fil, au bord de la table, près des mains du ministre. Celui-ci ne la prit pas, comme s'il craignait une contagion, et se borna à regarder son interlocuteur.

– Je vous écoute, dit-il.

L'autre courba les épaules en faisant un geste vague en direction de l'enveloppe ; on aurait dit que son contenu avait cessé de l'intéresser dès l'instant où l'enveloppe n'était plus dans ses mains.

– Je ne sais pas, dit-il, comme si tout cela était dénué d'importance. Des noms, des adresses... Une belle liste, j'imagine. Belle pour vous. Quelque chose qui pourra occuper vos gens pendant un petit bout de temps.

– Toutes les personnes impliquées s'y trouvent-elles ?

– Disons qu'il y a celles qui, pour l'heure, doivent y être. En tout état de cause, je crois pertinent d'administrer avec prudence mon capital.

Sur ces dernières paroles apparut de nouveau le sourire. Cette fois, il était teinté d'insolence et le ministre en ressentit de l'irritation.

– Monsieur, j'ai l'impression que vous abordez cette affaire avec une certaine légèreté. Votre situation...

Il laissa la phrase en suspens, comme une menace. L'autre parut surpris. Ses lèvres dessinèrent une moue.

– Je n'ai pas l'intention, fit-il après un instant de réflexion, de gagner mes trente pièces d'argent comme Judas, dans l'angoisse de la clandestinité. De toute manière, vous ne me laissez pas le choix.

Le ministre posa sa main sur l'enveloppe.

– Vous pourriez refuser de collaborer, glissa-t-il, le havane entre les dents. Ce serait même faire preuve d'héroïsme.

– Je pourrais, en effet. (L'homme vida son verre de cognac et se leva, saisissant sa canne et son haut-de-forme qui étaient posés sur une chaise voisine.) Mais les héros ont la mauvaise habitude de mourir ou de finir ruinés. Il se trouve que j'ai trop à perdre et vous le savez mieux que personne. A mon âge et dans ma profession, prudence vaut mieux que vertu ; la prudence, elle, est un instinct. J'ai donc résolu de ne m'en remettre qu'à moi-même.

Il n'y eut ni poignée de main ni formule d'adieu. Seulement des pas dans l'escalier et le bruit, en bas, d'un attelage se mettant en route sous la pluie. Quand le ministre fut seul, il brisa la cire de l'enveloppe et chaussa ses lorgnons en s'approchant de la lumière d'un candélabre. Pendant un moment, il s'attarda à savourer son cognac tout en méditant sur le contenu du document et, sa lecture achevée, il demeura un instant assis, au milieu des volutes de fumée de son cigare. Puis il regarda le brasero qui chauffait le petit cabinet et se leva paresseusement pour s'approcher de la fenêtre.

Il avait devant lui de nombreuses heures de travail, et cette perspective lui fit murmurer un discret juron. Venant des cimes enneigées de la Sierra du Guadarrama, une ondée glaciale se répandait sur Madrid en cette nuit de décembre de l'année 1866 placée sous le règne de Sa Majesté catholique Isabelle II d'Espagne.

CHAPITRE I

De l'assaut

« Un assaut entre hommes d'honneur, dirigé par un maître animé des mêmes sentiments, fait partie des divertissements propres au bon goût et à la bonne éducation. »

Beaucoup plus tard, quand Jaime Astarloa voulut réunir les fragments dispersés de la tragédie et tenta de se rappeler comment tout avait commencé, la première image qui lui revint en mémoire fut celle du marquis. Et cette salle d'armes ouverte sur les jardins du Retiro, alors que les premières chaleurs de l'été entraient à flots par les fenêtres, poussées par une lumière si crue qu'on devait détourner les yeux quand elle frappait la garde polie des fleurets.

Le marquis n'était pas au meilleur de sa forme ; sa respiration évoquait le bruit d'un soufflet déchiré et, sous son plastron, on apercevait sa chemise trempée de sueur. Sans doute expiait-il ainsi quelque excès nocturne commis la veille, mais Jaime Astarloa s'abstint, selon son habitude, de tout commentaire intempestif. Après tout, la vie privée de ses clients ne le regardait pas. Il se contenta de parer en tierce une piteuse estocade qui eût fait rougir un débutant et se fendit complètement. L'acier italien se courba, flexible, alors qu'il appliquait une touche vigoureuse sur la poitrine de son adversaire.

– Touché, Excellence.

Luis de Ayala-Velate y Vallespín, marquis des Alumbres, étouffa une malédiction châtiée tandis qu'il arrachait, furieux, le masque qui lui protégeait le visage. Il était congestionné, rouge à cause de la chaleur et de l'effort. De grosses gouttes de sueur coulaient de la racine de ses cheveux sur ses sourcils et sa moustache.

– Que le diable m'emporte, don Jaime. (Il y avait une nuance d'humiliation dans la voix de l'aristocrate.) Comment vous y prenez-vous ? C'est la troisième fois en moins d'un quart d'heure que vous me faites mordre la poussière.

Jaime Astarloa haussa les épaules avec la modestie qui convenait. Quand il retira son masque, aux coins de ses lèvres, sous la fine moustache parsemée de fils blancs, se dessinait un sourire paisible.

– Ce n'est pas votre meilleur jour, Excellence.

Luis de Ayala partit d'un joyeux éclat de rire et se mit à parcourir à grands pas la salle d'armes ornée de précieuses tapisseries flamandes et de panoplies composées d'épées, de fleurets et de sabres anciens. Sa chevelure, abondante et crépue, ressemblait un peu à la crinière d'un lion. Tout en lui était vivant, exubérant : grand et bien charpenté, prompt aux éclats de voix, enclin aux gestes pompeux, aux emportements de la passion et de la joyeuse camaraderie. A quarante ans, célibataire, élégant et – selon certains – détenteur d'une fortune notable, joueur et coureur impénitent, le marquis des Alumbres était le prototype de l'aristocrate noceur dont se montrait si prodigue l'Espagne du XIXe siècle : il n'avait pas lu un livre de sa vie mais pouvait réciter par cœur la généalogie de tel ou tel gentilhomme bien connu sur les hippodromes de Londres, Paris ou Vienne. En matière de femmes, les scandales dont il comblait de temps à autre la société madrilène faisaient les délices des salons, toujours avides de nouveautés et de médisances. Il portait ses quarante ans comme personne et la seule mention de son nom suffisait à provoquer, chez les dames, des sursauts romantiques et des passions tumultueuses.

La vérité, c'était que le marquis des Alumbres avait sa propre légende au sein de la cour pusillanime de Sa Majesté catholique. On murmurait derrière les éventails qu'au cours d'une ripaille il avait participé à un combat au couteau dans une taverne de Cuatro Caminos, ce qui était faux, et qu'il avait pris sous sa protection, dans son domaine de Malaga, le fils d'un célèbre brigand après l'exécution de celui-ci, ce qui était rigoureusement vrai. De sa vie politique, on parlait peu parce qu'elle avait été brève, mais ses histoires de jupons couraient de bouche en bouche de par la ville, entretenant la rumeur selon laquelle certains époux de haut rang auraient de multiples motifs pour exiger réparation ; qu'ils se décidassent ou non, c'était une autre question. Quatre ou cinq avaient envoyé leurs témoins, plus pour le qu'en-dira-t-on que pour autre chose, et ce geste, en plus d'un lever matinal, leur avait invariablement valu de se retrouver baignés de sang sur l'herbe de quelque prairie des environs de Madrid. Les langues fourchues disaient que parmi ceux qui pouvaient lui avoir demandé réparation, on comptait le prince consort en personne. Mais tout le monde savait que si don Francisco de Asís éprouvait un sentiment, celui-ci n'avait rien à voir avec une quelconque jalousie envers son auguste épouse. En réalité, le fait qu'Isabelle II ait succombé ou non aux charmes incontestables du marquis des Alumbres était un secret que seuls partageaient les intéressés ou le confesseur de la reine. Quant à Luis de Ayala, il n'avait pas de confesseur et, selon ses propres paroles, du diable s'il en avait besoin.

Retirant son plastron renforcé pour rester en manches de chemise, le marquis laissa son fleuret sur une petite table où un serviteur silencieux avait déposé un plateau d'argent avec une bouteille.

– C'est suffisant pour aujourd'hui, don Jaime. Je ne parviendrai à rien faire comme il le faut, alors je baisse pavillon. Prenons un xérès.

La boisson, succédant à l'heure quotidienne d'escrime, était devenue un rite. Jaime Astarloa, masque et fleuret sous le bras, s'approcha de son amphitryon et prit le verre de cristal taillé où le vin luisait comme de l'or liquide. L'aristocrate en respira l'arôme avec délices.

– Il faut reconnaître, maître, qu'en Andalousie, on sait parfaitement mettre les choses en bouteilles. (Il mouilla ses lèvres et fit claquer sa langue avec satisfaction.) Regardez-le à la lumière : or pur, soleil d'Espagne. Rien à envier à ces liqueurs pour femmelettes qu'on boit à l'étranger.

Don Jaime acquiesça, ravi. Luis de Ayala lui plaisait et, bien que le marquis l'appelât maître, il ne le considérait pas exactement comme l'un de ses élèves. En réalité, des Alumbres était l'un des meilleurs escrimeurs de la cour et il y avait des années qu'il n'avait plus de leçon à prendre de personne. Ses rapports avec Jaime Astarloa étaient d'une autre nature : l'aristocrate aimait l'escrime avec la même passion que celle qu'il mettait dans le jeu, les femmes et les chevaux. De telle sorte qu'il consacrait une heure par jour au salutaire exercice du maniement du fleuret, activité qui, étant donné son caractère et ses penchants, s'avérait par ailleurs extrêmement utile à l'heure de résoudre des affaires d'honneur. Pour jouir d'un adversaire à sa taille, Luis de Ayala avait eu recours, cinq ans plus tôt, au meilleur maître d'escrime de Madrid, car don Jaime était connu comme tel, bien que les tireurs à la mode considérassent son style comme trop classique et désuet. C'est ainsi que chaque matin à dix heures, sauf les samedis et dimanches, le maître d'escrime se rendait ponctuellement au palais de Villaflores, la résidence de l'aristocrate. Là, dans la vaste salle d'armes construite et aménagée selon les plus strictes exigences de l'art, le marquis s'entraînait avec une constance acharnée aux assauts, lesquels se terminaient la plupart du temps par la confirmation de l'habileté et du talent du maître. Comme tout grand joueur, Luis de Ayala était bon perdant. Il n'en admirait que davantage l'extraordinaire dextérité du vieil escrimeur.

L'aristocrate se palpa le torse d'un air douloureux et fit entendre un soupir.

– Par les plaies du Christ, maître, vous m'avez bien arrangé... Je vais avoir besoin de quelques frictions d'alcool après votre démonstration.

Jaime Astarloa sourit avec humilité.

– Je dirais plutôt qu'aujourd'hui vous n'êtes pas au meilleur de vous-même, Excellence.

– J'en suis loin. S'il n'y avait pas eu de mouche à la pointe de ces fleurets, je serais maintenant en train de manger les pissenlits par la racine. Je crains de n'avoir été qu'un piètre adversaire.

– Les fredaines se paient.

– A qui le dites-vous ! Surtout à mon âge. Je ne suis plus un jouvenceau, que diable ! Mais à cela, point de remède, don Jaime. Vous ne devinerez jamais ce qui m'arrive.

– J'imagine que Votre Excellence est amoureuse.

– En effet, soupira le marquis en se resservant du xérès. Je suis amoureux comme n'importe quel gommeux. Corps et âme.

Le maître d'escrime s'éclaircit la voix tout en lissant sa moustache.

– Si je comprends bien, dit-il, c'est la troisième fois ce mois-ci.

– Cela importe peu. Ce qui importe, c'est que lorsque je tombe amoureux, c'est pour de bon. Comme un agneau. Vous voyez ce que je veux dire ?

– A la perfection. Et même sans la licence poétique, Excellence.

– C'est étrange. Les années passant j'aime avec une assiduité accrue ; cela me dépasse. Le bras reste ferme, mais le cœur est faible, comme disent les classiques. Si je vous racontais...

A cet instant, le marquis des Alumbres se lança dans la description, à demi-mot et avec des sous-entendus éloquents, de l'exaltante passion qui, sur le point du jour, l'avait laissé épuisé. Encore une femme mariée, sans doute. Et le mari dans les nuages.

– En résumé (un sourire cynique s'étala sur le visage du marquis), je me vois puni pour mes péchés.

Don Jaime secoua la tête, ironique et indulgent.

– L'escrime est comme la communion, l'admonesta-t-il avec un sourire. Il faut s'y rendre dans une convenable disposition de corps et d'âme. Contrevenir à cette loi suprême implique le châtiment.

– Diable, maître, il faut que je note ceci.

Jaime Astarloa porta le verre à ses lèvres. Son allure formait un contraste avec la vigoureuse humanité de son client. Le maître d'escrime avait largement dépassé le demi-siècle ; il était de stature moyenne et son extrême minceur lui donnait un faux air de fragilité, démenti par la fermeté de ses membres secs et noueux comme des ceps de vigne. Le nez légèrement aquilin sous un front clair et noble, le cheveu blanc mais encore abondant, les mains fines et soignées, tout lui conférait un air de sévère dignité, accentué par l'expression grave de ses yeux gris, bordés par une multitude de ridules qui les rendaient fort vifs et sympathiques lorsqu'elles se plissaient sous l'effet d'un sourire. Il prenait grand soin de sa moustache qu'il portait à l'ancienne mode, mais ce n'était pas le seul trait anachronique qui se pût observer en lui. Ses ressources ne lui permettaient de se vêtir que de façon modeste mais il le faisait avec une élégance décadente, bien loin des impératifs de la mode ; ses costumes, et même les plus récents, étaient coupés sur des patrons vieux de vingt ans, ce qui, à son âge, était pourtant de bon ton. L'ensemble donnait l'impression que le vieux maître d'escrime s'était immobilisé dans le temps, comme s'il était insensible aux nouveaux usages de l'époque agitée dans laquelle il vivait. Ce qui était sûr c'était qu'il se plaisait ainsi, pour d'obscures raisons que l'intéressé lui-même eût été incapable d'exposer.

Le serviteur apporta deux cuvettes remplies d'eau et des serviettes afin que le maître et son client pussent se laver. Luis de Ayala ôta sa chemise ; sur son torse puissant, encore luisant de sueur, on apercevait les marques rouges des touches.

– Par les cornes de Lucifer, maître, vous m'avez mis dans un piteux état... Quand je pense que je vous paie pour cela !

Jaime Astarloa se sécha la poitrine et regarda le marquis avec bienveillance. Luis de Ayala s'aspergeait la face en s'ébrouant.

– Il est certain, ajouta-t-il, qu'on reçoit plus d'estocades en politique. Saviez-vous que González Bravo m'a proposé de reprendre mon siège ? Avec la perspective d'une nouvelle charge, a-t-il dit. Il faut qu'il soit dans les ennuis jusqu'au cou pour recourir à une tête brûlée comme moi.

Le maître d'escrime se composa une attitude de cordial intérêt. En réalité, la politique l'indifférait.

– Et que pense faire Votre Excellence ?

Des Alumbres haussa les épaules avec dédain.

– Faire ? Mais rien du tout. J'ai dit à mon illustre homonyme que je ne mangeais pas de ce pain-là. En d'autres termes, bien sûr. Mon monde à moi, c'est l'indiscipline, une table de jeu dans chaque casino et quelques paires de jolies prunelles à portée de regard. Pour le reste, j'ai déjà donné.

Luis de Ayala avait été député aux Cortes et avait aussi occupé pendant une brève période un poste important de secrétaire au ministère de l'Intérieur sous l'un des derniers gouvernements Narváez. La cessation de ses fonctions, intervenue trois mois après le début de celles-ci, coïncida avec le décès du titulaire du portefeuille, son oncle maternel, Vallespín Andreu. Peu après, Ayala se démit, volontairement cette fois, de son siège au Congrès et abandonna les rangs du parti modéré dans lesquels il avait tièdement milité jusqu'alors. La phrase « J'ai déjà donné », prononcée par le marquis dans son cercle de l'Ateneo, était devenue célèbre et passa dans le langage politique pour exprimer un profond désenchantement face à la funèbre réalité nationale. Dès lors, le marquis des Alumbres s'était maintenu en dehors de toute activité politique, refusant de participer aux coalitions civico-militaires qui se succédèrent sous les divers cabinets de la monarchie, et il se contentait d'observer les fluctuations de l'agitation politique actuelle avec un sourire de dilettante. Il vivait comme un prince et perdait, sans broncher, des sommes considérables sur les tapis de jeu. La rumeur disait qu'il était sans cesse à deux doigts de la ruine, mais Luis de Ayala parvenait toujours à rétablir ses finances qui, apparemment, bénéficiaient d'apports insoupçonnés.

– Et comment va votre quête du Graal, don Jaime ?

Le maître d'escrime, qui reboutonnait sa chemise, s'interrompit pour regarder son interlocuteur d'un air affligé.

– Pas très bien. Mal, serait, je suppose, le mot exact... Souvent je me demande si la tâche ne dépasse pas mes possibilités. Il y a des moments où, je vous le confesse honnêtement, j'y renoncerais avec plaisir.

Luis de Ayala termina ses ablutions, s'épongea le torse et prit le verre de xérès qu'il avait laissé sur la table. Il fit tinter le cristal sous ses ongles, l'approchant de son oreille avec une expression satisfaite.

– Foutaises, maître, foutaises. Vous êtes tout à fait capable de mener à bien une entreprise aussi ambitieuse.

Un triste sourire fit frémir les lèvres du maître d'escrime.

– J'aimerais posséder votre foi, Excellence. Mais, à mon âge, tant de choses s'écroulent... Même au fond de moi. Je commence à redouter que mon Graal n'existe pas.

– Foutaises.

Depuis de nombreuses années, Jaime Astarloa travaillait à la rédaction d'un *Traité sur l'art de l'escrime* qui, au dire de ceux qui connaissaient ses dons extraordinaires et son expérience, représenterait sans aucun doute, quand il verrait le jour, l'une des œuvres capitales sur le sujet, comparable seulement aux études des grands maîtres comme Gomard, Grisier et Lafaugère. Mais l'auteur lui-même avait commencé à émettre, ces derniers temps, des doutes sérieux sur sa propre capacité à résumer sur des feuilles manuscrites ce à quoi il avait dédié sa vie. Il existait, par ailleurs, une circonstance qui contribuait à accroître son désarroi. Pour que l'œuvre fût d'indiscutable manière le *nec plus ultra* sur la discipline qui l'inspirait, il apparaissait nécessaire qu'en elle figurât la botte magistrale, l'estocade parfaite, imparable, la création la plus pure qui eût été enfantée par le génie humain, un modèle d'inspiration et d'efficacité. Don Jaime s'était consacré à sa recherche depuis le premier jour, aux plus lointaines années de sa jeunesse, dès qu'il croisa le fer pour la première fois. Sa quête du Graal, comme il l'appelait, s'était jusqu'alors révélée inféconde. Et tandis que s'amorçait la pente de sa décadence physique et intellectuelle, le vieux maître d'armes se rendait bien compte que la vigueur commençait à fuir ses bras encore fermes, et que la lucidité qui inspirait ses mouvements professionnels allait s'amoindrissant sous le poids des années. Presque chaque jour, dans la solitude de son modeste cabinet, penché à la lumière d'un quinquet sur des feuillets que le temps jaunissait, Jaime Astarloa tentait vainement d'arracher aux méandres de son esprit cette clé qu'il savait, par une intuition inexplicable, cachée dans un lieu dont elle s'obstinait à ne pas sortir. Il passait ainsi de nombreuses nuits, éveillé jusqu'au matin. Parfois, arraché au sommeil par une inspiration subite, il se levait en chemise, empoignait avec une violence désespérée l'un de ses fleurets pour se placer devant les miroirs qui couvraient les murs de la petite salle d'armes. Là, tentant de concrétiser ce qui, quelques minutes avant, avait été une fugace étincelle de lucidité dans son esprit ensommeillé, il s'absorbait dans l'épuisante et vaine recherche, mesurant ses mouvements et son intelligence en un duel silencieux avec sa propre image dont le reflet semblait renvoyer à travers les ténèbres un sourire sarcastique.

Jaime Astarloa sortit dans la rue, l'étui contenant les fleurets sous le bras. La matinée était brûlante. Madrid languissait sous un soleil de plomb. Dans les tavernes, toutes les conversations tournaient autour de la chaleur et de la politique ; on parlait de la température élevée en guise d'introduction et l'on entrait dans le sujet en énumérant l'une après l'autre les conspirations du moment, dont une bonne partie étaient de notoriété publique. Tout le monde conspirait en cet été 1868. Le vieux Narváez était mort au mois de mars et González Bravo se croyait assez puissant pour gouverner en employant la manière forte. Dans le palais de Oriente, la reine lançait d'ardentes œillades à l'attention des jeunes officiers de sa garde et récitait avec ferveur son rosaire tout en songeant à sa villégiature estivale dans le Nord. D'autres n'avaient pour résidence d'été que l'exil ; la plupart des personnalités de valeur, comme Prim, Serrano, Sagasta ou Ruiz Zorrilla, étaient bannies, reléguées ou placées sous discrète surveillance, ce qui ne les empêchait pas de diriger tous leurs efforts vers le grand mouvement clandestin appelé *l'Espagne pour l'honneur*. Tous s'accordaient à dire que les jours d'Isabelle II étaient comptés et alors que la tendance modérée souhaitait l'abdication de la reine en faveur de son fils Alfonsito, les radicaux caressaient ouvertement le rêve républicain. On disait de Juan Prim qu'il devait arriver de Londres d'un instant à l'autre, mais le légendaire héros des Castillejos était déjà venu à deux reprises et avait été contraint de prendre la poudre d'escampette. Comme le chantait un refrain à la mode, la figue n'était pas mûre. D'autres, cependant, pensaient que la figue commençait à pourrir de trop rester accrochée à l'arbre. Tout était une question d'opinion.

Ses modestes revenus ne lui permettant pas de s'adonner à un luxe excessif, Jaime Astarloa fit de la tête un signe négatif au cocher qui lui offrait les services de son fiacre délabré. Il s'engagea sur la promenade du Prado entre des passants oisifs qui recherchaient l'ombre des arbres. De temps à autre, il croisait un visage connu qu'il saluait courtoisement, selon ses habitudes, en soulevant son haut-de-forme gris. Des gouvernantes en uniforme bavardaient par petits groupes, assises sur des bancs de bois, en surveillant de loin des gamins vêtus de costumes marins qui couraient autour des fontaines. Quelques dames passaient en voitures découvertes, se protégeant du soleil sous des ombrelles ornées de dentelle.

Bien qu'il portât une redingote d'été, don Jaime suffoquait à cause de la chaleur. Il devait toutefois s'occuper de ses deux autres élèves de la matinée, à leurs domiciles respectifs. C'étaient des jeunes gens de bonne famille dont les parents considéraient l'escrime comme un exercice salutaire et hygiénique, l'un des rares qu'un gentilhomme pût pratiquer sans que la dignité de sa famille eût à en souffrir. Avec ces honoraires et ceux que lui payaient trois ou quatre autres clients qui avaient coutume de se rendre à sa salle d'armes en soirée, le maître subsistait de façon raisonnable. Après tout, ses dépenses personnelles étaient faibles : le loyer de sa demeure rue Bordadores, le déjeuner et le dîner pris dans une auberge voisine, le café et les tartines grillées du Progreso... C'était l'ordre de paiement signé par le marquis des Alumbres, qu'il recevait ponctuellement le premier jour de chaque mois, qui lui permettait de s'offrir quelques plaisirs supplémentaires et aussi d'économiser une petite somme dont la rente lui éviterait de finir dans un asile, lorsque le poids des ans le contraindrait à abandonner son office. Chose qui, comme il le pensait souvent avec tristesse, ne tarderait plus beaucoup.

Le comte de Sueca, député aux Cortes, dont le fils aîné était l'un des rares élèves de don Jaime, passait à cheval, arborant de magnifiques bottes de cavalier anglaises.

– Bonjour, maître.

De Sueca avait été son élève environ cinq ou six années auparavant. A cause d'un duel dans lequel il s'était trouvé impliqué, il avait été obligé de solliciter les services de Jaime Astarloa afin de perfectionner son style à la veille du combat. Le résultat fut satisfaisant, l'adversaire se retrouva avec un pouce d'acier dans le corps et, depuis ce jour, le comte gardait avec le professeur d'escrime des relations cordiales qui, à présent, s'étendaient à son fils.

– Je vois que vous transportez vos ustensiles professionnels sous votre bras... Votre promenade matinale, je suppose.

Don Jaime sourit tout en caressant avec tendresse l'étui des fleurets. Son interlocuteur lui avait adressé son salut en touchant le bord de son chapeau, aimablement mais sans descendre de cheval. Il pensa une fois de plus que, hormis de rares exceptions comme Luis de Ayala, le traitement que lui accordaient ses clients était toujours celui-là : courtois, ils gardaient subtilement leurs distances. Après tout, on payait ses services. Pourtant le maître d'armes était trop vieux pour ne pas se sentir mortifié par cet état de choses.

– Eh oui, don Manuel... Vous me surprenez en effet dans ma ronde matinale, prisonnier de ce Madrid suffocant. Mais le travail est le travail.

De Sueca, qui n'avait jamais travaillé de sa vie, fit un geste pour donner à entendre qu'il comprenait, tandis qu'il réprimait un mouvement nerveux de sa monture, une belle jument isabelle. Il regardait distraitement alentour, touchant sa barbe de l'auriculaire, captivé par les dames qui se promenaient près de la grille du Jardin botanique.

– Comment se comporte Manolito ? J'espère qu'il fait des progrès.

– Il en fait, il en fait. Le jeune homme a des aptitudes. Il est encore trop fougueux, mais à dix-sept ans on peut considérer cela comme une qualité. Le temps et la discipline nous le calmeront.

– Il est entre vos mains, maître.

– Très honoré, Excellence.

– Je vous souhaite le bonjour.

– Moi de même. Mes respects à madame la comtesse.

– Je n'y manquerai pas.

Le comte poursuivit son chemin et don Jaime le sien. Il remonta la rue des Huertas, s'arrêta quelques instants à la devanture d'une librairie. Acheter des livres était l'une de ses passions, mais représentait un luxe qu'il ne pouvait se permettre que rarement. Il observa amoureusement les dos dorés sous leur cuir havane, et soupira avec mélancolie en s e remémorant d'autres temps où il n'avait pas à transiger continuellement avec la précarité de ses ressources. Décidant de revenir au présent, il glissa ses doigts dans la poche de son gilet et consulta la montre qu'il portait à l'extrémité d'une lourde chaîne d'or et qui datait de jours meilleurs. Il lui restait quinze minutes pour se présenter chez Matías Soldevilla – Tissus Soldevilla frères, fournisseurs de la Maison royale et des troupes d'Outremer – et consacrer une heure à faire laborieusement rentrer dans la tête stupide de son fils Salvadorín quelques notions d'escrime : « Parer, engager, rompre, améliorer sa position de jambe... Une deux, Salvadorín, une deux, c'est cela, compas, cette feinte, bien, évitez le fleuret, parez, c'est cela, parade, mauvais, très mauvais, totalement mauvais, encore une fois, en se couvrant, une deux, parer, engager, rompre, améliorer sa position de. Le garçon progresse, don Matías, il progresse. Il est encore vert mais il a de l'intuition et du caractère. Du temps et de la discipline, c'est tout ce qu'il faut... » Et tout cela pour soixante-dix réaux par mois.

Le soleil tombait à la verticale, faisant ondoyer des reflets sur le pavé. Un porteur d'eau passa dans la rue vantant à pleine voix sa marchandise rafraîchissante. Assise auprès de corbeilles de fruits et légumes, une marchande des quatre-saisons s'ébroua dans l'ombre et chassa d'un geste mécanique l'essaim de mouches qui tourbillonnait autour d'elle. Don Jaime ôta son chapeau pour éponger sa sueur avec un vieux mouchoir qu'il sortit de sa manche. Il contempla un court instant, sur la soie élimée, le blason ourlé d'un fil d'azur, décoloré par le temps et les lavages répétés, et il continua son chemin, descendit la rue, les épaules courbées sous un soleil implacable. Son ombre n'était qu'une tache minuscule sous ses pieds.

Plus qu'un café, le Progreso était un antonyme. Une demi-douzaine de guéridons en marbre ébréché, des chaises centenaires, un sol fait d'un bois qui craquait sous les pas, des rideaux empoussiérés et une lumière voilée. Fausto, le vieux gérant, somnolait contre la porte de la cuisine d'où provenait l'agréable arôme du café qui bouillait dans sa marmite. Un chat famélique et chassieux se faufilait d'un air fourbe sous les tables, en quête d'hypothétiques souris. En hiver, le local puait constamment l'humidité et de grandes taches jaunissaient le papier des murs. Dans cet endroit, les clients se gardaient toujours d'ôter leurs manteaux, ce qui apparaissait comme un reproche manifeste envers le poêle en fer décrépit qui rougeoyait faiblement dans un coin.

En été, c'était différent. Le café Progreso était pareil à une oasis de pénombre et de fraîcheur au milieu de la canicule madrilène, comme s'il conservait en ses murs et au creux de ses lourdes tentures le froid souverain qui y avait élu domicile durant les hivers glacés. C'est pour cette raison que le modeste cercle des amis de Jaime Astarloa se retrouvait là, chaque soir, dès que s'annonçaient les chaleurs estivales.

– Vous interprétez mal mes paroles, don Lucas. Comme d'habitude.

Agapito Cárceles avait l'air de ce qu'il était : un prêtre séculier. Quand il discutait, il brandissait bien haut son index comme s'il prenait le ciel à témoin, une habitude acquise durant la brève époque où, par une négligence inexplicable que l'évêque de son diocèse regrettait encore, l'autorité ecclésiastique lui avait permis de haranguer les fidèles du haut d'une chaire. Il vivait mal, pourfendait des personnages connus et rédigeait de brûlants pamphlets radicaux dans des journaux à faible tirage sous le pseudonyme du Patriote masqué, ce qui donnait lieu à de fréquentes plaisanteries parmi ses compagnons de taverne. Il s'autoproclamait républicain et fédéraliste, récitait des sonnets antimonarchistes aux vers infâmes composés de sa main, il criait à tous les vents que Narváez s'était comporté en tyran, Espartero en pleutre et que Serrano et Prim ne lui disaient rien qui vaille, il citait du latin à tort et à travers et faisait constamment référence à Rousseau qu'il n'avait jamais lu de sa vie. Ses deux bêtes noires étaient le clergé et la monarchie, et il soutenait ardemment que les deux grands progrès décisifs dans l'histoire de l'humanité avaient été l'imprimerie et la guillotine.

Toc. Toc. Toc. Don Lucas Rioseco faisait tambouriner ses doigts sur la table ; son exaspération sautait aux yeux. Il tordait sa moustache en émettant d'incessants *hum, hum*, regardait les taches au plafond comme s'il espérait trouver en elles assez de patience pour écouter les énormités de son compère.

– La chose est claire, dit Cárceles. Rousseau a donné une réponse à la question de savoir si l'homme est par nature bon ou mauvais. Et son raisonnement, messieurs, est confondant. Confondant, don Lucas, sachez-le une fois pour toutes. Tous les hommes sont bons, donc ils doivent être libres. Tous les hommes sont libres, donc ils doivent être égaux. Et je garde le meilleur pour la fin : tous les hommes sont égaux, *ergo,* ils sont souverains. C'est comme je vous le dis. De cette bonté naturelle de l'homme résultent, dès lors, la liberté, l'égalité et la souveraineté nationale. Tout le reste (il frappa la table de son poing) n'est que sornettes.

– Mais il existe aussi des hommes mauvais, mon cher ami, intervint don Lucas avec malice, comme s'il venait de prendre Cárceles à ses propres filets.

Le journaliste sourit, dédaigneux et olympien.

– Allons, c'est évident. Qui en doute ? Par exemple le gros bonnet de Loja, qu'il aille pourrir en enfer ; González Bravo et sa clique, la cour... les obstacles traditionnels, vous voyez ce que je veux dire. Eh bien, pour se débarrasser de tous ces gens-là, la Révolution française a inventé une machine ingénieuse, une lame qui monte et qui descend. Et vlan. Au suivant. Vlan. Au suivant. C'est ainsi qu'on liquide tous les obstacles, les traditionnels comme les autres. *Nox atra cava circunvolat umbra.* Et pour le peuple libre, égal et souverain, la lumière de la raison et du progrès.

Don Lucas était indigné. C'était un gentilhomme de bonne famille, mais désargenté, un peu pingre et misanthrope notoire qui frisait la soixantaine. Veuf, sans enfants ni fortune, tout le monde savait qu'il n'avait plus vu un douro d'argent depuis l'époque de feu Fernand VII, et qu'il vivait d'une maigre rente et de la charité de quelques bonnes voisines. Il n'en était cependant que plus déterminé à sauver les apparences. Ses rares costumes étaient toujours méticuleusement repassés et personne, qu'on le sache, ne manquait d'admirer l'élégance avec laquelle il nouait son unique cravate et arborait à l'œil gauche son monocle d'écaille. Ses idées étaient ultramontaines : il se disait monarchiste, catholique et, avant tout, homme d'honneur. Il ne cessait de se chamailler avec Agapito Cárceles.

En plus de Jaime Astarloa, se trouvaient deux autres compères, Marcelino Romero, professeur de piano dans un collège de jeunes filles, et Antonio Carreño, fonctionnaire du ministère du Ravitaillement. Romero était insignifiant, phtisique, sensible et mélancolique. Son espoir de se faire une place dans le monde de la musique s'était depuis longtemps racorni et il se contentait d'enseigner à une vingtaine de demoiselles de la bonne société la manière de frapper sans trop de dommages sur un piano. Quant à Carreño, il s'agissait d'un individu roussâtre et maigrichon, à la barbe cuivrée très soignée, d'allure austère et plutôt avare de paroles.

Don Lucas tortillait sa moustache jaunie par la nicotine tout en foudroyant Cárceles du regard.

– Vous nous avez infligé pour la énième fois, dit-il d'un ton mordant, votre habituel couplet pourfendeur de la réalité nationale. Personne ne vous l'a demandé mais nous sommes obligés de le supporter. Très bien. Nous lirons sans doute tout cela demain dans un de ces libelles révolutionnaires qui accueillent vos écrits pamphlétaires... Alors, écoutez, ami Cárceles. Moi aussi, pour la énième fois, je vous dis non. Je me refuse à continuer d'écouter vos arguments. Votre unique solution est de couper des têtes ! Vous feriez un beau ministre de l'Intérieur !... Rappelez-vous ce que votre chère populace a fait en 34. Quatre-vingts moines assassinés par la racaille qu'attisaient des démagogues sans scrupules.

– Quatre-vingts, dites-vous ? (Cárceles jubilait quand il faisait sortir don Lucas de ses gonds, ce qui arrivait quotidiennement.) Cela me semble peu. Et je sais de quoi je parle ! Je connais la soutane de l'intérieur, moi ! Entre le clergé et les Bourbons, ce pays, pas un seul homme honorable ne peut le supporter.

– Je suppose que vous arrangeriez tout cela selon vos fameuses méthodes.

– Je n'en ai qu'une : le curé et le Bourbon, de la poudre et du plomb. Fausto ! Cinq autres tartines, c'est don Lucas qui paie.

– Pas question ! (Le digne vétéran fit basculer sa chaise en arrière, les pouces glissés dans les poches de son gilet et le monocle fièrement enchâssé sous le sourcil.) Je paie pour mes amis toutes les fois que je dispose de numéraire, ce qui n'est pas le cas en l'occurrence. Mais je refuse d'inviter un traître à la patrie et un fanatique.

– Je préfère être un traître à la patrie et un fanatique, comme vous dites, que de passer ma vie à crier « Vivent les chaînes ! ».

Le reste des convives crut venu le moment d'intervenir. Jaime Astarloa supplia, du calme messieurs, tandis qu'il remuait son café avec sa cuillère. Marcelino Romero, le pianiste, abandonna sa rêverie mélancolique pour exhorter à la modération et il tenta, sans succès, d'amener la conversation sur le thème de la musique.

– Ne vous défilez pas, lui lança Cárceles.

– Je ne me défile pas, protesta Romero. La musique possède aussi un contenu social. Elle crée l'égalité sur le terrain de la sensibilité, elle brise les frontières, unit les peuples...

– La seule musique que ce monsieur tolère est l'hymne de Riego.

– Ne recommençons pas, don Lucas.

Le chat crut apercevoir une souris et se lança à sa poursuite entre les jambes des convives. Antonio Carreño avait trempé son index dans un verre d'eau et traçait des signes mystérieux sur le marbre écaillé du guéridon.

– A Valence, Un tel. A Valladolid, tel autre. On dit que Topete à Cadix a reçu des émissaires, mais allez donc savoir. Prim débarquera le jour où on s'y attendra le moins. Et cette fois, nous aurons une belle pagaille !

Et à grand renfort de détails, il se lança dans la description de la dernière conspiration en date qui, de bonne source, messieurs, était parvenue à ses oreilles grâce à certaines confidences que lui avaient faites des personnalités membres de la même loge que lui dont il préférait taire les noms. Que l'intrigue dont il parlait fût de notoriété publique, comme une demi-douzaine d'autres, n'amoindrissait en rien son enthousiasme. A voix basse, en lançant tout autour des regards furtifs, à mots couverts et autres précautions de rigueur, Carreño se mit à énumérer les tenants et les aboutissants de l'entreprise, sûr de votre discrétion, messieurs, ou alors il se retrouverait compromis jusqu'au cou, ou quelque chose d'approchant. Les loges – il avait coutume de prononcer le mot loges avec la même familiarité que d'autres utilisent pour parler de leurs parents – s'agitent beaucoup. Évidemment rien au sujet de Charles VII ; de plus, sans le vieux Cabrera, le neveu de Montemolín est loin de faire le poids. Alfonsito, mis à l'écart ; plus de Bourbons. Qui sait, un prince étranger, constitutionnel et tout ça, bien que Prim, à ce qu'on dit, ait les faveurs de Montpensier, le beau-frère de la reine. Et sinon, la *Glorieuse*, ce qui rendrait notre ami Cárceles si heureux.

– Glorieuse et fédérale, souligna le journaliste en regardant don Lucas avec une mauvaise intention patente. Pour que les monarchistes purs et durs comprennent ce que parler veut dire.

Don Lucas encaissa la pique. En réalité, c'était une cible facile au moment de recevoir ce genre de coup.

– C'est ça, c'est ça ! s'exclama-t-il avec un gros soupir de découragement. Fédérale, démocratique, anticléricale, libre penseuse, populiste et fouteuse de merde. Tous égaux et une guillotine à la Puerta del Sol, avec don Agapito aux commandes de l'ingénieuse machine. Ni Cortes, ni caca. Des assemblées populaires à Cuatro Caminos, à Ventas, à Vallecas, à Carabanchel... Voilà ce que proposent les coreligionnaires de M. Cárceles. Nous sommes l'Afrique de l'Europe !

Fausto arriva avec les petits pains beurrés. Jaime Astarloa trempa pensivement le sien dans son café. Les interminables polémiques auxquelles se livraient ses compagnons l'ennuyaient au plus haut point, mais cette compagnie en valait une autre. Les deux heures qu'il passait chaque soir avec eux l'aidaient, au moins, à oublier un peu sa solitude. Tous ces êtres imparfaits, ces grincheux, ces mal lunés parlant à tort et à travers sur n'importe quel sujet se donnaient la possibilité d'échanger à voix haute leurs frustrations respectives. Dans ce cercle restreint, chacun des composants trouvait tacitement chez les autres la consolation de savoir que son propre échec n'était pas un fait isolé mais réparti plus ou moins équitablement entre eux tous. C'était cela qui les liait, avant toute autre chose, et les maintenait dans cette invariable fidélité à leurs réunions quotidiennes. Malgré leurs fréquentes disputes, leurs divergences politiques et la diversité de leurs manières, les cinq compagnons de taverne se prévalaient d'une curieuse solidarité qui, bien qu'aucun d'entre eux ne l'eût avoué ouvertement, pouvait se comparer à celle des êtres solitaires qui se serrent les uns contre les autres en quête de chaleur.

Don Jaime porta son regard alentour et ses yeux rencontrèrent ceux, graves et doux, du professeur de musique. Marcelino Romero, frisant la quarantaine, vivait depuis environ deux ans dans les affres d'un amour impossible, une honnête mère de famille dont la fille avait appris de lui les rudiments de la musique. Alors que la relation professeur-élève-mère était terminée depuis des mois, le pauvre homme, cultivant stoïquement une tendresse sans retour et sans espoir, passait chaque jour sous un certain balcon de la rue Hortaleza. Le maître d'escrime adressa à Romero un sourire plein de sympathie auquel l'autre répondit distraitement, sans doute absorbé dans ses tourments intérieurs.

Don Jaime pensa que dans la mémoire de tout homme se niche l'ombre douce et amère d'une femme. Lui aussi avait la sienne ; mais c'était à présent une vieille histoire.

L'horloge de l'Hôtel des Postes sonna sept coups. Le chat n'avait encore trouvé aucune souris à se mettre sous la dent et Agapito Cárceles récitait un sonnet anonyme dédié au défunt Narváez, dont il tentait de s'attribuer la paternité malgré le scepticisme amusé de l'assistance.

Si un jour sur le chemin de Loja
tu trouves un galurin posé là...

Don Lucas bâilla ostensiblement, plus pour énerver son ami que pour toute autre raison. Deux dames de belle tournure passèrent dans la rue, devant la fenêtre du café, et jetèrent sans s'arrêter un coup d'œil à l'intérieur. Tous les compères s'inclinèrent courtoisement, hormis Cárceles qui était concentré sur sa déclamation :

... Pèlerin, ralentis un peu ton pas,
car, grâce au Ciel, repose là
le héros aux mille fastes et aux cheveux plats
qui de l'Espagne à l'Algérois gouverna...

Un vendeur ambulant proposait des sucres d'orge de La Havane, revenant de temps en temps sur ses pas pour chasser quelques morveux déguenillés qui le suivaient en lançant vers sa marchandise des regards avides. Un groupe d'étudiants entra dans le café pour prendre un rafraîchissement. Des journaux à la main, ils discutaient avec animation de la dernière prestation publique de la Garde civile, qu'ils évoquaient facétieusement sous le nom de « Garde vile ». Quelques-uns se détournèrent, amusés, pour écouter Cárceles réciter l'éloge funèbre du duc de Valence :

... Guerrier sans combats, mais tant aimé du sort,
la luxure fut sa muse adorée
et entre gourmandise et luxure survint la mort.
Si pour lui tu veux intercéder,
soulève ton chapeau, crache bien fort
dis une prière et sur sa tombe va chier.

Les jeunes gens acclamèrent Cárceles et celui-ci salua, très ému par la réaction favorable de ce public improvisé. Ils lancèrent une paire de vivats en l'honneur de la démocratie, et le journaliste dut participer à la tournée générale. Don Lucas tordit sa moustache, ivre d'une sainte colère. Le chat se lova à ses pieds, chassieux et pathétique, comme s'il voulait lui offrir un misérable soutien.

Le bruit des fleurets résonnait dans la salle d'armes.

– Attention à ce compas... C'est cela, très bien. En quarte. Bien. En tierce. Bien. Prime. Bien. Maintenant deux en prime, ainsi... Doucement. En arrière, couvrez-vous. C'est bien. Attention à présent. A moi. Peu importe, recommencez. A moi. Obligez-moi à parer en prime deux fois. Bien. Concluez ainsi ! A fond... Touché. Excellent, don Álvaro.

Jaime Astarloa glissa son fleuret sous son bras gauche, enleva son masque et reprit son souffle. Alvarito Salanova se frottait les poignets ; sa voix mal assurée, adolescente, vibra à travers la résille métallique qui lui couvrait le visage.

– Comment ai-je été, maître ?

Le professeur d'escrime sourit, d'un air approbateur.

– Assez bien, monsieur. Assez bien. (Il indiqua d'un geste le fleuret que le jeune homme tenait dans sa main droite.) Vous persistez, toutefois, à ne pas atteindre facilement les tierces de l'arme. Si vous vous retrouvez dans cette situation, n'hésitez pas à prendre de la distance, en reculant d'un pas.

– Oui, maître.

Don Jaime se retourna vers les autres élèves qui, en tenue et le masque sous le bras, avaient assisté à l'assaut.

– Ne pas maîtriser les tierces, c'est se mettre à la merci de l'adversaire... Sommes-nous bien d'accord ?

Trois voix juvéniles firent en chœur une réponse affirmative. Comme Alvarito Salanova, ils avaient entre quatorze et dix-sept ans. Deux d'entre eux étaient frères, les Cazorla, blonds, fils de militaire, et ils se ressemblaient extraordinairement. L'autre était un jeune homme au teint rougi par une infinité de petits boutons qui lui donnaient un aspect désagréable. Il s'appelait Manuel de Soto, fils du comte de Sueca, et le maître avait depuis longtemps abandonné l'espoir de faire de lui un escrimeur acceptable ; il possédait un tempérament trop nerveux et dès qu'il croisait quatre fois le fleuret, une pagaille de tous les diables s'ensuivait. Quant au petit Salanova, un joli garçon de très bonne famille aux cheveux bruns et tiré à quatre épingles, il était sans doute le meilleur. En d'autres temps, avec la préparation et la discipline convenables, il eût brillé dans les salons comme un tireur de grande classe ; mais, pensait don Jaime avec amertume, ses dons auront vite fait de devenir caduques car de nos jours des divertissements d'autres sortes ravissent la jeunesse : les voyages, l'équitation, la chasse et les frivolités sans nombre. Par malheur, le monde moderne offrait aux jeunes trop de tentations qui détournaient les esprits de l'exercice d'un art comme l'escrime.

Il porta sa main gauche à la pointe mouchetée de son fleuret et en tordit légèrement la lame.

– A présent, messieurs, j'aimerais que l'un de vous s'exerçât un peu avec don Álvaro à cette parade en seconde qui nous obsède tant. (Il décida d'être indulgent avec le jeune homme aux petits boutons et désigna le plus jeune des Cazorla.) A vous, don Francisco.

Le jeune homme s'avança en chaussant son masque. Comme ses compagnons et don Jaime lui-même, il était vêtu de blanc de la tête aux pieds.

– En ligne.

Les deux jeunes gens ajustèrent leurs gantelets et se placèrent l'un en face de l'autre.

– En garde.

Ils saluèrent, fleurets levés, puis ils prirent la position

classique du combat, jambe droite en avant, genoux légèrement fléchis, bras gauche en arrière, dans le bon angle, et la main abandonnée, tombant vers l'avant.

– Rappelez-vous bien, je vous le demande, que nous devons tenir la poignée comme si nous avions un oiseau dans la main. Avec assez de douceur pour ne pas l'écraser mais assez de fermeté pour qu'il ne s'envole pas... Cela vaut surtout pour vous, don Francisco, qui faites montre d'une tendance irritante à vous laisser désarmer. C'est compris ?

– Oui, maître.

– Alors ne perdons plus de temps. A vous d'œuvrer, messieurs.

Les lames d'acier résonnèrent avec douceur. Le jeune Cazorla commença l'attaque avec grâce et fortune ; ses jambes et son poignet étaient vifs, il se mouvait avec la légèreté d'une plume. Pour sa part, Alvarito Salanova se couvrit avec une certaine aisance, reculant d'un pas au lieu de bondir en arrière aux moments dangereux, parant de manière irréprochable chaque fois que son adversaire l'y contraignait. Au bout d'un temps, ils échangèrent les rôles et ce fut au tour de Salanova de tirer à fond, une fois puis une autre, afin que son compagnon résolve le problème avec le fleuret en seconde. Ils continuèrent ainsi, tirant et parant, jusqu'à ce que Paquito Cazorla commît une erreur qui lui fit trop baisser sa garde après une estocade ratée. Avec un cri de triomphe, se laissant gagner par l'exaltation de l'assaut, son adversaire abandonna toute précaution pour lui assener sur le plastron deux touches rapides.

Don Jaime fronça le sourcil et mit fin au combat en séparant de son fleuret les deux jeunes gens.

– Je dois vous faire un reproche, messieurs, dit-il avec sévérité. L'escrime est un art, certes, mais, avant tout, c'est une science utile. Quand on empoigne un fleuret ou un sabre, même si à leur pointe se trouve une mouche, même si leur fil est émoussé, on ne doit jamais aborder la question comme un jeu. Quand vous vous sentez l'envie de jouer, utilisez un cerceau, une toupie ou des soldats de plomb. Me fais-je bien comprendre, monsieur Salanova ?

Ce dernier fit un brusque mouvement de sa tête couverte du masque d'escrime. Les yeux gris du maître le fixaient avec dureté.

– Je n'ai pas eu le plaisir d'entendre votre réponse, monsieur Salanova, ajouta-t-il sévèrement. Et j'ai pour habitude de m'adresser à des personnes dont je peux voir le visage.

Le jeune homme balbutia une excuse et ôta son masque ; il était écarlate et contemplait, honteux, la pointe de ses chaussons.

– Je vous ai demandé si je m'étais bien fait comprendre, monsieur Salanova.

– Oui.

– Je n'ai pas entendu votre réponse.

– Oui, maître.

Jaime Astarloa regarda ses autres élèves. Leurs jeunes visages l'entouraient, graves et attentifs.

– Tout l'art, toute la science que je tente de vous inculquer se résume en un seul mot : efficacité...

Alvarito Salanova leva les yeux et aperçut chez le jeune Cazorla un regard de rancœur mal dissimulée. Don Jaime parlait, la mouche de son fleuret appuyée sur le sol et les deux mains sur le pommeau.

– Notre objectif, ajouta-t-il, n'est pas d'éblouir au moyen d'un trait brillant, ni de réaliser de discutables prouesses comme celles que vient de nous offrir don Álvaro ; prouesse qui aurait pu lui coûter très cher dans un assaut à pointe nue... Notre but est de mettre l'adversaire hors de combat de manière nette, rapide et efficace, en courant le moins de risques possible pour nous-même. Jamais deux estocades si une seule suffit ; avec la seconde peut nous parvenir une réponse périlleuse. Pas de poses hardies et exagérément théâtrales si elles détournent l'attention de la fin suprême :

éviter de mourir et, si c'est inévitable, tuer l'adversaire. L'escrime est, avant tout, un exercice pratique.

– Mon père dit que l'escrime est bonne parce qu'elle est hygiénique, répondit courtoisement l'aîné des Cazorla. C'est ce que les Anglais appellent *sport*.

Don Jaime regarda son élève comme s'il venait d'entendre un blasphème.

– Je ne doute pas que monsieur votre père ait des raisons pour affirmer une telle chose. Je n'en doute absolument pas. Mais moi je vous certifie que l'escrime est bien plus que cela. Elle constitue une science exacte, mathématique, dont la somme des facteurs conduit invariablement au même résultat : le triomphe ou l'échec, la vie ou la mort... Je ne suis pas ici avec vous pour que vous fassiez du *sport*, mais pour que vous appreniez une technique extrêmement pure qui, un jour, à l'appel de la patrie ou de l'honneur, pourra vous être très utile. Peu importe que vous soyez forts ou faibles, élégants ou maladroits, que vous soyez phtisiques ou parfaitement sains... Ce qui importe c'est que, un fleuret ou un sabre à la main, vous puissiez vous sentir égaux ou supérieurs à n'importe quel homme au monde.

– Mais il existe les armes à feu, maître, s'aventura timidement Manolito de Soto. Le pistolet, par exemple : il semble beaucoup plus efficace que le fleuret, et il rend tous les gens égaux. (Il se gratta le nez.) Comme la démocratie.

Jaime Astarloa fronça les sourcils. Ses yeux gris se rivèrent sur le jeune homme avec une froideur inhabituelle.

– Le pistolet n'est pas une arme, c'est une impertinence. Quitte à se tuer, les hommes doivent le faire face à face ; non pas de loin comme d'infâmes bandits de grand chemin. L'arme blanche possède une éthique qui manque à toutes les autres. Et, si l'on m'y pousse, je dirai que c'est une mystique. L'escrime est la mystique des gentilshommes. Et cela d'autant plus par les temps qui courent.

Paquito Cazorla leva la main d'un air dubitatif.

– Maître, j'ai lu la semaine dernière dans *L'Illustration* un article sur l'escrime... Les armes modernes sont en train de la rendre inutile, c'est plus ou moins ce qu'on y disait. Et la conclusion était que les sabres et les fleurets ne seront bientôt plus que des pièces de musée...

Don Jaime remua lentement la tête, comme s'il avait déjà entendu jusqu'à l'écœurement cette chanson. Il contempla sa propre image dans les grands miroirs de la salle d'armes : un vieux maître entouré par les derniers élèves qui lui restaient fidèles et qui veillaient à son côté. Jusqu'à quand ?

– Une raison de poids pour continuer à être loyaux, répondit-il avec tristesse, sans qu'on pût déterminer s'il faisait allusion à l'escrime ou à lui-même.

Son masque sous le bras et le fleuret appuyé au chausson de son pied droit, Álvaro Salanova fit une moue sceptique :

– Peut-être qu'un jour il n'y aura plus de maîtres d'escrime, dit-il.

Un long silence se fit. Jaime Astarloa regardait au loin, l'air absorbé, comme s'il observait le monde au-delà des murs de la salle d'armes.

– Peut-être, murmura-t-il, pris dans la contemplation d'images que lui seul pouvait voir. Mais laissez-moi vous dire une chose... Le jour où s'éteindra le dernier maître d'armes, tout ce que la lutte ancestrale de l'homme contre l'homme a encore de digne et de noble descendra dans la tombe avec lui... Car il n'y aura plus de place que pour le trébuchet et le poignard, le guet-apens et le coup de couteau.

Les quatre garçons l'écoutaient, trop jeunes pour comprendre. Don Jaime les regarda l'un après l'autre pour finalement s'arrêter sur Alvarito Salanova.

– En vérité (les rides s'assemblèrent autour de ses yeux souriants, amers et moqueurs), je ne vous envie pas les guerres que vous vivrez dans vingt ou trente ans.

Au même instant, on frappa à la porte, et la vie du maître d'escrime bascula.

CHAPITRE II

Fausse attaque composée

« On utilise les fausses attaques composées pour tromper l'adversaire. Elles commencent par une attaque simple. »

Il monta l'escalier en palpant la carte qui se trouvait dans la poche de sa redingote grise. Le moins qu'on pût dire c'était qu'elle n'était guère explicite.

Doña Adela de Otero prie le maître d'escrime, D. Jaime Astarloa, de bien vouloir se rendre à son domicile, 14, rue de Riaño, demain à sept heures du soir.

Avec ma considération très distinguée,
A. de O.

Avant de sortir de chez lui, il s'était apprêté avec le plus grand soin, de manière à faire bonne impression à celle qui, sans doute, était la mère d'un futur élève. En arrivant à la porte, il ajusta soigneusement sa cravate puis actionna le lourd heurtoir de bronze accroché aux mâchoires d'une agressive tête de lion. Il sortit sa montre de la poche de son gilet : sept heures moins une minute. Il attendit, content de lui, jusqu'à ce qu'il perçût le bruit d'un pas féminin qui s'approchait par ce qui devait être un long couloir. Après qu'on eut entendu le rapide cliquetis d'un verrou, le visage charmant d'une soubrette lui sourit sous une coiffe d'une blancheur immaculée.

Tandis que la servante s'éloignait avec sa carte de visite,

don Jaime entra dans un petit vestibule meublé avec beaucoup de soin. Les persiennes étaient baissées et par la fenêtre ouverte, on entendait la rumeur des attelages qui circulaient dans la rue, deux étages plus bas. Il y avait des plantes exotiques sur des consoles, deux belles peintures accrochées aux murs et des fauteuils richement tapissés de velours de soie cramoisi. Il pensa qu'il aurait affaire à un bon client et cela le rendit optimiste. Rien n'était de trop, par les temps qui couraient.

La soubrette revint au bout d'un moment pour le prier de passer au salon après s'être chargée de ses gants, de sa canne et de son chapeau. Il la suivit dans la pénombre du couloir. La pièce était vide, aussi put-il à loisir croiser les mains dans son dos et opérer une brève reconnaissance de l'endroit. Glissant entre les rideaux entrouverts, les derniers rayons du soleil couchant agonisaient lentement sur les discrètes fleurs bleu pâle qui s'étalaient sur le papier des murs. Les meubles portaient tous la marque d'un goût extraordinairement raffiné ; au-dessus d'un sofa anglais, resplendissait une toile de maître, montrant une scène du XVIIIe siècle : une jeune fille vêtue de dentelles se balançait dans un jardin, regardant avec attention par-dessus son épaule, comme si elle guettait l'arrivée imminente de quelqu'un de très cher. Un piano se trouvait là dont le couvercle était ouvert, quelques partitions posées sur son pupitre. Il s'approcha pour jeter un coup d'œil : *Polonaise en fa dièse mineur. Frédéric Chopin.* La propriétaire du piano était sans aucun doute une dame énergique.

Il avait gardé pour la fin ce qui ornait le dessus de la grande cheminée recouverte de marbre blanc : une panoplie comportant des pistolets de duel et des fleurets. Il s'approcha, observant les armes blanches de ses yeux d'expert. Il s'agissait de deux pièces excellentes, poignée française pour l'une, italienne pour l'autre, et gardes damasquinées. Il constata qu'elles étaient en bon état, sans aucune trace de rouille, bien que les petites éraflures de leurs lames respectives indiquassent qu'elles avaient beaucoup servi.

Il entendit des pas derrière lui et il se retourna lentement, un salut courtois sur le bout des lèvres. Adela de Otero était loin d'être celle qu'il avait imaginée.

– Bonsoir, monsieur Astarloa. Je vous remercie d'avoir répondu au rendez-vous d'une inconnue.

Il y avait un ton agréable, suavement rauque, dans la voix modulée par un accent presque imperceptible, peut-être étranger, impossible à identifier. Le maître d'escrime s'inclina sur la main qu'on lui offrit et la frôla de ses lèvres. Elle était fine et l'auriculaire en était gracieusement incurvé vers l'intérieur; la peau possédait une agréable nuance brune et fraîche. Les ongles étaient courts, comme ceux d'un homme, sans vernis ni couleur aucune. Leur seul ornement était un anneau, un mince cercle d'argent.

Il releva la tête et regarda ses yeux. Ils étaient grands, de couleur violette avec de petites irisations dorées qui semblaient s'agrandir quand ils recevaient directement la lumière. Ses cheveux étaient noirs, abondants, retenus sur la nuque par une barrette de nacre en forme de tête d'aigle. Sa stature était haute pour une femme, environ deux pouces de moins que don Jaime. Ses proportions pouvaient passer pour moyennes; peut-être était-elle un peu plus mince que ne le sont les femmes habituellement, avec une taille qui n'avait pas besoin de corset pour être fine et élégante. Elle portait une jupe noire, sans ornements, et une blouse de soie écrue avec un plastron de dentelle. Il y avait en elle une légère touche masculine, sans doute accentuée par une petite cicatrice à la commissure droite de la bouche, qui lui imprimait un permanent sourire énigmatique. Elle était arrivée à un âge difficile à déterminer chez une femme, entre vingt et trente ans. Le maître d'escrime pensa que dans sa lointaine jeunesse ce beau visage l'eût certainement poussé à certaines folies.

Elle l'invita à prendre un siège et ils s'installèrent tous deux face à face, près d'une petite table basse placée devant le grand belvédère.

– Du café, monsieur Astarloa ?

Il accepta avec plaisir. Sans qu'on lui ait rien demandé, la soubrette entra silencieusement en portant un plateau d'argent sur lequel tintait un délicat service de porcelaine. La maîtresse de maison prit elle-même la cafetière pour remplir deux tasses et tendit la sienne à don Jaime. Elle attendit qu'il eût avalé la première gorgée, tout en semblant étudier son invité. Puis elle entra directement en matière.

– Je veux apprendre la botte des deux cents écus.

Le maître d'escrime se figea, la soucoupe et la tasse dans une main, tournant de l'autre sa cuillère, déconcerté. Il crut n'avoir pas bien entendu.

– Pardon ?

Elle trempa ses lèvres dans son café, puis le regarda avec un parfait aplomb.

– Je me suis renseignée comme il faut, dit-elle avec un grand naturel, et je sais que vous êtes le meilleur maître d'armes de Madrid. Le dernier des classiques, m'a-t-on assuré. Je sais aussi que vous possédez le secret d'une célèbre botte, découverte par vous, que vous enseignez à ceux de vos élèves qui s'y intéressent pour la somme de mille deux cents réaux. Évidemment le prix est élevé : mais je puis le payer. Je veux utiliser vos services.

Jaime Astarloa répondit faiblement sans se départir de son étonnement.

– Pardonnez-moi, madame. Cela... Je crois que cela déroge... Le secret de cette botte m'appartient, en effet, et je l'enseigne au prix que vous venez de mentionner. Mais je vous supplie de comprendre. Je... eh bien, l'escrime... Jamais une femme. Je veux dire...

Les yeux violets le scrutèrent de haut en bas. La cicatrice accentuait le sourire énigmatique.

– Je sais ce que vous voulez dire. (Adela de Otero posa lentement la tasse vide sur la petite table et joignit le bout de ses doigts, comme si elle se disposait à prier.) Mais que je sois une femme ne doit pas entrer en compte. Pour vous rassurer sur mes capacités, si c'est cela qui vous préoccupe, je vous dirais que je possède les notions appropriées à l'art que vous pratiquez.

– Il ne s'agit pas de cela. (Le maître d'escrime s'agita sur son siège tout en passant un doigt dans le col de sa chemise. La chaleur commençait à se faire sentir trop fortement.) Ce que je tente de vous expliquer c'est qu'une femme, élève d'un cours d'escrime... Je vous prie de me pardonner. Il s'agit de quelque chose d'inhabituel.

– Essayez-vous de me dire que cela ne serait pas bien vu ?

Il la regarda fixement, sa tasse de café presque intacte entre les doigts. Ce sourire permanent et fascinant provoquait en lui un incommode sentiment de contrariété.

– Je vous supplie de m'excuser, madame, mais c'est une des raisons. Cela m'est impossible et je vous renouvelle mes excuses. Je ne me suis jamais trouvé dans une semblable situation.

– Vous craignez pour votre prestige, maître ?

Il y avait une malicieuse touche de provocation dans la question. Don Jaime déposa précautionneusement la tasse sur la table.

– Ce n'est pas courant, madame. Ce n'est pas la coutume. Peut-être à l'étranger mais pas ici. Je ne le puis, en tout cas. Peut-être quelqu'un de plus... ouvert.

– Je veux posséder le secret de cette botte. Et de plus, vous êtes le meilleur.

Don Jaime sourit avec bienveillance devant la flatterie.

– Oui. Il est possible que je sois le meilleur, comme vous me faites l'honneur de l'affirmer. Mais je suis à présent trop vieux pour changer mes habitudes. J'ai cinquante-six ans, et cela fait trente ans que j'exerce mon métier. Les clients qui sont passés par mes salles d'armes ont toujours été, exclusivement, des hommes.

– Les temps changent, mon cher monsieur.

Le maître d'escrime soupira avec tristesse.

– C'est tout à fait vrai. Et, me comprendrez-vous ?, peut-être changent-ils trop rapidement à mon goût. Permettez-moi, pour autant, de rester fidèle à mes vieilles manies. Elles constituent, croyez-moi, l'unique patrimoine dont je dispose.

Elle le regarda en silence en bougeant lentement la tête comme si elle soupesait ses arguments. Puis elle se leva pour se diriger vers la panoplie de la cheminée.

– On dit que cette botte est impossible à parer, monsieur Astarloa.

Don Jaime ébaucha un sourire modeste.

– On exagère, madame. Une fois qu'on la connaît, la parer est une chose des plus simples. La botte imparable, je n'ai pas encore réussi à la découvrir.

– Et vos honoraires s'élèvent à deux cents écus ?

Le maître d'armes se remit à soupirer. Le caprice singulier de cette dame était en train de le placer dans une situation inconfortable.

– Je vous supplie de ne pas insister, madame.

Elle lui tourna le dos et caressa du bout des doigts la poignée d'un fleuret.

– J'aimerais savoir ce que vous percevez pour vos services ordinaires.

Don Jaime se mit lentement sur ses jambes.

– Entre soixante et cent réaux par mois et par élève, ce qui inclut quatre cours par semaine. Et maintenant, si vous permettez...

– Si vous m'enseignez la botte des deux cents écus, je vous paierai deux mille quatre cents réaux.

Il battit des paupières, abasourdi. Cette somme s'élevait à quatre cents écus, le double de ce qu'il percevait pour enseigner l'estocade quand il tombait sur des clients intéressés, ce qui n'était guère fréquent. Mais aussi cela représentait presque l'équivalent de trois mois de travail.

– Peut-être ne vous rendez-vous pas compte de l'offense que vous me faites, madame.

Elle se retourna brusquement et Jaime Astarloa entrevit l'espace d'une fraction de seconde un éclair de colère dans les yeux violets. Bien malgré lui, il pensa qu'il n'était pas si extravagant de l'imaginer un fleuret à la main.

– Cela vous paraît trop peu ? demanda-t-elle, insolente.

Le maître d'escrime se redressa en arborant un sourire blême. S'il avait entendu de la bouche d'un homme pareille réflexion, il lui eût envoyé ses témoins sur l'heure.

Or, Adela de Otero était une femme, et de surcroît une femme excessivement belle. Il regretta une fois de plus de se trouver dans cette pénible situation.

– Madame, dit-il sereinement, avec une courtoisie glaciale. Le prix de cette botte qui vous intéresse tant correspond exactement à la valeur que je lui attribue, pas un centime de plus. D'autre part, moi seul décide à qui il convient de l'enseigner, et ce droit je pense continuer à le conserver avec la plus grande jalousie. Il ne m'est jamais venu à l'idée de spéculer avec vous, et je me trouve encore moins enclin à discuter ce prix comme un vulgaire marchand. Bonsoir.

Il reprit chapeau, gants et canne des mains de la soubrette et descendit les escaliers d'un air taciturne. Du deuxième étage lui parvenaient les notes de la *Polonaise* de Chopin, arrachées au piano par des mains qui frappaient le clavier avec une furieuse détermination.

Parade en quarte. Bien. Parade en tierce. Bien. Demi-cercle. Une autre fois, s'il vous plaît. Ainsi. En marche et attaque. Bien. En retrait et en prenant de la distance. A moi. Accrochez en quarte, c'est cela. Temps en quarte. Bien. Parade en quarte basse. Excellent, cher monsieur. Paquito a des qualités. Temps et discipline, vous le savez bien.

Plusieurs jours passèrent. L'arrivée de Prim était imminente et la reine Isabelle entreprenait un voyage à Lequeitio, une station balnéaire dont les eaux étaient fort recommandées pour soulager la maladie de peau dont elle souffrait depuis l'enfance. Son confesseur et le prince consort l'accompagnaient, de même qu'un copieux bagage de parasites, duchesses, commères, personnel de service et l'habituel cortège des sujets de la Maison royale. Don Francisco de Asís pleurnichait comme un gros bêta sur l'épaule de son fidèle secrétaire Meneses et Marfori, ministre d'Outremer, raillait tout un chacun, dressé sur ses ergots de coq de cour qu'il avait gagnés à force de prouesses d'alcôve.

D'un côté et de l'autre des Pyrénées, émigrés et généraux conspiraient sans le moindre scrupule, clamant les uns et les autres leurs revendications jamais satisfaites. Les députés – toujours à la traîne – avaient approuvé le budget du ministre de la Guerre, en sachant que la majeure partie allait servir à d'inutiles tentatives destinées à calmer l'ambition de quelques galonnés qui évaluaient leur loyauté à la couronne en termes de promotions et de prébendes, se couchant modérés pour se réveiller libéraux selon les vicissitudes du tableau d'avancement. Pendant ce temps-là, Madrid passait ses après-midi assise à l'ombre, en feuilletant des journaux clandestins, la gargoulette à portée de main. Au coin des rues, les marchands vantaient à pleine voix leurs produits. Orgeat de *chufa*. Au bon orgeat de *chufa*.

Le marquis des Alumbres refusait de partir en villégiature et continuait à entretenir avec Jaime Astarloa le rite déjà ancien du fleuret et du verre de xérès. Au café Progreso, Agapito Cárceles célébrait l'excellence de la République fédérale tandis qu'Antonio Carreño, plus modéré, faisait des signes maçonniques et prônait l'unité sans dédaigner toutefois une monarchie constitutionnelle en bonne et due forme. Don Lucas prenait chaque soir le ciel à témoin, et le professeur de musique caressait le marbre du guéridon en regardant par la fenêtre avec des yeux doux et tristes. Quant au maître d'escrime, il ne pouvait chasser de son esprit l'image d'Adela de Otero.

Le troisième jour, on sonna à la porte. Jaime Astarloa venait de rentrer de sa promenade matinale et il faisait un brin de toilette avant de descendre prendre son repas à l'auberge de la Calle Mayor. En manches de chemise, tandis qu'il se frottait le visage et les mains à l'eau de Cologne pour se soulager de la chaleur, il entendit qu'on tirait la sonnette et se redressa, surpris ; il n'attendait personne. Il se passa rapidement un peigne dans les cheveux et endossa une vieille veste d'intérieur en soie, souvenir de temps meilleurs, dont la manche gauche avait depuis longtemps besoin d'un raccommodage. Il sortit de sa chambre, traversa le petit salon qui lui servait aussi de cabinet, ouvrit la porte et se retrouva nez à nez avec Adela de Otero.

– Bonjour, monsieur Astarloa. Puis-je entrer ?

Il y avait une touche d'humilité dans sa voix. Elle portait un habit de promenade d'un bleu céleste fortement décolleté, orné de dentelle blanche aux poignets, au col et au bas de la jupe. Une capeline de paille fine, agrémentée d'un brin de violette assorti à ses yeux, lui couvrait la tête. Dans ses mains, gainées de gants ajourés faits de la même dentelle qui ornait son vêtement, elle tenait une minuscule ombrelle bleue. Elle était beaucoup plus belle que dans son coquet salon de la rue Riaño.

Le maître d'escrime vacilla un instant, déconcerté par cette apparition inattendue.

– Naturellement, madame, dit-il, à peine remis de sa

stupéfaction. Je veux dire... Mais bien entendu. Faites-moi l'honneur.

D'un geste il l'invita à entrer, bien que la présence de la jeune femme, après le rude dénouement de la conversation qu'ils avaient eue l'autre jour, lui causât un certain embarras. Comme si elle devinait l'état de ses pensées, elle lui adressa un sourire prudent.

– Merci de me recevoir, don Jaime. (Les yeux violets le fixèrent entre leurs longs cils, faisant croître l'inquiétude du maître d'escrime.) Je craignais... Pourtant je n'en attendais pas moins de vous. Je me félicite de ne pas m'être trompée.

Jaime Astarloa mit quelques secondes à comprendre qu'elle avait craint qu'il lui refermât la porte au nez, et cette pensée le surprit ; il était, avant tout, un gentilhomme. D'autre part, la jeune femme avait pour la première fois prononcé son nom de baptême et cela ne contribua pas à apaiser l'âme du vieux maître qui recourut machinalement à son habituelle courtoisie afin de cacher son trouble.

– Permettez-moi, madame.

Il l'invita d'un geste galant à traverser le petit vestibule et à se diriger vers le salon. Adela de Otero se plaça au centre de la pièce bigarrée et obscure en observant avec curiosité les objets qui constituaient l'histoire de Jaime Astarloa. Avec la plus grande désinvolture, elle passa un doigt sur la tranche de quelques-uns des nombreux livres alignés sur les poussiéreux rayonnages de chêne : une douzaine de vieux traités d'escrime, des feuilletons de Dumas reliés, Victor Hugo, Balzac... Il y avait aussi quelques *Vies parallèles*, un Homère très abîmé, l'*Henri d'Ofterdingen* de Novalis, divers titres de Chateaubriand et de Vigny, ainsi que quelques volumes de Mémoires et des traités techniques d'analyse des campagnes militaires de l'empereur ; ils étaient, pour la plupart, écrits en français. Don Jaime s'excusa un instant et, passant dans la chambre, troqua sa veste contre une redingote, nouant aussi vite qu'il lui fut possible une cravate autour du col de sa chemise. Quand il revint au salon, la jeune femme contemplait une vieille huile assombrie par les ans, accrochée au mur entre d'antiques épées et des dagues rouillées.

– Quelqu'un de proche ? demanda-t-elle en désignant le visage jeune, étroit et sévère qui les contemplait depuis le cadre.

Le personnage était vêtu comme on l'était au début du siècle et ses yeux clairs se posaient sur le monde comme si quelque chose en lui ne parvenait décidément pas à le convaincre. Son front haut et l'air de digne austérité qui se dégageait de ses traits lui conféraient une nette ressemblance avec Jaime Astarloa.

– C'était mon père.

Adela de Otero porta son regard alternativement du portrait à don Jaime, puis revint de nouveau au portrait, comme si elle voulait confirmer la véracité de ses paroles. Elle parut satisfaite.

– Un bel homme, dit-elle de ce ton agréablement modulé et rauque. Quel âge avait-il au moment de la peinture ?

– Je l'ignore. Il mourut à trente et un ans, deux mois avant que je naisse, en combattant les troupes de Napoléon.

– Il était militaire ?

La jeune femme paraissait sincèrement intéressée par cette histoire.

– Non. C'était un noble aragonais, un de ces hommes au port altier qui ne supportait absolument pas qu'on leur dicte leur conduite... Il prit le maquis avec une bande d'habitants de Jaca et se mit à tuer des Français jusqu'à ce que ce soient eux qui le tuent. (La voix émue du maître d'escrime frissonna d'un lointain orgueil.) On raconte qu'il mourut seul, traqué comme un chien, insultant dans un excellent français les soldats qui l'encerclaient de leurs baïonnettes.

Elle demeura encore un moment les yeux rivés sur le portrait qu'elle n'avait pas cessé de regarder tout en écoutant.

Elle mordillait sa lèvre inférieure, pensive, tandis qu'à la commissure s'attardait, indélébile, l'énigmatique sourire de sa petite cicatrice. Puis elle se retourna lentement vers le vieux maître d'armes.

– Je sais que ma présence en ces lieux vous importune, don Jaime.

Il évita ses yeux, ne sachant que répondre. Adela de Otero enleva sa capeline, la posa avec son ombrelle sur la table du bureau encombrée de papiers en désordre. Ses cheveux étaient relevés sur sa nuque, comme lors de leur première rencontre. Jaime Astarloa pensa que son habit bleu teintait d'une insolite note de couleur l'austère décoration du bureau.

– Puis-je m'asseoir ? (Charme et séduction. A l'évidence, ce n'était pas la première fois qu'elle usait de telles armes.) Je viens de faire une promenade et cette chaleur me suffoque.

Le maître murmura une excuse précipitée pour sa maladresse, l'invitant à se reposer sur un sofa en cuir râpé et craquelé par l'usage. Il approcha un tabouret pour lui, qu'il plaça à distance raisonnable, et se tint tout raide et circonspect. Il s'éclaircit la voix, résolu à ne pas se laisser entraîner sur un terrain dont il pressentait les dangers.

– Je vous écoute, madame de Otero.

Son ton froid et poli fit s'épanouir davantage le sourire de la belle inconnue. En effet, bien qu'il connût son nom, tout ce qui entourait cette femme paraissait voilé de mystère. A son grand regret, il eut l'impression que ce qui, au début, n'était qu'une lueur de curiosité grandissait à présent en lui, gagnant du terrain avec rapidité. Il s'efforça de maîtriser ses sentiments, attendant une réponse. Elle ne parla pas tout de suite mais prit au contraire son temps avec une tranquillité que le maître d'escrime trouva exaspérante. Les yeux violets examinaient la pièce comme s'ils espéraient y découvrir des détails qui valoriseraient l'homme qui se tenait en face. Don Jaime en profita pour étudier avec détermination ces traits qui avaient tant occupé ses pensées durant les derniers jours. La bouche était charnue et bien dessinée, comme une entaille faite au couteau dans un fruit à la pulpe rouge et appétissante. Il pensa une fois de plus que la cicatrice, loin de l'enlaidir, lui donnait un charme particulier et laissait soupçonner les étranges échos d'une obscure violence.

Depuis qu'elle était apparue à la porte, Jaime Astarloa s'était préparé, quels que fussent ses arguments, à réaffirmer son refus initial. Une femme, jamais. Il attendait des prières, de l'éloquence féminine, le recours à de subtils artifices propres au beau sexe, l'appel à des sentiments précis... Rien de tout cela ne réussirait, il se l'était promis. Avec vingt ans de moins, peut-être se fût-il montré plus égoïstement malléable, subjugué par l'incontestable fascination exercée par la dame. Mais il était trop vieux pour que de telles circonstances altérassent son âme. Il n'espérait rien obtenir de cette belle solliciteuse ; à son âge, les émotions qu'éveillait en lui sa présence pouvaient se révéler, par moments, troublantes mais elles n'en étaient pas moins contrôlables.

Jaime Astarloa avait décidé de rester poli mais inflexible face à ce qui semblait n'être qu'un puéril caprice de femme mais il ne s'attendait pas du tout à entendre la question qui vint ensuite.

– Comment répondriez-vous, don Jaime, si durant un assaut votre adversaire effectuait une attaque composée en tierce ?

Le maître d'escrime crut avoir mal entendu. Il fit un geste en avant, comme pour s'excuser, et s'arrêta à mi-parcours, surpris et confus. Il essuya son front puis appuya ses mains sur ses genoux et resta là à regarder Adela de Otero comme s'il réclamait une explication. C'était ridicule.

– Pardon ?

Elle l'observait, amusée, avec un soupçon de malice dans

le regard. Sa voix résonna avec une fermeté déconcertante.

– J'aimerais connaître votre opinion d'expert, don Jaime.

Le maître soupira en s'agitant sur son tabouret. Tout cela prenait un air diablement insolite.

– Cela vous intéresse-t-il réellement ?

– Bien sûr.

Don Jaime porta son poing à sa bouche pour étouffer une petite toux.

– Bon, je ne sais jusqu'à quel point... Je veux dire..., eh bien, naturellement, si vous estimez que le sujet... Composée en tierce, dites-vous ? (De toute manière, c'était une question comme une autre, bien qu'étrange venant d'elle.) Bien. Alors je suppose que si mon adversaire feignait de tirer en tierce, j'opposerais une demi-attaque. Comprenez-vous ? C'est assez élémentaire.

– Et si à votre demi-attaque il répondait en se dégageant et en tirant immédiatement en quarte ?

Le maître regarda la jeune femme, cette fois avec une visible stupeur. Elle avait exposé la séquence correcte.

– Dans un tel cas, dit-il, je parerais en quarte et je tirerais immédiatement en quarte. (Cette fois, il n'ajouta pas le « comprenez-vous ? ».) C'est la seule réponse possible.

Elle rejeta la tête en arrière avec une joie inattendue, comme si elle était sur le point d'éclater de rire, mais elle se contenta de sourire en silence. Puis elle le dévisagea avec une moue charmeuse.

– Vous voulez me décevoir, don Jaime ? Ou me tester... ? Vous savez parfaitement que ce n'est pas la seule réponse possible. (En effet, don Jaime le savait.) Il n'est même pas sûr que ce soit la meilleure.

Le maître ne put cacher son trouble. Il n'aurait jamais imaginé pareille conversation. Quelque chose lui disait qu'il pénétrait dangereusement en terrain inconnu ; mais, en même temps, il sentit s'affirmer en lui un irrésistible élan de curiosité professionnelle. C'est alors qu'il résolut de baisser un peu la garde ; ce qui était nécessaire pour continuer le jeu et voir où tout cela allait aboutir.

– Vous suggérez donc une autre alternative, madame ? demanda-t-il, avec juste assez de scepticisme pour ne pas sembler discourtois.

La jeune femme remua la tête affirmativement, avec une certaine véhémence et dans ses yeux brilla une lueur d'excitation qui donna beaucoup à penser à Jaime Astarloa.

– J'en suggère au moins deux, répondit-elle avec une assurance dans laquelle ne se trouvait aucune présomption. Je pourrais parer comme vous en quarte mais en coupant sur la pointe du fleuret ennemi et en tirant après une estocade en quarte sur le bras. Cela vous paraît-il correct ?

Don Jaime dut reconnaître, bien malgré lui, que cela n'était pas seulement correct mais brillant.

– Mais vous parliez d'une autre possibilité, dit-il.

– C'est exact. (Adela de Otero parlait en bougeant la main droite comme si elle reproduisait les gestes du fleuret.) Parer en quarte et reprendre avec une flanconade. Vous conviendrez que n'importe quel coup est toujours plus rapide et efficace s'il s'effectue dans la même direction que la parade. Tous les deux doivent former un seul mouvement.

– La flanconade n'est pas d'une exécution facile. (Don Jaime était à présent réellement intéressé.) Où l'avez-vous apprise ?

– En Italie.

– Qui fut votre maître d'armes ?

– Son nom importe peu. (Le sourire de la jeune femme adoucissait son refus.) Bornons-nous à dire qu'il était considéré comme l'un des meilleurs d'Europe. Il m'enseigna les neuf estocades, leurs diverses combinaisons et leurs parades. C'était un homme patient. (Elle souligna l'adjectif avec un regard chargé de sens.) Et il ne prenait pas comme un déshonneur le fait d'enseigner son art à une femme.

Don Jaime préféra négliger l'allusion.

– Quel est le risque principal dans l'exécution de la flanconade ?

– Recevoir une contre-attaque en seconde.

– Comment l'éviter ?

– En inclinant sa propre attaque vers le bas.

– Comment pare-t-on une flanconade ?

– Avec une seconde et une quarte basse. Cela ressemble à un examen, don Jaime.

– C'est un examen, madame de Otero.

Ils demeurèrent un instant à s'observer, ils avaient l'air aussi fatigués que s'ils avaient réellement croisé le fer.

Le maître regarda attentivement, fixement et pour la première fois son poignet droit, fort mais non dépourvu de grâce féminine. L'expression de ses yeux, ses gestes tandis qu'elle décrivait les mouvements d'escrime, étaient éloquents. Jaime Astarloa savait, par expérience, reconnaître les signes qui révèlent les bonnes dispositions d'un tireur. Il s'adressa un muet reproche pour avoir permis à ses préjugés de l'aveugler à ce point.

Jusqu'alors tout s'était déroulé dans le champ de la théorie pure et le vieux maître d'armes comprit qu'à présent il lui fallait une confirmation pratique. Touché. Cette jeune femme diabolique était sur le point de réussir l'impossible : réveiller en lui, après trente ans de métier, l'impérieux désir de voir combattre une femme. Cette femme.

Adela de Otero le contemplait avec gravité, attendant le verdict. Don Jaime s'éclaircit la gorge.

– Je dois avouer, en toute honnêteté, que je suis surpris.

La jeune femme ne répondit pas et ne fit aucun geste. Elle demeura impassible, comme si la surprise du maître, qu'elle avait prévue, ne constituait pas la raison de sa présence en ces lieux.

Jaime Astarloa avait pris une décision, bien que dans son for intérieur il préférât ne pas s'interroger, pour le moment, sur la facilité avec laquelle il capitulait.

– Je vous attends demain à cinq heures. Si l'essai se révèle satisfaisant, nous fixerons une date pour l'enseignement de la botte des deux cents écus. Il vous faudrait venir... (Il désigna l'habit de la jeune femme, gagné par un fâcheux accès de pudeur.) Je veux dire qu'il conviendrait que vous vous vêtiez de façon plus appropriée.

Il attendait une exclamation de joie, un battement de mains, un geste, une des habituelles manifestations propres aux femmes. Mais il fut déçu. Adela de Otero se contenta de le regarder fixement, en silence, avec une expression à ce point énigmatique que, sans qu'il parvînt à en expliquer la cause, un absurde frisson courut sur le corps du maître d'escrime.

La lumière du quinquet faisait trembler les ombres de la pièce. Jaime Astarloa tendit la main pour actionner le mécanisme de la mèche, l'élevant jusqu'à ce que la clarté augmentât. Il traça deux autres lignes au crayon sur sa feuille de papier, matérialisant le sommet d'un angle, et en fit rejoindre les extrémités par un arc. Soixante-cinq degrés plus ou moins.

C'était l'arc à l'intérieur duquel devait se mouvoir le fleuret. Il nota le chiffre et soupira. Demi-attaque en quarte sans dégager, c'était peut-être la solution. Et ensuite... Quoi ? L'adversaire croiserait en quarte, logiquement. Le ferait-il vraiment ? Il avait les moyens de l'y forcer. Ensuite, il faudrait revenir immédiatement en quarte, peut-être avec une demi-attaque, avec une fausse attaque sans dégager... Non, c'était trop évident. Il posa le crayon sur la table et imita de la main le mouvement du fleuret, contemplant l'ombre sur le mur. Il pensa avec découragement que c'était absurde, qu'il terminait toujours par des mouvements classiques, bien connus, que l'adversaire pouvait prévoir et esquiver. La botte parfaite était bien différente. Elle devait être sûre et rapide comme l'éclair, inattendue et impossible à parer. Sur les rayonnages, la lumière du pétrole arrachait aux dos des ouvrages de doux reflets dorés. Le battant de la pendule oscillait avec monotonie ; son calme tic-tac était l'unique son qui remplissait la pièce quand le crayon ne courait plus sur le papier. Il donna quelques petits coups sur la table, respira profondément et regarda par la fenêtre ouverte. Les toits de Madrid n'étaient plus que des ombres confuses, à peine soulignées par la faible clarté d'un croissant de lune, fin comme un fil d'argent.

Il fallait écarter l'attaque en quarte. Il saisit de nouveau son crayon, en mordilla le bout, et traça d'autres lignes et arcs. Peut-être en opposant une contre-parade en tierce, les ongles dessous et le corps appuyé sur la hanche gauche... c'était risqué et puis l'exécutant s'exposait à recevoir une estocade en plein visage. La solution, pour autant, consistait à reculer la tête et à dégager en tierce... Quand tirer ? Bien entendu, au moment où l'adversaire levait le pied, à fond, en tierce ou en quarte sur le bras. Il fit tambouriner ses doigts sur le papier, exaspéré. Cela ne menait nulle part ; la réponse à ces deux mouvements se trouvait dans n'importe quel traité d'escrime. Que peut-on faire d'autre après avoir dégagé en tierce ? Il traça d'autres lignes et arcs, nota les degrés, consulta les notes et les livres qu'il tenait à sa portée sur la table. Aucune des possibilités ne lui semblait convenir ; elles étaient toutes loin d'aménager la base nécessaire à *son* estocade.

Il se leva brusquement, recula son siège et prit le quinquet pour s'éclairer tandis qu'il avançait vers la salle d'armes. Il le posa sur le sol près de l'un des miroirs, ôta sa veste d'intérieur et empoigna un fleuret. Venant du sol, la lumière dessinait des ombres sinistres sur son visage, comme sur celui d'une apparition. Il marqua divers mouvements en direction de sa propre image. Contre-parade en tierce. Dégagement. Contre-parade. Dégagement. Par trois fois, il parvint à toucher avec la mouche de son fleuret le reflet jumeau, cet être qui se mouvait de manière simultanée sur la surface du miroir. Contre-parade, dégagement. Peut-être deux fausses attaques à la suite, oui, mais après. Quoi ?... Il serra les dents de colère. Il devait y avoir un moyen !

Au loin, l'horloge de l'Hôtel des Postes sonna trois coups. Le maître d'escrime s'arrêta, expirant l'air de ses poumons. Tout cela était diablement absurde. Lucien de Montespan lui-même n'y était pas parvenu.

« La botte parfaite n'existe pas, *mon cher*, avait coutume de répondre le maître des maîtres quand on lui posait la question. Ou, pour être exact, il en existe plusieurs. Tout ce qui fait mouche est parfait, il n'existe rien d'autre. Chaque estocade peut se parer au moyen du mouvement approprié. Ainsi, un assaut entre deux escrimeurs expérimentés pourrait se prolonger éternellement... Le destin, tout simplement, se plaît à épicer les choses d'imprévu, met le point final en décidant que cela doit avoir un terme, et il fait en sorte que l'un des deux adversaires, tôt ou tard, commette une erreur. La question réside, dès lors, dans le fait de se concentrer tout en tenant le destin en respect, quand bien même cela ne durerait que le temps nécessaire à ce que l'autre commette l'erreur. Le reste n'est que chimères. »

Jaime Astarloa ne s'était jamais laissé convaincre. Il continuait à rêver au coup magistral, à *la botte d'Astarloa*, son Graal. Cette unique ambition, découvrir le mouvement insoupçonné, infaillible, tourmentait son âme depuis sa prime jeunesse, aux temps lointains de l'École militaire, quand il s'apprêtait à entrer dans l'armée.

L'armée. Combien sa vie eût été différente ! Jeune officier bénéficiant d'une place de faveur car il était orphelin d'un héros de la guerre d'Indépendance, avec un premier poste dans la Garde royale de Madrid, celle-là même où avait servi Ramón María Narváez... Une carrière prometteuse que celle du lieutenant Astarloa, brisée par une folie de jeunesse. Parce qu'un jour était passée une mantille de dentelle sous laquelle brillaient deux yeux à l'éclat de jais, une main blanche et fine qui maniait avec grâce un éventail. Parce qu'un jour un jeune officier fut transi d'amour et, comme il arrive souvent dans ce genre d'histoires, qu'un troisième personnage, un adversaire, vint croiser avec insolence son chemin. Il y eut un matin froid et brumeux, un frottement de sabres, un gémissement et, sur une chemise empesée de sueur, une tache rouge qui grandissait sans que nul ne parvînt à épancher l'hémorragie. Il y eut un jeune homme pâle, abasourdi, contemplant incrédule cette scène, entouré par les visages sévères de ses compagnons qui lui conseillaient de fuir pour conserver la liberté que cette tragédie mettait en péril. Puis il y eut la frontière, un soir de pluie, un chemin de fer qui filait vers le nord-est à travers des champs verdoyants, sous un ciel couleur de plomb. Et il y eut une pension misérable près de la Seine, dans une ville grise et inconnue qui s'appelait Paris.

Un ami de rencontre, un exilé qui jouissait là d'une bonne position, le recommanda comme élève-apprenti à Lucien de Montespan, qui était à l'époque le maître d'armes le plus prestigieux de France. Intéressé par l'histoire du jeune duelliste, M. de Montespan le prit à son service quand il découvrit en lui de remarquables dons en l'art de l'escrime. Employé à titre de prévôt d'armes, Jaime Astarloa eut d'abord pour unique tâche d'offrir des serviettes aux clients, de veiller à l'entretien des armes et d'accomplir les menus travaux que lui confiait le maître. Plus tard, à mesure que s'affirmaient ses progrès, lui furent assignées des tâches certes secondaires mais directement liées à l'office. Deux ans plus tard, quand Montespan partit pour l'Autriche et l'Italie, son jeune prévôt l'accompagna. Il venait d'avoir vingt-quatre ans et fut totalement fasciné par Vienne, Milan, Naples et, par-dessus tout, par Rome où ils firent tous les deux un long séjour dans l'un des plus célèbres salons de la ville du Tibre. Le prestige de Montespan ne tarda pas à se répandre dans cette ville étrangère où son style classique et sobre, dans la droite ligne de la vieille école de l'escrime française, contrastait avec la fantaisie et la liberté de mouvements, un peu anarchiques, dont les maîtres d'armes italiens étaient tant épris. Ce fut là que, grâce à ses dons personnels, Jaime Astarloa s'affirma en société comme un parfait gentilhomme et un escrimeur accompli, aux côtés de son maître auquel l'unissaient des liens d'affection et pour lequel il exerçait les fonctions d'aide et de secrétaire. M. de Montespan lui confiait ses élèves de moindre rang ou ceux qui devaient s'initier aux mouvements de base avant de recevoir l'enseignement du maître prestigieux.

A Rome, Jaime Astarloa tomba amoureux pour la deuxième fois, et là aussi eut lieu son deuxième duel à pointe nue. Cette fois-là, il n'y eut pas de rapport entre une chose et l'autre. L'amour fut passionné et sans conséquences et il s'éteignit quelque temps après de manière naturelle. Quant au duel, il se déroula jusqu'au bout selon les règles les plus strictes du code social en vogue et il l'opposa à un aristocrate romain qui avait publiquement mis en doute les mérites personnels de Lucien de Montespan. Avant que le vieux maître eût envoyé ses témoins, le jeune Astarloa s'était déjà précipité, dépêchant les siens à l'offenseur, un certain Leonardo Capoferrato. L'affaire se régla dignement et au fleuret, dans une épaisse pinède du Latium et selon un classicisme parfait. Capoferrato, ayant la réputation d'un redoutable escrimeur, dut reconnaître que, s'il avait effectivement exprimé un certain jugement sur la valeur de M. de Montespan, son aide et élève, le *signore* Astarloa, avait été, lui, suprêmement capable de lui mettre deux pouces d'acier dans le flanc, lui chatouillant le poumon d'une blessure non pas mortelle mais d'une gravité suffisante.

Trois années passèrent ainsi dont Jaime Astarloa se souviendrait toujours avec un plaisir particulier. Mais lors de l'hiver 1839, Montespan découvrit les premiers symptômes d'un mal qui devait le conduire quelques années plus tard à la tombe, et il résolut de retrouver son cher Paris. Jaime Astarloa ne voulut pas abandonner son mentor, et tous deux entreprirent le voyage de retour vers la capitale de la France. Quand ils furent arrivés, le maître en personne conseilla à son pupille de s'établir à son propre compte et il s'engagea à le parrainer lors de son entrée dans la société fermée des maîtres d'armes. Après un temps prudent, Jaime Astarloa, qui venait d'avoir vingt-sept ans, passa avec succès l'examen de l'Académie des armes de Paris, la plus renommée de l'époque, et obtint le diplôme qui lui permettrait désormais d'exercer sans entraves d'aucune sorte la profession qu'il avait choisie. Il devint ainsi l'un des plus jeunes maîtres d'escrime européens et, bien que sa jeunesse même engendrât une certaine méfiance parmi les clients de marque, plus enclins à recourir à des professeurs dont l'âge paraissait garantir une plus grande science, son savoir-faire et les cordiales recommandations de M. de Montespan lui permirent de se constituer très vite une bonne clientèle composée d'élèves distingués. Dans son salon trônait l'antique blason de la maison Astarloa : une enclume d'argent sur champ de sinople, portant la devise *A moi*. Il était espagnol, portait fièrement l'appellation sonore d'hidalgo et possédait le droit légitime d'arborer un écu d'armes. De plus, il maniait le fleuret avec une adresse diabolique. Grâce à tous ces avantages, le succès du nouveau maître d'armes était plus qu'assuré dans le Paris de l'époque. Il gagna de l'argent et de l'expérience. Mais aussi, en même temps, il se perfectionna, toujours en quête du coup génial, un tir de son invention dont il garda jalousement le secret jusqu'au jour où, devant l'insistance d'amis et de clients, il fut contraint à l'inclure au répertoire des estocades magistrales qu'il offrait à ses élèves. C'était la fameuse botte des deux cents écus qui lui valut un succès notoire auprès des duellistes de la haute société, lesquels payaient très volontiers cette somme quand ils avaient besoin de quelque chose de définitif pour résoudre des affaires d'honneur les opposant à des adversaires expérimentés.

Durant le temps qu'il passa à Paris, Jaime Astarloa conserva l'étroite amitié de son ancien maître qu'il visitait fréquemment. Ils combattaient un peu ensemble bien que déjà la maladie eût résolument pris possession du corps du vieil homme. Vint le jour où, par six fois consécutives, Lucien de Montespan fut touché, sans que la mouche de son fleuret effleurât seulement le plastron de son élève. A la sixième touche, Jaime Astarloa s'immobilisa, comme frappé par la foudre, et il jeta son fleuret sur le sol en murmurant une excuse navrée. Mais le vieux professeur se contenta de sourire tristement.

– Eh bien, l'élève est parvenu à surpasser le maître. Je n'ai plus rien à t'apprendre. Mes compliments.

Jamais il ne mentionna l'incident, mais ce fut la dernière fois, par accord mutuel et tacite, qu'ils croisèrent le fer. Quelques mois plus tard, alors que le jeune homme lui rendait visite, Montespan le reçut assis près de la cheminée, les jambes glissées sous la couverture d'un lit de repos. Il avait fermé son académie d'escrime trois jours auparavant, et transmis à Jaime Astarloa la totalité de sa clientèle. Le laudanum ne suffisait déjà plus à lui faire oublier sa douleur et il savait sa mort prochaine. Il lui était venu aux oreilles que son ancien élève était sous le coup d'un autre défi, un duel au fleuret avec un individu qui exerçait comme maître d'armes sans posséder le diplôme de l'Académie. Lancer un défi sans y mettre les formes requises signifiait encourir la réprobation des maîtres qui, eux, étaient dans le droit chemin, et donc s'exposer à leurs foudres. Tels étaient les faits et l'Académie, très pointilleuse dans ce genre d'affaires, avait décidé d'y mettre un terme. La charge de défendre l'honneur corporatif était retombée sur le plus jeune de ses membres, Jaime Astarloa.

Maître et ancien élève discutèrent longuement le problème. Montespan avait obtenu de précieux renseignements sur le personnage qui était à l'origine de la querelle et se faisait appeler Jean de Rolandi, et il mit le paladin de l'Académie au courant des habitudes de son adversaire. C'était un bon tireur, sans être extraordinaire, mais il souffrait de quelques défauts techniques qui, convenablement étudiés, pouvaient être utilisés à son détriment. Il était gaucher, et bien que cela impliquât un certain risque pour un adversaire qui, comme Jaime Astarloa, était habitué à des hommes qui se battaient avec la main droite, il ne faisait aucun doute pour Montespan que le jeune homme sortirait vainqueur du duel.

– Tu dois savoir, mon fils, qu'un gaucher ne saisit pas facilement le juste temps, il n'exécute pas non plus aisément la flaconade car il éprouve des difficultés à adopter une bonne position... Avec ce Rolandi, la garde doit être en quarte en dehors, il n'y a pas là le moindre doute. D'accord ?

– D'accord, maître.

– En ce qui concerne les estocades, rappelle-toi bien que, selon mes sources, parce qu'il utilise sa main gauche, il ne présente pas bien sa garde. Alors qu'au début il a coutume de lever le poing deux ou trois pouces plus haut que son adversaire, dans la chaleur de l'assaut il finit par baisser la main. Alors, quand tu verras qu'il baisse le poing, n'hésite pas à lui porter une estocade au moment adéquat.

Jaime Astarloa fronça le sourcil. Malgré le mépris dans lequel le tenait l'ancien professeur, Rolandi était un homme habile.

– On m'a dit que c'était un bon pareur à courte distance...

M. de Montespan secoua la tête.

– Balivernes. Ceux qui affirment cela sont pires que

Rolandi. Et que toi ! Tu ne vas pas me dire que ce pitre t'inquiète !

Le jeune homme rougit devant l'insinuation.

– Vous m'avez appris à ne sous-estimer aucun adversaire.

Le vieil homme esquissa un sourire.

– Certes. Et je t'ai aussi enseigné à ne pas les surestimer. Rolandi est gaucher, rien de plus. Ce qui pour toi est un risque est aussi un avantage que tu dois mettre à profit. Il manque de la précision à cet individu. Toi, occupe-toi de lui donner un coup de pointe quand tu le verras baisser la garde, que ce soit pour se couvrir, parer, surprendre ou se retirer. Dans tous les cas, anticipe ses mouvements durant le geste du poing ou quand il lèvera le pied. Si tu saisis la chance, avec une bonne estocade donnée au bon moment, tu le toucheras avant qu'il ait terminé son mouvement ; parce que tu auras fait un seul mouvement quand lui en aura fait deux.

– Je ferai comme vous me le dites, maître.

– Je n'en doute pas, répondit le vieil homme, satisfait. Tu es le meilleur élève que j'aie jamais eu, le plus froid et le plus impassible un fleuret ou un sabre à la main. Dans le duel qui t'attend, je sais que tu seras digne de ton nom et du mien. Borne-toi aux estocades droites et simples, aux parades franches, en cercle et demi-cercle et surtout aux contres et doubles contres en quarte... N'hésite pas à utiliser la main gauche dans les parades quand tu le jugeras nécessaire. Les petits maîtres le déconseillent parce qu'ils disent que cela détruit la grâce, mais dans les duels où l'on joue sa vie on ne doit omettre aucun moyen qui serve la défense. En tout cas, ne contreviens pas aux règles de l'honneur.

La rencontre eut lieu trois jours plus tard dans le bois de Vincennes, entre le fort et Nogent, devant un public nourri qui se tenait à distance respectueuse. L'affaire était parvenue sur la place publique et avait acquis le caractère d'un événement social au point que les journaux s'en étaient emparés. Une foule de curieux s'étaient rassemblés sur les lieux, maintenus à bonne distance par les forces de l'ordre envoyées à cet effet. Des règles prohibaient les duels, mais que la réputation de l'Académie fût en cause poussa les instances officielles à laisser se dérouler les choses. On critiqua le fait que le paladin choisi pour une si digne tâche fût espagnol, mais après tout Astarloa était maître de l'Académie de Paris, vivait en France depuis longtemps et son mentor était le fameux Lucien de Montespan : un triple argument qui ne tarda pas à convaincre les plus réticents. Entre le public et les témoins vêtus de noir et à l'allure solennelle, se tenait la totalité des maîtres d'armes de Paris et quelques autres venus de province pour assister à l'événement. Seul manquait le vieux Montespan auquel les médecins avaient formellement interdit cette sortie.

Rolandi était très brun, menu, avec des yeux petits et vifs. Il approchait les quarante ans et avait le cheveu rare et frisé. Il savait qu'il ne jouissait pas de la faveur de l'opinion publique et il eût volontiers préféré voir tous ces gens loin de lui. Toutefois, les choses s'étaient déroulées de telle façon qu'il n'avait d'autre issue que de se battre sous peine de subir un ridicule qui le poursuivrait à travers toute l'Europe. A trois reprises, on lui avait refusé le titre de maître d'armes bien qu'il fût habile au fleuret et au sabre. D'origine italienne, ancien soldat de cavalerie, il donnait des cours d'escrime dans un misérable taudis pour subvenir aux besoins de sa femme et de ses quatre enfants. Tandis qu'on effectuait les préparatifs, il décochait à la dérobée des coups d'œil nerveux à Jaime Astarloa qui se tenait tranquillement à distance, vêtu d'un pantalon étroit et d'une longue chemise blanche qui accentuait sa minceur. « Le jeune don Quichotte », l'avait baptisé l'un des journaux qui s'occupaient de l'affaire. Il était à l'apogée de son art et se savait protégé par la fraternité des maîtres de l'Académie, ce groupe grave et endeuillé qui attendait à quelques pas de là, sans se mêler à la foule, arborant cannes, décorations et hauts-de-forme.

Le public avait espéré une joute titanesque mais il fut déçu. Le combat à peine commencé, Rolandi baissa fatalement le poing de deux pouces tandis qu'il préparait une estocade destinée à surprendre son adversaire. Jaime Astarloa tira à fond par la petite ouverture, avec un coup lancé au moment adéquat, et la lame du fleuret glissa tout le long du bras de Rolandi, entrant sans obstacle sous son aisselle. Le malheureux tomba en arrière, entraînant son fleuret dans sa chute, et quand il se retrouva sur l'herbe un quart de lame ensanglantée lui sortait par le dos. Le médecin qui se trouvait là ne put rien faire pour sauver sa vie. Du sol, toujours embroché sur le fleuret, Rolandi dirigea son regard trouble vers son meurtrier et expira dans un vomissement de sang.

En recevant la nouvelle, le vieux Montespan murmura seulement « bien », sans détacher ses yeux des bûches qui crépitaient dans la cheminée. Il mourut deux jours plus tard sans que son élève, qui avait quitté Paris pour que le temps atténuât les échos de l'affaire, l'eût revu en vie.

A son retour, Jaime Astarloa apprit par des amis le décès de son vieux maître. Il écouta en silence, sans aucun signe de douleur, puis sortit faire une longue promenade sur les bords de la Seine. Il demeura un bon moment près du Louvre, contemplant le courant sale du fleuve. Il resta ainsi, immobile, jusqu'à perdre la notion du temps. Il faisait déjà nuit quand il revint à lui, se reprit et décida de rentrer chez lui. Le lendemain matin, il apprit que dans son testament Montespan lui avait légué la seule fortune qu'il possédât : ses vieilles armes. Il acheta un bouquet de fleurs, loua une berline et se fit conduire au Père-Lachaise. Là, sur l'anonyme dalle de pierre grise qui recouvrait le corps de son maître, il déposa les fleurs et le fleuret avec lequel il avait tué Rolandi.

Tout cela s'était passé presque trente ans auparavant. Jaime Astarloa contempla son image dans le miroir de la salle d'armes. En se penchant pour attraper le quinquet, il étudia soigneusement son visage, ride après ride. Montespan était mort à cinquante-neuf ans, il avait seulement trois ans de plus que son âge actuel et le dernier souvenir qu'il conservât de son maître était l'image d'un vieil homme blotti au coin du feu. Il passa sa main dans ses cheveux blancs. Il ne se repentait pas de la vie qu'il avait vécue ; il avait aimé et il avait tué sans jamais rien entreprendre qui déshonorât l'idée qu'il se faisait de lui-même ; il avait amassé suffisamment de souvenirs pour justifier son existence, bien que ceux-ci constituassent le seul patrimoine dont il pût jouir... Il regrettait seulement de ne pas avoir, comme Lucien de Montespan, quelqu'un à qui léguer ses armes au moment de mourir. Sans bras pour leur donner vie, elles n'étaient que d'inutiles objets ; elles finiraient n'importe où, dans le plus obscur recoin d'une échoppe d'antiquaire, couvertes de poussière et de rouille, définitivement silencieuses, aussi mortes que leur propriétaire. Et personne ne déposerait un fleuret sur sa tombe.

Il pensa à Adela de Otero et ressentit une pointe d'angoisse. Cette femme était entrée dans sa vie bien trop tard. A peine serait-il capable d'arracher quelques mots tendres à ses lèvres flétries.

CHAPITRE III

Temps incertain sur fausse attaque

« Dans le temps incertain, comme dans tout autre mouvement risqué, celui qui sait tirer doit prévoir les intentions de l'adversaire en étudiant soigneusement ses gestes et en connaissant par avance les résultats qui peuvent en découler. »

Une demi-heure avant le rendez-vous, il regarda pour la sixième fois son image dans le miroir, obtenant une impression satisfaisante. Parmi ses relations, rares étaient ceux qui, à son âge, offraient semblable aspect. De loin, on l'aurait pris pour un jeune homme grâce à sa minceur et à l'agilité de ses membres que l'exercice continu de sa profession maintenait dans une forme admirable. Il s'était consciencieusement rasé avec sa vieille lame anglaise à manche d'ivoire et avait taillé encore plus minutieusement que d'habitude sa fine moustache grise. Ses cheveux blancs, légèrement bouclés sur la nuque et les tempes, étaient peignés en arrière avec le plus grand soin ; la raie, haute et placée à gauche, était aussi impeccable que si on l'avait tracée à l'aide d'une règle.

Il était de bonne humeur, ravi comme un cadet qui, étrennant son uniforme, se rend à son premier rendez-vous. Loin de l'incommoder, cette sensation presque oubliée l'amusait et le rendait heureux. Il s'empara de son unique flacon d'eau de Cologne et en laissa couler quelques gouttes sur ses mains, tapotant ensuite doucement ses joues pour les imprégner du discret arôme. Les rides qui entouraient ses yeux gris s'accentuèrent dans l'ébauche d'un sourire intérieur.

Assurément, il n'attendait rien d'équivoque de ce rendez-vous. Jaime Astarloa était trop conscient de la réalité pour abriter de stupides rêveries. Pourtant, il ne pouvait s'empêcher de penser que tout cela recelait un attrait spécial. Que pour la première fois de sa vie il ait pour client une femme, et que celle-ci fût précisément Adela de Otero, donnait à la situation une nuance particulière que dans son for intérieur il qualifiait d'esthétique bien qu'il ne sût pas très bien pourquoi. Que son nouveau client appartînt au sexe opposé était à présent chose entendue ; une fois dominée la première réticence, relégués les préjugés dans un coin d'où il les entendait à peine protester, son temps était maintenant rempli de la douce sensation que quelque chose de nouveau était en train d'arriver dans son existence jusqu'alors monotone. Et le maître d'escrime s'abandonna, bienheureux, à ce qui ressemblait à un écart automnal et inoffensif, un subtil jeu de sentiments récemment retrouvés, dont il serait l'unique protagoniste conscient.

A cinq heures moins le quart, il effectua une ultime inspection de la maison. Dans le cabinet qui lui servait de salon, tout était en ordre. La concierge, qui nettoyait les pièces trois fois par semaine, avait astiqué soigneusement les miroirs de la salle d'armes où les lourds rideaux et les persiennes fermées créaient une douce ambiance de pénombre dorée. A cinq heures moins dix, il se contempla pour la dernière fois dans une glace et rectifia en deux touches rapides ce qui lui paraissait quelque peu négligé dans son costume. Il était vêtu comme d'habitude quand il travaillait chez lui : chemise, caleçons étroits d'escrime, bas et chaussons de cuir très souple, le tout d'une blancheur immaculée. Pour l'occasion, il avait endossé une casaque de drap anglais bleu sombre, passée de mode et un peu gâtée par l'usage mais confortable et légère, dont il savait qu'elle lui donnait un air d'élégance négligée. Autour de son cou était noué un délicat foulard de soie blanche.

Quand la petite pendule murale fut sur le point de sonner cinq heures, il alla s'asseoir sur le sofa, croisa les jambes et ouvrit distraitement un livre qui se trouvait sur la petite table attenante, une édition flétrie *in-quarto* du *Mémorial de Sainte-Hélène*. Il passa deux ou trois pages sans prêter attention à ce qu'il lisait et regarda les aiguilles de la pendule : cinq heures et sept minutes. Il divagua quelques instants sur le manque de ponctualité propre aux femmes et la crainte qu'elle eût changé d'avis l'assaillit. Il commençait à s'inquiéter quand on frappa.

Les yeux violets le regardaient avec une vivacité ironique.

– Bonsoir, maître.

– Bonsoir, madame de Otero.

Elle se retourna vers la soubrette qui attendait sur le palier. Don Jaime reconnut la fille brune qui lui avait ouvert la porte de l'appartement de la rue Riaño.

– C'est bien, Lucia. Reviens me chercher dans une heure.

La servante remit à sa maîtresse un petit sac de voyage et, après s'être inclinée, redescendit dans la rue. Adela de Otero enleva la longue épingle qui retenait son chapeau et déposa ce dernier ainsi que son ombrelle entre les mains tendues de don Jaime. Puis elle fit quelques pas dans le cabinet, s'arrêtant devant le portrait sur le mur ainsi qu'elle l'avait fait la dernière fois.

– C'était un bel homme, répéta-t-elle comme la veille.

Le maître d'escrime avait longuement songé à l'accueil qu'il devait réserver à la dame, décidant finalement d'adopter une attitude strictement professionnelle. Il s'éclaircit la voix pour signifier à Adela de Otero qu'elle n'était pas ici pour commenter les traits de ses ancêtres et, d'un geste qu'il tenta de rendre froid et courtois en même temps, il l'invita à passer dans la salle d'armes sans plus attendre. Elle le regarda un instant avec une surprise amusée puis acquiesça, telle une élève obéissante. La petite cicatrice à la commissure droite imprimait à sa bouche le sourire énigmatique qui inquiétait tant don Jaime. Quand ils furent parvenus à la salle d'armes, le maître tira l'un des rideaux pour laisser entrer la lumière qui pénétra à torrents, réfractée par les grands miroirs. Les rayons du soleil tombèrent comme des flammes sur la jeune femme, la nimbant d'un halo doré. Elle regarda autour d'elle, visiblement charmée par l'ambiance de l'endroit, tandis que sur la mousseline de son habit scintillait une pierre de couleur violette. Le maître se dit qu'Adela de Otero portait toujours quelque chose qui jouait avec ses yeux dont elle savait indubitablement tirer parti.

– C'est fascinant, dit-elle avec une admiration ingénue.

Don Jaime regarda à son tour les miroirs, les vieilles épées, le sol formant estrade et il haussa les épaules.

– Ce n'est qu'une salle d'armes, protesta-t-il, secrètement flatté.

Elle fit non de la tête ; elle contemplait sa propre image dans les miroirs.

– Non, c'est plus que cela. Avec cette lumière et ces panoplies anciennes sur les murs, ces vieux rideaux et tout le reste... (Ses yeux violets se fixèrent trop longtemps sur ceux du maître d'armes qui détourna le regard avec une certaine pudeur.) Ce doit être un plaisir de travailler ici, don Jaime. Tout est si...

– Préhistorique ?

Elle plissa les lèvres sans goûter la plaisanterie.

– Je ne parle pas de cela. (Sa voix légèrement rauque cherchait le terme approprié.) Je veux dire que c'est... décadent. (Elle répéta le mot comme s'il provoquait en elle un plaisir particulier.) Décadent au sens noble du terme, comme une fleur qui se flétrit dans un vase, comme une belle gravure ancienne. Quand je vous ai vu la première fois, c'est ainsi que j'ai imaginé votre maison.

Don Jaime fit quelques pas, inquiet. La proximité de la jeune femme, son aplomb qui frisait l'impudence, cette vitalité qui paraissait émaner de son attirante personne, produisaient en lui un trouble étrange. Il décida de ne pas se laisser prendre à l'envoûtement et de replacer la conversation sur le thème qui les occupait. Pour ce faire, il manifesta à haute voix l'espoir qu'elle eût apporté la tenue appropriée. Adela de Otero le tranquillisa en lui montrant son petit sac de voyage.

– Où puis-je me changer ?

Don Jaime crut percevoir une secrète nuance de provocation dans sa voix, mais il écarta cette pensée, furieux contre lui-même. Peut-être commençait-il à se sentir trop attiré par ce jeu et il s'efforça de rejeter, avec le maximum de rigueur, tout signe de stupidité sénile. Avec une absolue gravité, il indiqua à la jeune femme la porte d'une petite pièce destinée à cet usage, tout en affichant soudainement un grand intérêt à la vérification de la douteuse solidité de l'une des lattes qui formaient l'estrade. Quand elle passa près de lui pour se rendre au vestiaire, il la regarda à la dérobée et crut percevoir un léger sourire, s'obligeant aussitôt à penser qu'il s'agissait seulement de la petite cicatrice qui dessinait ce trait si trompeur sur la bouche de la jeune femme. Elle poussa la porte derrière elle, la laissant entrebâillée de deux pouces à peine. Don Jaime avala sa salive tout en essayant de garder l'esprit vide.

L'entrebâillement attirait son regard comme un aimant. Il garda les yeux rivés sur la pointe de ses souliers, luttant contre ce magnétisme trouble. Il écouta crisser les jupons et, l'espace d'une seconde, l'image d'une peau brune dans la pénombre tiède traversa son esprit. Il éloigna tout de suite cette vision et se sentit méprisable.

« Pour l'amour de Dieu ! » Sa pensée jaillissait sous forme de supplique quoiqu'il ne sût pas très bien à qui l'adresser. « Il s'agit d'une dame ! »

Puis il fit deux pas en direction de l'une des fenêtres, leva la tête et résolut de s'emplir l'esprit de soleil.

Adela de Otero avait troqué son habit de mousseline contre une jupe d'amazone couleur châtaigne, légère et sans aucun ornement, assez courte pour ne pas gêner les mouvements de pieds et suffisamment longue pour que seuls quelques pouces de sa cheville, gainée de bas blancs, fussent découverts. Elle avait chaussé des escarpins d'escrime, à talons plats, qui donnaient à ses mouvements cette grâce qui n'appartient qu'aux danseuses. Son équipement était complété par un corsage de fil blanc, fermé dans le dos jusqu'au col rond et dépourvu de dentelles, lui serrant assez le buste pour mettre en évidence ses formes qui apparurent au vieux professeur d'une inquiétante douceur. Quand elle marchait, ses chaussons imprimaient à son corps la suave cadence d'un superbe animal, alliant la masculinité que don Jaime avait perçue en elle à une légèreté de mouvements souples et résolus à la fois. Sans talons, pensa le maître d'armes, cette jeune femme se mouvait comme un félin.

Les yeux violets le regardèrent attentivement, guettant l'effet qu'ils produisaient sur lui. Don Jaime s'efforça de rester impénétrable.

– Quel est votre fleuret préféré ? demanda-t-il en fermant à demi les yeux, aveuglé par la lumière qui semblait embraser voluptueusement la jeune femme. Français, espagnol ou italien ?

– Français. J'aime sentir la liberté sous mes doigts.

D'une inclinaison de tête satisfaite, le maître lui rendit un léger hommage. Lui aussi préférait le fleuret de type français dépourvu de quillons, avec la poignée libre jusqu'à la garde. Il s'approcha de l'une des panoplies qui étaient au mur et étudia pensivement les armes qui y étaient disposées. Calculant la hauteur de la jeune femme et la longueur de ses bras, il choisit le fleuret approprié, une pièce excellente avec une lame de Tolède, flexible comme un jonc. Adela de Otero prit l'arme, la contempla très attentivement, referma la main droite sur la poignée, soupesa le fleuret en connaisseuse et puis, se retournant vers le mur, y essaya la lame, lui imprimant une pression pour qu'elle se courbât jusqu'à ce que la pointe arrivât à environ dix-huit pouces de la poignée. Satisfaite de la qualité de l'acier, elle regarda don Jaime ; ses doigts caressaient le métal bien trempé avec l'admiration non équivoque de qui sait reconnaître la qualité d'une telle pièce.

Jaime Astarloa lui offrit un plastron matelassé et, empressé, aida la jeune femme à enfiler le vêtement de protection en fixant les crochets dans son dos. Ce faisant, il effleura involontairement du bout des doigts la fine toile de la blouse tandis que montait vers lui un doux parfum d'eau de rose. Il termina sa tâche avec une certaine précipitation, ému par le voisinage de ce beau cou qui s'inclinait, dont l'épiderme mat s'offrait dans une tiède nudité sous les cheveux retenus par une barrette de nacre. En fixant le dernier crochet, le maître d'escrime constata avec désolation que ses doigts tremblaient ; pour dissimuler son trouble, il se mit à déboutonner précipitamment sa casaque et fit un commentaire banal sur l'utilité du plastron dans les assauts. Adela de Otero, qui était en train d'enfiler des gants de peau, lui décocha, surprise par un tel accès de loquacité, un regard plein d'étonnement.

– Vous n'utilisez jamais de plastron, maître ?

Un sourire indulgent tordit la moustache de Jaime Astarloa.

– Parfois, répondit-il.

Et, ôtant sa casaque et son foulard, il se dirigea vers la panoplie et prit un fleuret français à poignée de section carrée, légèrement inclinée en quarte. Le fleuret sous le bras, il alla se poster face à la jeune femme qui attendait sur l'estrade, bien droite, la pointe de son arme appuyée sur le sol, près de ses pieds qu'elle avait placés à l'équerre, le talon droit face à la cheville gauche, dans une position impeccable, prête à se mettre en garde. Don Jaime l'étudia quelques instants sans constater, bien malgré lui, la moindre erreur dans son attitude. Il fit donc un geste d'approbation, enfila ses gants et désigna les masques de protection qui étaient alignés sur une étagère.

Elle agita la tête avec dédain.

– Je crois que vous devriez vous couvrir le visage, madame de Otero. Vous savez bien que l'escrime...

– Peut-être plus tard.

– C'est courir un risque inutile, insista don Jaime en admirant le sang-froid de sa nouvelle cliente.

Elle savait sans aucun doute qu'une touche inopportune, trop haute, pouvait causer à son visage une blessure irréparable. Adela de Otero parut deviner sa pensée ; elle sourit ou peut-être était-ce la petite cicatrice.

– Je m'en remets à votre adresse, maître, pour ne pas être défigurée.

– Votre confiance m'honore, madame. Mais je me sentirais plus tranquille si...

Les yeux de la jeune femme avaient maintenant des irisations dorées et ils brillaient de manière étrange.

– Seulement le premier assaut à visage découvert. (Il semblait que le fait d'introduire un facteur de risque supplémentaire revêtait pour elle un attrait spécial.) Je vous promets que ce ne sera que pour cette fois.

Le maître d'armes ne se remettait pas de sa stupeur ; cette jeune personne était entêtée comme un diable. Et regrettablement orgueilleuse.

– Madame, je décline toute responsabilité. Il serait déplorable...

– S'il vous plaît.

Don Jaime soupira. La première escarmouche était irrémédiablement perdue. Le moment était venu de passer aux fleurets.

– Ne tergiversons plus.

Ils se saluèrent mutuellement et se préparèrent à l'assaut. Adela de Otero se couvrit parfaitement ; elle tenait son fleuret avec fermeté, sans excès, le pouce sur la poignée, l'annulaire et le majeur serrés, maintenant la garde à la hauteur de la poitrine et la pointe un peu plus haute que le poing. Elle faisait montre d'une totale orthodoxie, à l'italienne, offrant au maître son profil droit, fleuret, bras, épaule, hanche et pied sur une même ligne, les genoux légèrement fléchis, le bras gauche levé et la main retombant avec une apparente négligence. Don Jaime admira le joli tableau qu'offrait la jeune femme, prête à l'attaque comme un félin sur le point de bondir. Ses yeux étaient mi-clos, brillants comme si la fièvre brûlait en eux, la mâchoire serrée. Ses lèvres, d'habitude si belles malgré la marque à la commissure droite, se réduisaient à présent à une ligne étroite. Tout son corps semblait contracté, tel un ressort sur le point de se détendre, et le vieux maître d'escrime, percevant l'ensemble d'un seul regard, comprit, déconcerté, que, pour Adela de Otero, tout cela représentait bien plus qu'un simple passe-temps d'une capricieuse excentricité. Il avait suffi de placer une arme entre ses mains pour que la belle jeune femme se transformât en un adversaire agressif. Et, habitué qu'il était à percevoir la nature humaine à partir des attitudes, Jaime Astarloa en conclut que cette femme mystérieuse cachait quelque fascinant secret. C'est pour cette raison que, lorsqu'il tendit son fleuret et se mit à son tour en garde, le maître d'escrime le fit avec la même précaution calculée qu'il eût adoptée dans un combat à pointe nue. Il pressentait qu'un danger le guettait quelque part, que ce jeu était loin d'être une distraction innocente. Et son vieil instinct professionnel ne le trompait jamais.

Dès qu'ils croisèrent leurs fleurets, il comprit qu'Adela de Otero avait bénéficié de l'enseignement d'un excellent maître d'armes. Don Jaime fit une paire de feintes sans autre but que de tester les réactions de son adversaire, pour constater qu'elle y répondait avec calme, maintenant la distance et restant attentive à la défense, bien consciente qu'elle avait en face d'elle un homme extraordinairement adroit au combat. En règle générale, il suffisait au vieux professeur d'observer les positions adoptées par un tireur et d'évaluer la fermeté de son acier pour le juger sur-le-champ ; et cette jeune femme, indubitablement, savait se battre. Elle agissait d'une manière curieuse, double, on aurait même pu dire avec une agressive sérénité ; elle était prompte à se lancer à fond mais elle restait assez prudente, comme pour ne pas sous-estimer un terrible adversaire, d'autant plus que celui-ci continuait à lui offrir d'excellentes occasions de tenter l'estocade finale. Adela de Otero se maintenait prudemment en quarte, s'efforçant d'appuyer sa défense sur le tiers supérieur de l'acier, prête à se retirer quand le maître changerait de tactique et la serrerait trop. Comme font les escrimeurs avertis, elle ne regardait pas les lames des fleurets mais plongeait directement ses yeux dans les yeux de son adversaire.

Don Jaime marqua une demi-attaque en tierce, ce qui impliquait une fausse attaque avant de tirer en quarte ; avant tout pour tester la réaction de la jeune femme, car il ne désirait pas encore la toucher avec la mouche de son arme. A sa grande surprise, Adela de Otero resta ferme et le maître vit luire la pointe du fleuret ennemi à quelques pouces de son estomac quand elle lança avec une rapidité inattendue une estocade basse en seconde, en même temps que de ses lèvres crispées jaillissait un cri de combat rauque. Le maître se dégagea non sans une certaine difficulté, furieux de s'être ainsi laissé prendre au dépourvu. La jeune femme se reprit, recula de deux pas, avança d'un, de nouveau en quarte, les lèvres serrées, et regarda son adversaire dans les yeux, entre ses paupières mi-closes, dans une attitude d'absolue concentration.

– Excellent, murmura don Jaime assez haut pour qu'elle pût l'entendre, mais la jeune femme ne manifesta aucun contentement devant cet éloge.

Une légère ride verticale se dessinait entre ses sourcils et une goutte de sueur courait sur sa tempe, de la racine de ses cheveux vers sa joue. Sa jupe ne semblait pas gêner excessivement ses mouvements. Elle empoigna son fleuret d'un bras légèrement fléchi, et se tint à l'affût du moindre geste de Jaime Astarloa. Celui-ci pensa que dans cette attitude, elle était moins belle ; son attrait persistait mais à présent il était lié à cette tension qui semblait sur le point de faire vibrer son corps. Elle avait quelque chose de viril, oui. Mais aussi d'obscur et de sauvage.

Adela de Otero ne se déplaçait pas latéralement mais se maintenait en ligne en glissant d'avant en arrière ; elle gardait le compas droit tant vanté par les puristes et que don Jaime lui-même recommandait à ses élèves. Le maître avança de trois pas et elle répondit en reculant de trois. Il tira une estocade en tierce et la jeune femme opposa une parfaite contre-parade en quarte, décrivant un petit cercle avec son fleuret autour de l'acier ennemi, ce qui eut pour résultat de dévier le mouvement. Le maître admira silencieusement la nette exécution de cette défense, considérée comme majeure parmi les parades majeures ; celui qui en possédait le secret était placé au plus haut rang de l'escrime. Il attendit qu'Adela de Otero se lançât immédiatement en quarte, chose qu'elle fit, neutralisa l'attaque et tira contre elle une estocade sur le bras qui aurait touché sa cible s'il ne l'avait pas volontairement arrêtée à un peu plus d'un pouce de l'objectif. La jeune femme comprit la manœuvre, recula d'un pas sans baisser son fleuret et le regarda avec des yeux qui brillaient de fureur.

– Je ne vous paie pas pour que vous jouiez avec moi comme avec l'un de vos débutants, don Jaime. (Sa voix tremblait d'une colère mal contenue.) Si vous devez me toucher, faites-le.

Le maître balbutia une excuse, stupéfait par la vivacité de cette réaction. Elle se contenta de froncer le sourcil, redoublant de concentration, et se lança à fond sans crier gare, d'une manière si violente que le maître d'armes eut à peine le temps d'opposer son fleuret en quarte et que la force de l'attaque l'obligea à reculer. Il tira en quarte pour maintenir la distance mais elle poursuivit son attaque, engageant, tirant et avançant avec une rapidité inouïe, marquant chaque mouvement d'un cri rauque. Moins déconcerté par une telle attaque que par l'intransigeance passionnée que la jeune femme y mettait, don Jaime recula tout en contemplant, comme hypnotisé, la terrible expression qui contractait les traits de son adversaire. Il prit de la distance et elle continua à avancer. Il rompit encore une fois, s'opposant en quarte, mais Adela de Otero avança de nouveau, engageant, tirant en quinte. Le maître recommença à reculer et cette fois, il engagea en quinte et tira en seconde. « Voilà qui est bien », pensa don Jaime, résolu à en finir avec cette situation absurde. Mais la jeune femme engagea encore en tierce et tira en quarte à l'intérieur du bras avant qu'il ne se rétablît complètement. Il se sortit à grand-peine de cette position incommode et, reprenant son aplomb, il attendit qu'elle lui présentât franchement son fleuret pour la désarmer d'un coup sec et ferme sur la lame. Presque dans le même mouvement, il leva la pointe mouchetée et la tint devant la gorge d'Adela de Otero. Son arme roula sur le sol tandis qu'elle bondissait en arrière en fixant la pointe menaçante du fleuret du maître comme si un serpent s'apprêtait à la piquer.

Ils se mesurèrent du regard, dans un silence total. A son grand étonnement, le maître d'escrime vit que la jeune femme ne semblait pas furieuse. La colère qui avait crispé ses traits durant l'assaut avait fait place à un large sourire où surnageait une moue d'ironie. Il comprit qu'elle était contente de lui avoir fait passer un mauvais quart d'heure, et cela l'irrita.

– Qu'aviez-vous l'intention de faire ? Dans un assaut à pointe nue, pareille chose aurait pu vous coûter la vie, madame. L'escrime n'est pas un jeu.

Elle renversa la tête en arrière et partit d'un joyeux éclat de rire, comme une gamine qui aurait mené jusqu'à son terme une splendide polissonnerie. Ses joues étaient rouges de l'effort qu'elle venait de fournir et de minuscules gouttelettes de sueur couvraient sa lèvre supérieure. Ses cils eux-mêmes semblaient humides et dans l'esprit de don Jaime passa l'idée – qu'il écarta aussitôt – que ce devait être l'expression qu'elle avait après l'amour.

– Ne vous fâchez pas contre moi, maître. (Sa voix et son visage avaient, en effet, changé du tout au tout ; ils étaient à présent pleins de douceur et lui conféraient un charme caressant, une beauté chaleureuse. Sa respiration encore entrecoupée agitait sa poitrine sous le plastron d'escrime.) J'avais seulement l'intention de vous démontrer que vous n'avez aucune raison de vous montrer paternel. Quand j'ai un fleuret en main, je déteste les égards dont on a coutume d'entourer une femme. Comme j'ai pu vous le prouver, je suis tout à fait capable d'asséner de bonnes estocades, ajouta-t-elle sur un ton où le maître d'escrime crut percevoir un lointain écho de menace. Et une estocade est une estocade, quel que soit celui qui la porte.

Jaime Astarloa ne put que s'incliner devant l'argument.

– Alors, madame, c'est moi qui vous demande d'accepter mes excuses.

Elle salua à son tour avec une grâce extrême.

– Je les accepte, maître. (Ses cheveux relevés sur sa nuque étaient quelque peu défaits et une mèche noire tomba sur ses épaules ; elle leva les bras et la rattacha avec la barrette de nacre, d'un geste dénué de coquetterie.) Pouvons-nous continuer ?

Don Jaime acquiesça, ramassa le fleuret tombé sur le sol et le lui remit. Le sang-froid de la jeune femme le remplissait d'admiration ; durant l'assaut, la mouche métallique qui protégeait la pointe de son arme avait dangereusement effleuré son visage, à de nombreuses reprises, sans qu'elle en fût jamais effrayée ou inquiète.

– Nous devrions maintenant utiliser les masques, dit-il et Adela de Otero en fut d'accord.

Ils chaussèrent tous deux les masques protecteurs et se mirent en garde. Don Jaime regretta que la résille métallique cachât dès lors et presque entièrement les traits de la jeune femme. Il pouvait entrevoir, toutefois, l'éclat de ses yeux et la ligne blanche de ses dents quand elle cessait de serrer les lèvres et respirait profondément, durant un court instant, avant de tirer à fond. Cette fois, l'exercice se déroula sans incident ; la jeune femme se battit avec une totale sérénité, marquant les temps de façon impeccable avec une grande précision de mouvements. Bien qu'elle ne parvînt jamais à toucher son adversaire, celui-ci dut recourir à toute sa science pour esquiver une ou deux estocades qui, sans doute, eussent atteint leur objectif si elles avaient été destinées à quelqu'un de moins habile que lui. Tandis que le cliquetis des fleurets emplissait la salle d'armes, le vieux professeur pensa qu'Adela de Otero était aussi compétente que n'importe lequel des plus distingués escrimeurs qu'il connaissait. Bien qu'il ne s'en fût pas tenu aux initiatives de la jeune femme, Jaime de Astarloa s'était finalement vu contraint à affronter sérieusement ses assauts. A deux reprises, il fut forcé de toucher son adversaire pour ne pas être touché par lui. Au total, Adela de Otero reçut ce soir-là cinq touches au plastron ; ce qui n'était pas excessif étant donné la qualité de son adversaire vétéran.

Quand la pendule sonna six heures, ils s'arrêtèrent, étouffant de chaleur et exténués par l'effort. Elle ôta son masque, épongea sa sueur avec la serviette que don Jaime mit à sa disposition. Ensuite, elle le regarda avec des yeux interrogateurs, attendant le verdict.

Le maître sourit.

– Je n'aurais jamais imaginé cela, confessa-t-il avec franchise et la jeune femme, satisfaite, ferma à demi les yeux, comme une chatte recevant une caresse. Vous pratiquez l'escrime depuis longtemps ?

– Depuis l'âge de dix-huit ans. (Don Jaime tenta de calculer mentalement son âge à partir de cette indication et elle devina son intention.) J'en ai vingt-sept.

Le maître fit un geste de galante surprise signifiant qu'il l'eût crue plus jeune.

– Peu m'importe, dit-elle. J'ai toujours considéré que le fait de cacher son âge était une stupidité comme celui de vouloir paraître plus jeune. Renier son âge, c'est renier sa vie.

– Sage philosophie.

– Seulement du bon sens, maître. Seulement du bon sens.

– Ce n'est pas une vertu très féminine, fit-il en souriant.

– Vous seriez surpris de connaître le nombre de vertus féminines dont je suis dépourvue.

On frappa à la porte et Adela de Otero eut une moue de déception.

– Ce doit être Lucia. Je lui avais dit de venir me chercher dans une heure.

Don Jaime s'excusa et alla ouvrir. C'était, en effet, la servante. Quand il retourna dans la salle d'armes, la jeune femme était déjà en train de se changer dans le vestiaire. Elle avait laissé la porte entrebâillée.

Don Jaime replaça les fleurets dans leurs panoplies et ramassa les masques posés au sol. Quand Adela de Otero réapparut, elle était de nouveau vêtue de mousseline et arrangeait sa coiffure tout en serrant entre ses dents la barrette de nacre. Ses cheveux étaient longs, ils tombaient plus bas que les épaules, très noirs et soignés.

– Quand m'enseignerez-vous votre botte ?

Jaime Astarloa dut reconnaître que cette femme était en droit d'apprendre la botte des deux cents écus.

– Après-demain, à la même heure, dit-il. Mes services comprennent l'enseignement de la botte mais aussi de sa parade. Avec votre expérience, il vous suffira de deux ou trois leçons pour que vous la dominiez parfaitement.

Elle parut satisfaite.

– Je crois que je serai très heureuse de m'entraîner avec vous, don Jaime, dit-elle d'un ton désinvolte, comme une confidence spontanée. J'imagine que ce doit être un plaisir de combattre avec quelqu'un de si... délicieusement classique. Il est évident que vous appartenez à l'ancienne école d'escrime française : corps droit, jambe tendue et tir à fond seulement en cas de nécessité. Je n'ai pas rencontré beaucoup de tireurs de votre style.

– Hélas, madame. Hélas.

– J'ai également observé, ajouta-t-elle, que vous possédez une qualité fort rare pour un escrimeur... C'est ce que les experts appellent... Comment dit-on ? Le *sentiment du fer**. C'est bien cela ? A ce qu'il paraît, seuls le possèdent les tireurs de talent.

Don Jaime fit un vague geste affirmatif, éludant l'importance de la question, bien qu'au fond de lui-même il fût flatté par la perspicacité de la jeune femme.

– C'est le fruit d'un long travail, répondit-il. Cette qualité consiste en une sorte de sixième sens qui permet de prolonger jusqu'à la pointe de l'arme la sensibilité tactile des doigts qui tiennent le fleuret... C'est un instinct particulier qui avertit des intentions de l'adversaire et permet, parfois, de prévoir ses mouvements une petite fraction de seconde avant qu'ils ne se produisent.

– J'aimerais aussi apprendre cela, dit la jeune femme.

– Impossible. C'est une question de pratique. Il n'y a là aucun secret, rien qu'on puisse acquérir avec de l'argent. Pour l'avoir, toute une vie est nécessaire. Une vie comme la mienne.

* En français dans le texte.

Elle sembla se souvenir de quelque chose.

– En ce qui concerne vos honoraires, dit-elle, je voudrais savoir si vous préférez du numéraire ou un ordre de paiement tiré sur une quelconque société bancaire. La Banque d'Italie, par exemple. Une fois l'estocade apprise, je continuerais avec un grand intérêt à combattre avec vous pendant quelque temps.

Le maître protesta courtoisement. Compte tenu des circonstances, il offrirait volontiers ses services à la dame sans aucune compensation... Voilà qui rendait stérile toute discussion d'argent.

Elle le regarda avec froideur et lui fit savoir que lorsqu'elle utilisait les services d'un maître d'escrime elle avait coutume de le payer. Ensuite, l'affaire étant réglée à sa convenance, elle releva ses cheveux sur sa nuque dans un mouvement aussi rapide que précis, et les attacha avec la barrette.

Jaime Astarloa enfila sa veste et accompagna sa nouvelle cliente jusqu'à son cabinet. La servante attendait dans l'escalier mais Adela de Otero ne semblait pas pressée de partir. Elle demanda un verre d'eau et demeura un moment à observer avec une curiosité effrontée les titres des livres alignés sur les étagères.

– Je donnerais mon meilleur fleuret pour savoir qui fut votre maître d'escrime, madame de Otero.

– Et quel est votre meilleur fleuret ? demanda-t-elle sans tourner la tête, tout en passant le doigt sur le dos d'un tome des *Mémoires* de Talleyrand.

– Une lame milanaise, forgée par d'Arcadi.

La jeune femme plissa les lèvres comme si elle estimait, amusée, la valeur de la transaction.

– L'offre est tentante, mais je la repousse. Si une femme veut conserver de son attrait, il convient qu'elle s'entoure d'un petit peu de mystère. Limitons-nous à considérer que c'était un bon maître.

– J'ai pu l'observer. Et vous êtes devenue une remarquable élève.

– Merci.

– C'est la pure vérité. De toute manière, si vous me permettez d'avancer un jugement, je serais prêt à jurer qu'il était italien. Certains de vos mouvements sont caractéristiques de cette école si honorable.

Adela de Otero porta doucement ses doigts à ses lèvres.

– Nous parlerons de cela un autre jour, maître, dit-elle à voix basse, sur le ton de qui partage un secret. (Elle regarda autour d'elle et indiqua le sofa d'un geste.) Puis-je m'asseoir ?

– Je vous en prie.

Elle se laissa tomber sur le cuir usé couleur tabac, dans un doux crissement de jupes. Jaime Astarloa resta debout, vaguement mal à l'aise.

– Où avez-vous appris l'escrime, maître ?

Le vieux professeur la regarda, malicieux.

– Votre effronterie m'enchante, madame. Vous refusez de m'éclairer sur votre jeune existence et aussitôt c'est moi que vous interrogez... C'est injuste.

Elle lui adressa un sourire plein de séduction.

– On n'est jamais assez injuste avec les hommes, don Jaime.

– Voilà une réponse cruelle...

– Autant que sincère.

Le maître d'escrime regarda pensivement la jeune femme.

– Doña Adela, dit-il au bout d'un moment, redevenu sérieux, avec une spontanéité si flagrante qu'elle plaçait ses paroles loin de toute forfanterie galante. Je donnerais n'importe quoi pour envoyer ma carte et mes témoins à l'homme qui a mis entre vos lèvres une si amère réflexion.

Elle le regarda, amusée au départ puis agréablement surprise quand elle comprit que son interlocuteur ne plaisantait pas. Elle fut sur le point de dire quelque chose et resta les lèvres entrouvertes, comblée, comme si elle savourait ce qu'elle venait d'entendre.

– C'est, dit-elle peu après, le compliment le plus galant que j'aie entendu de toute ma vie.

Jaime Astarloa s'appuya au dossier d'un fauteuil. Il avait le sourcil froncé et réfléchissait, un peu irrité. Il était sûr qu'il n'avait pas eu l'intention de se montrer galant mais qu'il s'était contenté d'exprimer à voix haute son sentiment. Il craignait à présent d'avoir parlé de façon ridicule. A son âge...

Elle s'aperçut de son embarras et, volant à son secours, elle reprit le sujet de conversation du début.

– Vous alliez me raconter comment vous avez appris l'escrime, maître.

Don Jaime sourit, reconnaissant, tandis qu'il simulait avec résignation le geste de baisser la garde.

– Quand j'étais dans l'armée.

Elle le regarda avec un intérêt renouvelé.

– Vous avez été militaire ?

– Oui. Durant une brève période de ma vie.

– Vous deviez avoir fière allure en uniforme. Vous l'avez toujours d'ailleurs.

– Madame, je vous supplie de ne pas flatter ma vanité. Nous, les vieux, sommes sensibles à ce genre de choses, surtout quand elles viennent d'une jolie jeune femme dont l'époux, je suppose...

Il laissa sa phrase en suspens et resta dans l'expectative, sans pourtant obtenir de résultat. Adela de Otero se contenta de le regarder comme si elle attendait qu'il finisse de s'exprimer. Au bout d'un moment, elle sortit un éventail de son sac et le tint entre ses doigts sans l'ouvrir. Quand elle parla, l'expression de ses yeux s'était durcie.

– Vous trouvez que je suis une jolie jeune femme ?

Le maître d'armes chancela de confusion.

– Bien sûr, dit-il après un instant, avec la plus grande sincérité dont il était capable.

– C'est ainsi que vous me définiriez devant vos amis, au casino ? Une jolie jeune femme ?

Jaime Astarloa se redressa comme s'il avait essuyé une insulte.

– Madame de Otero, je crois de mon devoir de vous apprendre que je ne fréquente pas les casinos, pas plus que je n'ai d'amis. Et je considère comme opportun d'ajouter que, dans le cas improbable où ces deux circonstances seraient rassemblées, je ne commettrais jamais la bassesse de prononcer en de tels lieux le nom d'une dame.

Elle le regarda longuement, comme si elle évaluait la sincérité de ses paroles.

– De toute manière, ajouta don Jaime, il y a un moment, vous avez qualifié de *fière* mon allure et je n'ai pas été offensé. Je ne vous demande pas si vous me définiriez ainsi à vos amies, à l'heure du thé.

La jeune femme rit de bon cœur et Jaime Astarloa finit par faire de même. L'éventail glissa de ses doigts, tomba sur le tapis et le maître d'escrime se précipita pour le ramasser. Il le lui tendit, le genou encore au sol, et leurs visages furent à quelques pouces seulement l'un de l'autre.

– Je n'ai pas d'amies et je ne bois pas de thé, dit-elle, et don Jaime put contempler à loisir les yeux violets que jamais il n'avait vus de si près. Avez-vous déjà eu des amis ? Je veux dire des amis véritables, des gens entre les mains desquels vous auriez déposé votre vie ?...

Il se redressa lentement. Répondre à cette question n'exigeait aucun effort de mémoire.

– Une fois, mais il ne s'agissait pas vraiment d'amitié. J'ai eu l'honneur de passer plusieurs années aux côtés du maître Lucien de Montespan. C'est lui qui m'enseigna ce que je sais.

Adela de Otero répéta le nom à voix basse ; de toute évidence, il lui était inconnu. Jaime Astarloa sourit.

– Bien entendu, vous êtes trop jeune... (Son regard se perdit un instant dans le vide puis il se tourna vers elle.)

Il était le meilleur. Personne, en son temps, n'est parvenu à le surpasser. (Il médita un instant sa propre affirmation.) Absolument personne.

– Vous avez exercé en France ?

– Oui. Pendant onze ans comme maître d'armes. Je suis revenu en Espagne au milieu du siècle, en 1850.

Les yeux couleur violette le contemplèrent fixement comme si leur propriétaire éprouvait une certaine satisfaction morbide à exhumer ainsi les souvenirs nostalgiques du vieux maître d'escrime.

– Peut-être regrettiez-vous votre pays. Je sais ce que c'est.

Jaime Astarloa ne répondit pas tout de suite. Il se rendait parfaitement compte que la jeune femme le forçait à parler de lui-même, habitude qui n'entrait guère dans son caractère. Toutefois, pensa-t-il, émanait d'Adela de Otero une étrange attraction qui l'incitait, doucement et dangereusement, à se confier un peu plus chaque fois.

– Si l'on peut dire, oui, dit-il enfin, amusé par la magie de son interlocutrice. Mais en réalité, il s'agissait d'une affaire plus... complexe. D'un certain point de vue, on pourrait la définir comme une fuite.

– Une fuite ? Vous ne semblez pas être de ceux qui s'enfuient.

Don Jaime sourit, inquiet. Il sentait que les souvenirs affluaient doucement et cela dépassait ce qu'il désirait concéder à Adela de Otero.

– Je parlais au sens figuré. (Il parut reprendre ses esprits.) Ou pas, qui sait ? Après tout, il s'agissait peut-être d'une fuite en bonne et due forme.

Elle se mordit la lèvre inférieure, intéressée.

– Vous devez me raconter cela, maître.

– Peut-être plus tard, madame. Il se peut que plus tard... En réalité, ce n'est pas une histoire dont l'évocation me remplit de joie. (Il s'arrêta comme si un souvenir lui revenait.) Et vous vous trompez quand vous dites que je ne semble pas être de ceux qui s'enfuient ; nous fuyons tous un jour ou l'autre. Même moi.

Adela de Otero resta pensive, les lèvres entrouvertes, observant don Jaime comme si elle le jaugeait. Puis elle croisa les mains sur son giron et le regarda avec sympathie.

– Peut-être me raconterez-vous cela un jour. Je reviens à votre histoire. (Elle fit une pause pour étudier avec curiosité le net embarras du maître d'escrime.) Je ne comprends pas comment quelqu'un qui possède votre renommée... Je n'ai pas l'intention de vous offenser... Je suppose que vous avez connu des temps meilleurs.

Jaime Astarloa se redressa fièrement. Qui sait, comme elle venait de le dire, la jeune femme n'avait peut-être pas eu l'intention de l'offenser. Mais il se sentit offensé.

– Notre art tombe en désuétude, madame, répondit-il, piqué dans son amour-propre. Les combats pour l'honneur à l'arme blanche se font rares, et puis le pistolet est d'un maniement bien plus facile et il n'exige pas une discipline aussi rigoureuse. D'autre part, l'escrime est devenue un passe-temps frivole. (Il savoura avec mépris ses propres paroles.) Maintenant on l'appelle *sport* !... Comme s'il s'agissait de faire de la gymnastique en maillot !

Elle ouvrit son éventail dont les feuilles, peintes à la main, reproduisaient en pointillés les taches blanches d'amandiers en fleur, stylisés.

– Vous-même, évidemment, refusez de considérer la question sous cet angle...

– Évidemment. J'enseigne un art et je le fais comme j'ai appris à le faire ; avec sérieux et respect. Je suis un classique.

La jeune femme fit jouer les baguettes de nacre de son éventail et remua la tête d'un air absent. Peut-être, en son esprit, des images défilaient-elles qu'elle seule pouvait voir et interpréter.

– Vous êtes né trop tard, don Jaime, dit-elle enfin, d'une

voix neutre... Ou bien vous n'êtes pas mort au moment opportun.

Il la regarda sans cacher sa surprise.

– C'est curieux que vous me disiez cela.

– Quoi donc ?

– Que je ne sois pas mort au moment opportun. (Le maître d'escrime eut un geste évasif, comme s'il s'excusait d'être en vie. Le tour que prenait la conversation paraissait le divertir mais il était évident qu'il ne plaisantait pas.) En ce siècle, à partir d'un certain âge, mourir comme on le devrait devient de plus en plus difficile.

– Je serais enchantée de savoir, maître, ce que vous entendez par mourir comme on le devrait.

– Je ne crois pas que vous comprendriez.

– En êtes-vous sûr ?

– Non. Il se peut que vous le compreniez mais cela m'est égal. Ce ne sont pas des choses que l'on peut raconter à...

– A une femme ?

– A une femme.

Adela de Otero ferma son éventail et le leva doucement jusqu'à ce qu'il effleurât la cicatrice de sa bouche.

– Vous devez être un homme très seul, don Jaime.

Le maître d'escrime regarda fixement la jeune femme. Il n'y avait plus d'amusement dans ses yeux gris ; l'éclat était devenu opacité.

– Je le suis. (Sa voix résonna, fatiguée.) Mais je n'en rends personne responsable. En fait, il s'agit d'une sorte de fascination, un état de grâce égoïste, intime, auquel on parvient seulement en montant la garde sur de vieux chemins oubliés que plus personne ne foule. Vous parais-je un vieillard absurde ?

Elle fit non de la tête. Ses yeux étaient doux à présent.

– Non, je suis simplement atterrée par votre manque de sens pratique.

Jaime Astarloa fit une moue.

– L'une des nombreuses vertus que je me flatte de ne pas posséder, madame, est bien le sens pratique de la vie. Vous vous en êtes sans doute déjà rendu compte. De plus, je n'ai pas la prétention de faire croire, ni à vous ni à personne d'autre, qu'il y a en cela une raison morale. Limitons-nous, je vous en prie, à considérer cette question comme de pure esthétique.

– L'esthétique ne nourrit pas, maître, murmura-t-elle en faisant un geste moqueur, comme si des sentiments l'inspiraient qu'elle se gardait d'exprimer à voix haute. Je vous assure que je sais de quoi je parle.

Don Jaime regarda la pointe de ses chaussons en souriant timidement. Son expression était celle d'un enfant qui confesse une faute.

– Si, par malheur, vous savez de quoi vous parlez, croyez bien que je le déplore, dit-il à voix basse. En ce qui me concerne, permettez-moi de vous dire, au moins, que cela me permet de me regarder franchement en face quand je me rase devant mon miroir chaque matin. Et cela, madame, rares sont les hommes que je connais à pouvoir l'affirmer.

Les premiers lampadaires commençaient à briller, illuminant les rues par intervalles de leur lumière jaunâtre de gaz. Munis de longues perches, les employés municipaux accomplissaient leur tâche sans trop se presser, faisant halte de temps à autre dans une taverne pour étancher leur soif. Il restait encore, jusqu'au palais de Oriente, une légère trace de clarté sur laquelle se découpait la sombre silhouette des toits voisins du Théâtre royal. Les fenêtres, ouvertes à la brise tiède du crépuscule, scintillaient à la lueur vacillante des quinquets.

Jaime Astarloa murmura un « bonsoir » en passant près d'un groupe de voisins qui discutaient au coin de la rue Bordadores, assis à la fraîche dans des fauteuils d'osier.

Dans la matinée s'était tenu aux environs de la Plaza Mayor un rassemblement tumultueux d'étudiants ; peu de chose, au dire des habitués du Progreso qui l'avaient informé de l'incident. Selon don Lucas, un groupe d'agitateurs qui criaient « Prim, liberté, à bas les Bourbons ! » avait été dissous d'une manière décisive par les forces de l'ordre. Bien sûr, la version d'Agapito Cárceles différait beaucoup de celle avancée – inflexion dédaigneuse et soupir libertaire – par M. Rioseco, habitué à trouver des agitateurs là où il n'y avait que des patriotes assoiffés de justice. Les forces de répression, unique soutien sur lequel pouvait s'appuyer la monarchie vacillante de la Señora – ton malveillant et moue malicieuse – et sa néfaste coterie, avaient, une fois de plus, écrasé à coups de sabres la cause sacrée, etc., etc. Le fait est que, d'après ce que put constater don Jaime, quelques gardes civils à cheval faisaient encore leur ronde dans les environs, ombres de mauvais augure sous leurs tricornes vernis.

En arrivant près du palais, le maître d'escrime observa les hallebardiers qui montaient la garde et il alla s'accouder à la balustrade qui donnait sur les jardins. La Casa de Campo était une grosse tache obscure sur l'horizon où la nuit écrasait la dernière petite ligne de clarté azurée. Ici et là, comme don Jaime, quelques passants s'étaient immobilisés et contemplaient l'ultime lueur du jour qui s'éteignait en cet instant dans une placide douceur.

Sans très bien savoir pourquoi, le maître d'escrime se sentait depuis quelques heures dériver vers la mélancolie. Étant donné son caractère, plus enclin à vagabonder dans le passé qu'à affronter le présent, le vieux professeur se plaisait à caresser en solitaire ses nostalgies personnelles ; mais cela se passait d'habitude sans brutalité, d'une manière qui ne lui causait aucune amertume mais, au contraire, le plongeait dans un état d'agréable rêverie que l'on aurait pu qualifier de douce amère. Il y prenait un plaisir conscient et quand, par hasard, il décidait de donner une forme précise à ses divagations, il avait coutume de les définir comme son maigre bagage personnel, l'unique richesse qu'il avait été capable d'amasser dans sa vie, qui descendrait avec lui dans la tombe et s'éteindrait en même temps que son âme. Tout un univers y était enfermé, une vie de sensations et de souvenirs précieusement conservés. Cela garantissait à Jaime Astarloa ce qu'il appelait sa sérénité : la paix de l'âme, l'unique preuve de sagesse à laquelle l'imperfection humaine pût aspirer. La vie entière devant ses yeux, paisible, vaste et déjà irrévocable ; aussi peu sujette aux incertitudes qu'un fleuve voyant son cours finir dans son embouchure. Et, pourtant, il avait suffi de l'apparition fortuite de certains yeux violets pour que la fragilité de cette paix intérieure se manifestât dans toute son inquiétante simplicité.

Il restait à vérifier s'il lui était possible de pallier le désastre en considérant que, tout compte fait, son esprit naviguant loin des passions qui, en d'autres temps, l'eussent assailli, il n'éprouvait à présent au fond de lui-même qu'un sentiment de tendresse automnale, voilé de suave tristesse. « Est-ce tout ? », se demandait-il à mi-chemin entre le soulagement et la déception, tandis qu'appuyé à la balustrade il s'amusait du spectacle des ombres qui triomphaient sur l'horizon. « Est-ce tout ce que je puis espérer de mes sentiments ? » Il sourit en songeant à lui-même, à son image, à sa vigueur déclinante, à son esprit qui, bien que vieux et fatigué, se rebellait ainsi contre la paresseuse indolence que lui imposait la lente dégradation de son organisme. Et dans cette sensation qui le captivait en même temps qu'elle le tentait par son doux risque, le maître d'escrime crut reconnaître le faible chant du cygne que son esprit, encore rempli d'orgueil, entonnait telle une ultime et pathétique rébellion.

CHAPITRE IV

Estocade courte

« L'estocade courte en extension normalement met en danger celui qui l'exécute sans adresse ni prudence. Par ailleurs, on ne doit jamais effectuer l'extension sur un terrain encombré, inégal ou glissant. »

Entre chaleur et rumeurs, les jours défilaient lentement. Don Juan Prim tramait ses conspirations sur les bords de la Tamise tandis que de longues colonnes de prisonniers serpentaient à travers les champs brûlés par le soleil, sur la route des prisons d'Afrique. Tout cela laissait Jaime Astarloa indifférent mais il lui devenait impossible d'en ignorer les effets. Au Progreso, l'agitation régnait. Agapito Cárceles brandissait comme un drapeau un exemplaire de *La Nueva Iberia* datant de quelques jours. Dans un éditorial fracassant, sous le titre « Le dernier mot », on révélait certains accords secrets conclus à Bayonne entre les partis de gauche exilés et l'Union libérale, visant à la destruction du régime monarchique et à l'élection au suffrage universel d'une Assemblée constituante. L'affaire remontait à quelque temps mais *La Nueva Iberia* venait de soulever le lièvre. Tout Madrid en parlait.

– Mieux vaut tard que jamais, assurait Cárceles tout en agitant, provocateur, le journal en question devant les moustaches furibondes de don Lucas Rioseco. Qui disait que ce pacte était contre nature ? Qui ? (En exultant, il assena son poing sur le papier imprimé froissé d'avoir été tripoté par les compères.) Les jours sont comptés pour les obstacles traditionnels, messieurs. La *Niña* est toute proche.

– Jamais ! La révolution, jamais ! Et la République encore moins. (Malgré son indignation, don Lucas devait avouer qu'il était quelque peu dépassé par les événements.) Comme beaucoup, et je dis comme beaucoup, don Agapito. Prim aura prévu une solution de rechange pour maintenir la monarchie. De Reus ne permettra jamais qu'éclate le désordre révolutionnaire. Jamais ! Après tout, c'est un soldat et un patriote. Et comme tout patriote, il est monarchiste, donc...

– Je ne tolère pas les insultes ! brama Cárceles surexcité. J'exige que vous vous rétractiez, monsieur Rioseco.

Don Lucas, pris par surprise, regarda son interlocuteur avec un désarroi visible.

– Je ne vous ai pas insulté, monsieur Cárceles.

Rouge de colère, le journaliste prit le ciel et l'assistance à témoin :

– Il dit qu'il ne m'a pas insulté ! Il dit qu'il ne m'a pas insulté quand vous tous avez parfaitement entendu ce monsieur affirmer, de façon gratuite et impertinente, que je suis monarchiste !

– Je n'ai pas dit que vous...

– Niez-le alors ! Niez-le, don Lucas, qui vous dites homme d'honneur ! Niez-le devant le tribunal de l'Histoire qui nous contemple.

– Je me prétends et je suis homme d'honneur, don Agapito, et je me contrefiche du tribunal de l'Histoire. De plus, ce n'est pas le problème... Diantre, vous avez le talent de me faire perdre le fil. De quoi diable étions-nous en train de parler ?

Le doigt accusateur de Cárceles désigna le troisième bouton du gilet de son interlocuteur.

– Vous, monsieur, venez d'affirmer que tout patriote est monarchiste. Est-ce vrai ou pas ?

– C'est vrai.

Cárceles partit d'un éclat de rire sarcastique, un rire d'accusateur public sur le point d'envoyer un condamné au garrot.

– Moi, monarchiste ! Moi, monarchiste, messieurs ?

Tous ceux qui étaient présents, y compris Jaime Astarloa, s'empressèrent de déclarer que pas le moins du monde. Triomphant, Cárceles se retourna vers don Lucas :

– Vous voyez !

– Qu'est-ce que je dois voir ?

– Que je ne suis pas monarchiste et que cependant je suis patriote. Vous m'avez insulté et j'exige réparation.

– Vous n'êtes pas un patriote et vous ne le serez jamais, pas même ivre mort, don Agapito !

– Quoi, moi... ?

La rituelle intervention du reste des compères parut nécessaire pour éviter que Cárceles et don Lucas n'en vinssent aux mains. Une fois les esprits calmés, on revint à des sujets de conversation d'ordre plus général comme les cabales politiques qui se tramaient au sujet de l'éventuelle succession d'Isabelle II.

– Peut-être le duc de Montpensier, insinua Antonio Carreño à mi-voix. Bien qu'on nous assure que Napoléon III y mette son veto.

– Sans écarter, précisa don Lucas en ajustant son monocle qui était tombé lors de la récente échauffourée, la possible abdication en faveur de l'infant don Alfonso...

A ces mots, Cárceles se remit à bondir comme si on avait insulté sa mère.

– Le Puigmoltejo ! Vous rêvez, monsieur Rioseco. Plus de Bourbons ! C'est fini. *Sic transit gloria borbonica* et autres formules latines que je passe sous silence. Nous, les Espagnols, avons déjà eu assez à souffrir avec le grand-père et la mère. A propos du père, je ne me prononce pas faute de preuves.

Antonio Carreño s'interposa avec une sagesse de fonctionnaire technocrate, détail qui le mettait à l'abri de la mise à pied, d'où que vinssent les coups.

– Il faut reconnaître, don Lucas, que le vase de la patience espagnole a débordé. Quelques-unes des crises de palais organisées par Isabelita répondent à des motifs qui feraient rougir les plus rusés.

– Calomnies.

– Calomnies ou pas, il n'en reste pas moins que, dans les loges, nous considérons que les limites du tolérable ont été dépassées...

Don Lucas, le visage congestionné par sa ferveur monarchiste, se défendait dans ses derniers retranchements sous l'œil moqueur de Cárceles. Angoissé, il se retourna vers Jaime Astarloa en demandant de l'aide.

– Vous les entendez, don Jaime ?... Dites quelque chose, au nom du ciel. Vous êtes un homme raisonnable.

L'interpellé haussa les épaules tout en remuant paisiblement son café avec sa cuillère.

– Mon domaine est l'escrime, don Lucas.

– L'escrime ? Qui pense à l'escrime quand la monarchie est en danger ?

Marcelino Romero, le professeur de musique, eut pitié de l'accusé don Lucas. Cessant de mastiquer sa tartine, il émit une observation naïve sur la personnalité et la sympathie, cela personne ne pouvait le nier, de la reine. Le petit rire sardonique de Carreño retentit, tandis qu'Agapito Cárceles s'en prenait au pianiste avec une bruyante indignation.

– Les rois ne gouvernent pas avec de l'attachement et de la sympathie, monsieur ! lâcha-t-il. Pour gouverner, il faut avoir du patriotisme (il regarda don Lucas en coin) et de l'honneur.

– Honneur de toréador, insista Carreño, frivole.

Don Lucas frappa le sol de sa canne, perdant toute patience devant de pareilles énormités.

– Ah, c'est facile de condamner, s'exclama-t-il en remuant tristement la tête. C'est facile d'abattre le pauvre arbre qui vacille ! Et justement vous, don Agapito, qui fûtes prêtre...

– Halte-là, l'interrompit le journaliste. Dites cela au plus-que-parfait.

– Vous le fûtes même si cela vous navre, insista don Lucas, enchanté d'avoir pu marquer un point sur son compère.

Cárceles se leva, une main sur la poitrine, et prit le plafond à témoin.

– Je renie la soutane, ce noir symbole de l'obscurantisme que j'ai porté durant des moments d'aveuglement juvénile !

Antonio Carreño approuva gravement en un muet hommage à cette démonstration de rhétorique. Don Lucas, de son côté, poursuivit :

– Vous qui fûtes prêtre, don Agapito, vous devez savoir mieux que quiconque la chose suivante : la charité est la plus excellente des vertus chrétiennes. Et il convient d'être généreux et charitable lorsqu'il s'agit de juger la figure historique de notre souveraine.

– Votre souveraine à vous, don Lucas.

– Appelez-la comme vous voudrez.

– Je l'appelle de toutes les manières : capricieuse, versatile, superstitieuse, inculte et autres termes que je tais.

– Je ne suis pas disposé à tolérer vos impertinences.

Les habitués se virent à nouveau dans l'obligation d'exiger le calme. Ni don Lucas ni Agapito Cárceles n'étaient capables de tuer une mouche mais toute cette agitation faisait partie de la liturgie qui se répétait chaque soir.

– Nous devons considérer (don Lucas tordait les crocs de sa moustache, faisant en sorte de négliger le regard ironique que lui décochait Cárceles) le regrettable mariage de notre souveraine, allant à l'encontre de tout attrait physique, avec don Francisco de Asís... Leurs brouilles conjugales, qui sont de notoriété publique, ont aidé à l'apparition de coteries formées de courtisanes et d'hommes politiques sans scrupules, de favoris et de voleurs. Ce sont eux, et non pas la pauvre Madame, les responsables de la triste situation que nous vivons aujourd'hui.

Cárceles s'était contenu trop longtemps.

– Allez raconter cela aux prisonniers politiques d'Afrique, aux déportés des Canaries ou des Philippines, aux émigrés qui pullulent à travers l'Europe ! (Le journaliste froissait entre ses mains *La Nueva Iberia*, tout enflammé d'une révolutionnaire fureur.) L'actuel gouvernement de Sa Majesté très chrétienne est en train de faire passer le précédent pour honnête, ce qui en dit long. Ne voyez-vous pas le tableau ? Ces politicaillons et ces gros bonnets qui n'ont pas une goutte de sang démocrate dans les veines ont été bannis simplement parce qu'ils étaient suspects, ou parce qu'ils n'adhéraient que tièdement à l'infâme politique de González Bravo. Passez-les en revue, don Lucas. Passez-les en revue : de Prim à Olózaga, en passant par Cristino Martos et tous les autres. Vous voyez que même l'Union libérale, comme nous venons de le lire, est passée sous les fourches caudines dès que le vieux O'Donnell s'en est allé manger les pissenlits par la racine. La cause d'Isabelle ne compte d'autre appui que les forces modérées, divisées et délabrées, qui se tirent dans les pattes parce que le pouvoir leur échappe et qu'elles ne savent plus à quel saint se vouer... Votre monarchie fait eau de toutes parts, don Lucas, elle fait sous elle par-devant et par-derrière...

– La vérité, c'est que Prim est sur le point de rentrer, susurra confidentiellement Antonio Carreño, dans un sursaut d'originalité qui fut accueilli par la gouaille de ses compagnons.

Cárceles déploya son implacable artillerie dans une autre direction :

– Prim, comme le notait il y a peu de temps notre ami don Lucas, est un militaire. Un *miles* plus ou moins *gloriosus*, mais un *miles* quand même. Il ne m'inspire pas un poil de confiance.

– Le comte de Reus est un libéral, protesta don Carreño.

Cárceles assena un coup de poing sur le guéridon de

marbre, au risque de faire gicler le café hors des tasses.

– Libéral ? Permettez-moi d'en rire, don Antonio. Prim, un libéral ! Tout démocrate authentique, tout patriote confirmé, comme celui que vous prétendez être, doit d'abord se méfier de ce qui se passe dans la tête d'un militaire, et Prim n'est pas une exception. Oubliez-vous son passé autoritaire ? Ses ambitions politiques ? Au fond, même si les circonstances l'obligent à conspirer dans les brumes britanniques, tout général doit avoir un roi dans son jeu pour pouvoir se tirer d'affaire. Voyons, messieurs, combien de coups d'État avons-nous connus durant ce siècle ? Et combien ont été menés pour l'avènement de la République ? Alors, vous voyez. Personne n'offre gracieusement au peuple ce que le peuple seul est capable d'exiger et de conquérir. Messieurs, à moi Prim me fait mauvaise impression. Je suis sûr qu'au moment voulu, il nous sortira un roi de sa manche. Le grand Virgile l'a dit : *Timeo Danaos et dona ferentis.*

On entendit du bruit dans la rue Montera. Un groupe de passants s'agglutinait de l'autre côté de la fenêtre en désignant la Puerta del Sol.

– Que se passe-t-il ? demanda avidement Cárceles en oubliant Prim.

Carreño s'était rapproché de la porte. Étranger aux secousses d'ordre politique, le chat sommeillait dans son coin.

– On dirait une querelle, messieurs, les informa Carreño. Il faudrait y jeter un œil !

Les compères sortirent dans la rue. Des groupes de curieux se rassemblaient à la Puerta del Sol. On voyait des mouvements de voitures et des gardes invitaient les badauds à prendre un autre chemin. Quelques femmes remontaient la rue, tout essoufflées, en jetant des regards effrayés derrière elles. Jaime Astarloa s'approcha d'un garde.

– Il est arrivé un malheur ?

Le garde haussa les épaules ; il sautait aux yeux que les événements outrepassaient ses facultés d'analyse.

– Je ne sais pas très bien, messieurs, dit-il avec un visible embarras et en portant sa main à sa visière s'apercevant de l'air distingué de celui qui l'interpellait... Il paraît qu'on a emprisonné une demi-douzaine de généraux... On dit qu'on les emmène à la prison militaire de San Francisco.

Don Jaime mit ses compagnons au courant et ses paroles furent ponctuées d'exclamations de consternation. La voix triomphante de l'irréductible Agapito Cárceles résonnait jusqu'au milieu de la rue Montera.

– Messieurs, tout est clair ! Ils abattent leurs cartes... C'est le dernier coup de griffe de la répression aveugle !

Elle était face à lui, belle et énigmatique, un fleuret à la main et attentive aux gestes du maître d'escrime.

– C'est très simple. Faites bien attention, je vous prie. (Jaime Astarloa leva sa lame et la croisa doucement avec la sienne, d'une façon si légère qu'on aurait cru une caresse métallique.) La botte des deux cents écus commence par ce que nous appelons *marquer un temps*, une fausse attaque présentant à l'adversaire une ouverture en quarte, pour l'inciter à tirer dans cette position... Voilà. C'est cela. Répondez-moi en quarte. Parfait. Je pare avec le contre de tierce. Vous voyez ?... Je dégage et je tire, en gardant toujours l'ouverture pour vous inciter à m'opposer un contre de tierce et à tirer immédiatement en quarte. Très bien. Comme vous pouvez le constater, jusqu'à présent il n'y a aucun secret.

Adela de Otero s'arrêta, pensive, les yeux rivés sur le fleuret du maître d'escrime.

– N'est-il pas dangereux d'offrir à deux reprises cette ouverture à l'adversaire ?

Don Jaime fit non de la tête.

– Pas du tout, madame. Jamais quand on domine le

contre de tierce, ce qui est votre cas. Il est évident que ma botte recèle un risque, bien sûr, mais seulement au cas où celui qui y a recours n'est pas expert en notre art et ne la possède pas à la perfection. Il ne me viendrait pas à l'esprit de l'enseigner à un débutant car je suis sûr qu'il se ferait tuer en l'exécutant... Comprenez-vous maintenant ma réserve du début, quand vous m'avez fait l'honneur de solliciter mes services ?

La jeune femme lui décocha un sourire enchanteur.

– Je vous prie de m'excuser, maître. Vous ne pouviez pas savoir...

– En effet, je ne pouvais pas savoir. Et encore aujourd'hui, je continue à ne pas bien m'expliquer comment vous... Bon, assez de bavardages. Nous continuons ?

– Allons-y.

– Bien. (En parlant, le maître détournait son regard de celui de la jeune femme.) Dès que l'adversaire tire pour la deuxième fois, au moment précis où se touchent les fers, il faut doubler avec cette contre-parade, ainsi, en tirant tout de suite en quarte à l'extérieur du bras... Comprenez-vous ? Il est normal que l'adversaire ait recours à la parade à pointe volante en pliant le coude et en levant son fleuret presque à la verticale pour dévier l'attaque. Voilà, comme cela.

Jaime Astarloa s'arrêta de nouveau, l'extrémité de son arme appuyée contre l'épaule droite de la jeune femme. Il sentit s'affoler les battements de son cœur au contact de cette chair qui semblait se rapprocher de lui au travers de l'acier qu'il tenait entre ses doigts comme s'il n'en était que le prolongement... « *Sentiment du fer* * », murmura-t-il pour lui-même tandis qu'il frissonnait imperceptiblement. Adela de Otero regarda en biais le fleuret et la cicatrice de sa bouche s'accentua en un sourire subtil. Honteux, le

* En français dans le texte.

maître d'escrime leva le fer d'un pouce. Elle semblait avoir percé ses sentiments.

– Bien. Voilà maintenant le moment décisif, continua don Jaime en s'efforçant de retrouver la concentration qui, durant quelques instants, l'avait totalement abandonné. Au lieu de lancer l'estocade dans toute son extension, quand l'adversaire a entamé le mouvement, hésitez une seconde comme si vous étiez en train d'accomplir une fausse attaque destinée à amorcer une estocade différente... Je procéderai lentement pour que vous observiez bien : comme ceci. Nous l'exécutons, voyez-vous, de telle manière que l'adversaire ne parvienne pas à effectuer complètement la parade mais l'interrompe tout en se disposant à parer l'autre estocade, celle qu'il pense voir arriver ensuite.

Les yeux de la jeune femme lancèrent une étincelle de jubilation. Adela de Otero avait compris.

– C'est alors que l'adversaire commet l'erreur, s'exclama-t-elle joyeuse, savourant sa découverte.

Le maître eut un geste de complicité bienveillante.

– Exact. C'est là que surgit l'erreur qui vous apporte le triomphe. Observez. Après la très brève hésitation, nous poursuivons le mouvement dans la même direction, raccourcissant la distance du même geste, comme ceci, pour éviter qu'il ne recule et en lui laissant très peu de place pour agir. A cet instant, on fait pivoter le poignet d'un quart de tour, ainsi, de façon que la pointe du fleuret ne s'élève pas à plus de deux pouces. Vous voyez comme c'est simple ? Si l'on exécute bien ce mouvement, on peut atteindre l'adversaire facilement à la base du cou, près de la clavicule droite... Ou bien, si l'on veut régler la question une bonne fois, en pleine gorge.

La pointe mouchetée du fleuret effleura le cou de la jeune femme qui regarda le maître d'escrime les lèvres entrouvertes et les yeux luisants d'excitation.

Jaime Astarloa l'étudia attentivement ; les ailes de son

nez étaient dilatées et sa poitrine frémissait sous sa blouse en une respiration agitée. Elle était radieuse comme une petite fille qui vient d'ouvrir le papier d'un cadeau merveilleux.

– C'est excellent, maître. Incroyablement simple, dit-elle dans un murmure, l'embrassant d'un regard tout empreint d'une chaude gratitude. Incroyablement simple, répéta-t-elle pensive, puis elle regarda comme fascinée le fleuret qu'elle avait en main.

Elle paraissait subjuguée par la nouvelle dimension mortelle à laquelle, désormais, accédait cette lame d'acier.

– Là réside peut-être son mérite, commenta le maître d'armes. En escrime, ce qui est simple est inspiration. Ce qui est complexe est technique.

Elle sourit, tout heureuse.

– Je possède le secret d'une botte qui ne figure pas dans les traités d'escrime, murmura-t-elle comme si ce fait lui procurait un plaisir intime. Combien de personnes la connaissent-elles ?

Don Jaime fit un geste vague.

– Je ne sais pas. Dix, peut-être douze... Un peu plus qui sait ? Mais il se pourrait que certains l'enseignent à d'autres et, au bout d'un temps, elle perdra son efficacité. Comme vous l'avez vu, il est très facile de la parer quand on la connaît.

– Avez-vous tué quelqu'un avec elle ?

Le maître d'escrime regarda la jeune femme et eut un sursaut. Ce n'était pas une question convenable dans la bouche d'une dame.

– Je ne crois pas que cela importe, madame... Avec tout le respect que je vous dois, je ne crois vraiment pas que cela importe. (Il fit une pause tandis qu'en son esprit se glissait le lointain souvenir d'un malheureux se vidant d'un sang qui coulait à gros bouillons, dans un pré, sans que personne ne pût rien faire pour refermer la plaie béante et profonde de sa gorge transpercée.) Et même si cela avait eu lieu, je n'y verrais rien dont je pusse me sentir spécialement fier.

Adela de Otero fit une moue amusée comme si la question pouvait se discuter. Et Jaime Astarloa pensa, préoccupé, qu'il existait un point d'obscure cruauté dans l'éclat étrange de ces yeux couleur violette.

Ce fut Luis de Ayala le premier qui aborda la question. Certaines rumeurs étaient parvenues jusqu'à ses oreilles.

– C'est inouï, don Jaime. Une femme ! Et vous dites qu'elle est bonne tireuse ?

– Excellente. J'en fus le premier surpris.

Le marquis s'inclina, visiblement intéressé.

– Est-elle belle ?

Jaime Astarloa fit un geste qui se voulait impartial.

– Très.

– Vous êtes le diable en personne, maître ! (Luis de Ayala le menaça d'un doigt tout en clignant de l'œil d'un air complice.) Où avez-vous rencontré ce joyau ?

Don Jaime protesta doucement. Il était absurde de penser qu'à son âge... Une relation exclusivement professionnelle, je suis certain que Votre Excellence l'a bien compris.

Luis de Ayala l'avait effectivement compris.

– Je dois faire sa connaissance, don Jaime.

Le maître d'armes se déroba. La perspective de la rencontre du marquis des Alumbres et d'Adela de Otero ne le remplissait pas de joie.

– Naturellement, Excellence. Un de ces jours. Sans aucun problème.

Luis de Ayala le prit par le bras ; ils se promenèrent ensemble sous les saules verdoyants du jardin. La chaleur se faisait sentir même à l'ombre. L'aristocrate portait un pantalon léger de casimir et une chemise de soie anglaise, fermée aux poignets par deux petits boutons de manchette en or frappés à ses armes.

– Mariée ?

– Je l'ignore.

– Vous ne connaissez pas son domicile ?

– J'y suis allé une fois. Mais je n'ai vu qu'elle et une servante.

– Alors, elle vit seule.

– C'est l'impression que j'ai eue, mais je ne puis vous l'affirmer. (Don Jaime commençait à se sentir importuné par cet interrogatoire, et il s'efforçait de s'en dégager sans pourtant se montrer discourtois envers son client et protecteur.) En vérité, doña Adela ne parle guère d'elle-même. Et j'ai dit à Votre Excellence que nos rapports, il est inutile d'insister sur ce point, sont exclusivement professionnels.

Ils s'arrêtèrent près de l'une des fontaines de pierre, un angelot joufflu qui versait l'eau d'une cruche. Un couple de moineaux prit son envol à leur approche. Luis de Ayala les observa jusqu'à ce qu'ils eussent disparu entre les branches d'un arbre voisin, puis il se retourna vers son interlocuteur. La stature robuste et vigoureuse du marquis contrastait fortement avec la svelte distinction du maître d'escrime. A première vue, c'était don Jaime qui aurait pu passer pour l'aristocrate.

– Il n'est jamais trop tard, donc, pour réviser certains principes qui paraissent immuables, s'aventura des Alumbres avec un clin d'œil malicieux.

Don Jaime sursauta, visiblement vexé.

– Je vous prie de ne pas poursuivre dans cette voie, Excellence. (Son ton avait quelque chose d'agacé.) Je n'aurais jamais accepté cette jeune femme comme cliente si je n'avais pas vu en elle d'indubitables aptitudes techniques. Vous pouvez en être absolument sûr.

Luis de Ayala soupira, narquois et amical.

– Le progrès, don Jaime. Mot magique ! Les temps nouveaux, les mœurs nouvelles nous atteignent tous. Même vous n'êtes pas préservé.

– Je vous présente dès l'abord mes excuses mais je crois que vous vous trompez, don Luis. (De toute évidence, le tour qu'avait pris la conversation incommodait fort le maître d'armes.) J'accepte que vous considériez toute cette histoire comme le caprice professionnel d'un vieux maître, si cela vous amuse. Une question... d'esthétique. Mais de là à affirmer qu'une telle chose signifie ouvrir la porte au progrès et aux mœurs nouvelles, il y a un abîme. Je suis trop âgé pour envisager sérieusement de changer ma façon de penser. Je considère que je suis à l'abri tant des folies de la jeunesse que de la tentation de donner trop d'importance à ce qui n'est seulement, ma foi, qu'un passe-temps technique.

Des Alumbres sourit, approbateur, devant la sereine explication de don Jaime.

– Vous avez raison, maître. C'est moi qui vous dois des excuses. D'ailleurs, vous n'avez jamais soutenu le progrès...

– Jamais. Je me suis contenté toute ma vie de défendre une certaine idée de moi-même et c'est tout. Il faut conserver bon nombre de valeurs qui ne se déprécient pas avec le passage du temps. Le reste, ce sont les modes du moment, des idées fugaces et changeantes. En un mot, des sornettes.

Le marquis le regarda fixement. Le ton léger de la conversation avait complètement disparu.

– Don Jaime, votre royaume n'est pas de ce monde. Et sachez que je dis cela avec le plus profond respect, celui que vous m'inspirez. J'ai l'honneur de vous fréquenter depuis un certain temps maintenant et pourtant vous continuez à me surprendre jour après jour avec cette singulière obsession qui est vôtre et qui porte sur le sens du devoir. Un devoir ni dogmatique ni religieux ni moral... mais, et c'est ce qui est insolite en ces temps où tout s'achète avec de l'argent, un devoir en soi, imposé par votre propre volonté. Savez-vous ce que cela signifie de nos jours ?

Jaime Astarloa fronça les sourcils avec une expression entêtée. Le nouveau tournant de la conversation l'incommodait encore plus que le précédent.

– Je ne le sais pas, et cela ne m'intéresse pas, Excellence.

– C'est précisément ce qui est extraordinaire en vous, maître. Que vous ne le sachiez pas et que cela ne vous intéresse pas. Vous savez quoi ? Parfois je me demande si dans notre pauvre Espagne les rôles n'auraient pas lamentablement changé et si la noblesse ne vous reviendrait pas de droit à vous plutôt qu'à beaucoup de mes connaissances, moi compris.

– Je vous en prie, don Luis...

– Laissez-moi parler, pour l'amour de Dieu ! Laissez-moi parler... Mon grand-père, qu'il repose en paix, acheta le titre parce qu'il s'était enrichi en faisant du commerce avec l'Angleterre durant la guerre contre Napoléon. Cela tout le monde le sait. Mais la noblesse authentique, l'ancienne, ne s'est pas constituée grâce à la contrebande de tissus anglais mais bien à la pointe de l'épée. Est-ce vrai ou pas ?... Et vous ne me direz pas, cher maître, que vous, une épée à la main, valez moins que n'importe lequel d'entre eux. Ou même que moi.

Jaime Astarloa releva la tête et planta ses yeux gris dans ceux de Luis de Ayala.

– Une épée à la main, don Luis, je vaux tout autant qu'un autre.

Un léger souffle d'air chaud agita les branches des saules. Le marquis tourna ses regards vers l'angelot de pierre et fit claquer sa langue comme s'il avait été trop loin.

– Quoi qu'il en soit, vous agissez mal en vous isolant de cette façon, don Jaime ; permettez l'affectueuse remarque d'un ami... La vertu n'est pas rentable, je vous l'assure. Ni divertissante. Par Belzébuth, n'allez pas penser que j'essaie d'infliger un sermon à un homme de votre âge... J'ai seulement envie de vous dire qu'il est passionnant de jeter un coup d'œil dans la rue et de regarder ce qui se passe alentour. Et cela d'autant plus dans des moments historiques comme ceux que nous sommes en train de vivre... Vous connaissez la dernière ?

– Quelle dernière ?

– La dernière conspiration.

– Je ne suis pas très versé en la matière. Vous faites allusion aux généraux emprisonnés ?

– Allons donc ! Celle-là est déjà vieille. Je parle de l'accord entre les progressistes et l'Union libérale qui vient d'apparaître au grand jour. Abandonnant définitivement le terrain de l'opposition légale, comme c'était prévisible, ils ont décidé d'appuyer la révolution militaire. Programme : déposer la reine et offrir le trône au duc de Montpensier qui a investi dans l'affaire la jolie somme de trois millions de réaux. Très affectée par cette affaire, Isabelle a décidé d'exiler sa sœur et son beau-frère, au Portugal dit-on. Quant à Serrano, Dulce, Zabala et les autres, ils ont été déportés aux Canaries. Les partisans de Montpensier se tournent maintenant vers Prim, pour voir s'ils obtiennent de lui qu'il bénisse ses prétentions au trône, mais notre brave Catalan ne lâche pas le morceau. Ainsi vont les choses.

– Bel imbroglio !

– Comme vous dites. En fait, il est passionnant de suivre les détails depuis la borde, comme moi. Que voulez-vous que je vous dise ?... Il faut tremper son pain dans toutes les sauces, surtout en matière de politique et de femmes, sans permettre que ni l'une ni les autres ne vous restent sur l'estomac. Voilà ma philosophie et c'est sur ce point que nous divergeons : profiter de la vie et de ses surprises tant qu'elles durent. Ce que l'on a vécu, personne ne peut vous le prendre. Je peux m'amuser, me donner du bon temps, mener la grande vie avec la même curiosité scientifique que j'ai déployée durant les trois mois où j'ai occupé cet harassant secrétariat d'État dont m'avait honoré mon défunt oncle Joaquín... Il faut vivre, don Jaime. Et celui qui vous parle ainsi est un bon vivant qui a laissé hier trois cents duros sur le tapis du casino, avec aux lèvres un sourire dédaigneux qui fut largement commenté par l'assistance. Me comprenez-vous ?

Le maître d'armes sourit avec indulgence.

– Peut-être.

– Je ne vous sens pas très convaincu.

– Vous me connaissez suffisamment, Excellence, pour connaître mon opinion à ce sujet.

– Je connais votre opinion. Vous êtes l'homme qui se sent étranger à tout. Si Jésus-Christ vous avait dit : « Laisse tout et suis-moi », il vous eût été facile de lui obéir. Il n'y a pas une maudite chose que vous aimeriez assez pour en déplorer la perte.

– Si, peut-être une paire de fleurets. Concédez-moi au moins cela.

– Va pour les fleurets. En supposant que vous fussiez sur le point de suivre Jésus-Christ, ou n'importe qui d'autre. Ce qui serait beaucoup dire. (Le marquis semblait s'amuser à cette idée.) Je ne vous ai jamais demandé si vous étiez monarchiste, don Jaime. Je fais allusion à la monarchie en tant qu'abstraction, rien à voir avec notre lamentable farce nationale.

– Vous avez bien dit tout à l'heure, don Luis, que mon royaume n'était pas de ce monde.

– Ni de l'autre, j'en suis sûr. La vérité c'est que j'admire sans réserve votre capacité à vous placer à la frontière des choses.

Le maître d'escrime leva la tête ; ses yeux gris contemplaient les nuages qui fuyaient au loin, comme s'il leur trouvait quelque chose de familier.

– Il est possible que je sois trop égoïste, dit-il. Un vieil égoïste.

L'aristocrate fit une grimace.

– Souvent cela se paie, mon ami. Cela se paie très cher.

Jaime Astarloa leva les mains, paumes en l'air, résigné.

– On s'habitue à tout, spécialement quand il n'y a pas d'autre remède. Si l'on doit payer, on paie ; c'est une question d'attitude. A certains moments, dans la vie, on adopte une position, erronée ou non, mais on l'adopte. On décide une chose ou une autre. On brûle ses vaisseaux et ensuite il ne reste plus qu'à résister coûte que coûte, contre vents et marées.

– Même s'il est évident qu'on vit dans l'erreur ?

– D'autant plus dans ce cas précis. C'est là qu'entre en jeu l'esthétique.

La dentition parfaite du marquis resplendit dans un très large sourire.

– L'esthétique de l'erreur. Joli thème d'étude !... Il y aurait beaucoup à dire à ce sujet.

– Je ne suis pas d'accord. En réalité, il n'existe aucun sujet dont on puisse parler longuement.

– Si, l'escrime.

– L'escrime, c'est certain. (Jaime Astarloa demeura silencieux, comme s'il renonçait à la conversation ; mais au bout d'un instant, il remua la tête et serra les lèvres.) Le plaisir ne se rencontre pas seulement hors de soi, comme le prétendait Votre Excellence, il y a un moment. Il peut aussi se trouver dans la fidélité à des rites personnels bien déterminés, et cela d'autant plus quand l'ordre institué paraît s'écrouler autour de vous.

Le marquis adopta un ton ironique.

– Je crois que Cervantès a écrit quelque chose à ce sujet. A la différence près que vous êtes un hidalgo qui ne s'aventure pas sur les chemins puisque les moulins à vent, vous les portez au-dedans de vous.

– En tout cas, je suis un hidalgo introverti et égoïste, que Votre Excellence ne l'oublie pas. L'homme de la Manche voulait réparer les offenses ; moi j'aspire seulement à ce qu'on me laisse en paix. (Il demeura un moment pensif, analysant ses propres sentiments.) J'ignore si c'est compatible avec l'honnêteté, mais en fait, je tente seulement d'être honnête, je vous l'assure. Honnête homme et homme d'honneur. Toute chose qui prendrait sa source dans le mot honneur, ajouta-t-il avec sincérité.

Personne n'eût pris son ton pour celui d'un fat.

– Obsession originale, maître, dit le marquis, franchement admiratif. Surtout par les temps qui courent. Pourquoi ce mot et pas n'importe quel autre ? Il m'en vient à l'esprit des douzaines : argent, ambition, haine, passion...

– Je suppose que c'est parce qu'un jour j'ai choisi ce mot et pas un autre. Cela s'est peut-être fait par hasard ou parce que j'en aimais le son. Peut-être, en quelque sorte, le mettais-je en relation avec l'image de mon père dont la manière de mourir m'a toujours rempli de fierté. Une bonne mort justifie toute chose. Et même toute vie.

– Ce concept de la mort du juste, Ayala sourit, enchanté de prolonger sa conversation avec le maître, possède une odeur catholique fort suspecte, vous le savez. La bonne mort comme porte du salut éternel.

– Si c'est le salut qu'on espère, ou quoi que ce soit d'autre, la chose ne revêt pas grand intérêt... Je faisais plutôt référence au dernier combat au seuil d'une obscurité éternelle, sans autre témoin que soi-même.

– Vous oubliez Dieu.

– Il ne m'intéresse pas. Dieu tolère l'intolérable ; il est irresponsable et inconséquent. Dieu n'est pas un gentilhomme.

Le marquis regarda don Jaime avec un respect sincère.

– J'ai toujours soutenu, maître, dit-il après un silence, que la Nature fait si bien les choses qu'elle convertit les lucides en cyniques, pour leur permettre de survivre. A ma connaissance, vous êtes l'unique preuve de l'inexactitude de ma théorie. Et c'est peut-être justement ce qui me plaît dans votre caractère ; encore plus que les coups d'escrime. Vous me réconciliez avec certaines choses dont j'aurais juré qu'elles n'existaient que dans les livres. C'est quelque chose comme l'écho lointain de ma conscience endormie.

Tous deux se turent, écoutant la rumeur de la fontaine, et le courant d'air tiède se remit à agiter les branches des saules. Alors, le maître d'escrime songea à Adela de Otero, regarda Luis de Ayala à la dérobée et perçut au fond de lui-même un désagréable murmure chargé de remords.

Étranger à l'agitation politique qui, en cet été, sévissait à la cour, Jaime Astarloa remplissait ponctuellement les contrats conclus avec ses clients, y compris les trois heures hebdomadaires consacrées à Adela de Otero. Les séances se déroulaient sans aucune équivoque et se limitaient à l'aspect technique qui sous-tendait leur relation. En dehors des assauts durant lesquels la jeune femme continuait à se prévaloir d'une parfaite adresse, ils avaient à peine l'occasion de discuter brièvement de sujets dépourvus de transcendance. Ils n'avaient pas retrouvé le caractère intime de la conversation tenue le soir où elle s'était présentée pour la deuxième fois à la salle d'armes. En général, elle se bornait à présent à poser à don Jaime des questions précises sur l'escrime, auxquelles il répondait avec un grand plaisir et un soulagement considérable. Pour sa part, le maître contenait, avec un naturel de surface, sa curiosité quant aux détails concernant la vie de sa cliente, et si d'aventure il abordait le sujet elle faisait semblant de n'avoir pas compris ou l'éludait en se servant d'ingénieuses échappatoires. En fin de compte, il put seulement établir qu'elle vivait seule, sans proches parents, et qu'elle entendait, pour des raisons dont elle seule avait le secret, se maintenir en marge de la vie mondaine que, de par sa situation, Madrid lui offrait. Les uniques points avérés étaient la fortune confortable dont elle paraissait jouir, très proche du luxe bien qu'elle habitât au deuxième étage, et non pas au premier, de l'immeuble de la rue Riaño, et qu'elle avait résidé quelques années à l'étranger, probablement en Italie, ce qu'il pouvait déceler à certains détails et expressions qui le surprenaient quand il discutait avec elle. Par ailleurs, il n'y avait pas moyen de savoir si elle était célibataire ou veuve, bien que son mode de vie parût se rapprocher davantage de la seconde hypothèse. La désinvolture d'Adela de Otero, le scepticisme qui semblait envelopper toutes ses remarques sur la condition masculine, n'auraient pas été compréhensibles venant de la part d'une jeune femme célibataire. Il paraissait évident que cette femme avait aimé et souffert. Jaime Astarloa avait assez vécu pour reconnaître l'aplomb auquel, même jeune, on accède seulement par l'entremise d'expériences intenses et extrêmes. A cet égard, il ignorait s'il était juste ou non de la qualifier d'aventurière, selon l'expression vulgaire traditionnelle. Peut-être l'était-elle, après tout ; de fait, il y avait en elle les signes d'une indépendance à ce point insolite qu'il était difficile de la ranger parmi les femmes que le maître d'armes considérait comme banales et conventionnelles. Pourtant, quelque chose en son for intérieur lui disait que ce serait céder trop facilement à l'impulsion d'une maladroite simplification.

Malgré les réticences qu'affichait Adela de Otero quand il s'agissait de révéler des détails personnels, la relation qu'elle entretenait avec le professeur d'escrime pouvait être considérée, en termes généraux, comme satisfaisante pour lui. La jeunesse et la personnalité de sa cliente, rehaussées par sa beauté, produisaient en Jaime Astarloa une salutaire excitation qui s'accentuait les jours passant. Elle le traitait avec un respect non dépourvu d'une coquetterie très particulière. Ce petit jeu était accepté de bonne grâce par le vieux maître, mais à mesure que le temps passait il se mettait à attendre, chaque fois avec davantage d'anxiété, le moment où, son petit sac de voyage sous le bras, elle se présenterait à la salle d'armes. Il était certes habitué à ce qu'elle laissât entrouverte la porte du vestiaire, et dès qu'elle s'en allait lui s'y précipitait pour respirer, avec une automnale tendresse, le doux arôme d'eau de rose qui demeurait dans l'air comme un vestige de sa présence. Et parfois, quand leurs regards restaient trop longtemps plongés l'un dans l'autre ou qu'un coup violent les amenait au bord du contact physique, seule une forte maîtrise de soi permettait au maître de dissimuler, sous des dehors de courtoisie paternelle, le trouble que cette jeune femme instillait en son âme.

Ainsi vint le jour où, lors d'un assaut, elle se projeta en avant pour lancer une estocade avec tant de force qu'elle en vint à se cogner contre la poitrine de don Jaime. Il ressentit le choc de ce corps féminin, tiède et élastique entre ses bras et, par pur réflexe, il l'attrapa par la taille pour l'aider à recouvrer son équilibre. Elle se rétablit avec une extrême rapidité mais son visage couvert par la résille métallique du masque resta un moment tourné vers celui du maître, très proche, si bien que celui-ci perçut sa respiration et l'éclat de ses yeux qui le regardaient intensément. Après cela, de nouveau en garde, il se sentit si affecté par cet incident que la jeune femme lui décocha deux touches sur son plastron avant même qu'il pût penser y opposer une défense en règle. Heureuse d'avoir réalisé avec succès deux attaques consécutives, Adela de Otero allait et venait sur l'estrade, le poursuivant par des estocades rapides comme l'éclair, par des attaques et des feintes qu'elle improvisait fougueusement, sautant, débordante de joie comme une gamine possédée corps et âme par un jeu enthousiasmant. Jaime Astarloa s'était déjà ressaisi et l'observait tout en maintenant la distance, bras tendu, examinant le fleuret de la jeune femme qui tintait contre le sien quand elle s'immobilisait un instant, étudiant avec sagacité la défense contraire tandis qu'elle cherchait une ouverture par où tirer à fond avec rapidité et efficacité. Le maître d'escrime ne l'avait jamais aimée avec autant d'intensité que durant ce moment-là.

Plus tard, quand elle revint du vestiaire en vêtements de ville, elle sembla bouleversée. Elle était pâle et marchait avec difficulté. Elle se passa une main sur le front, laissa tomber son chapeau sur le sol et s'appuya, vacillante, contre le mur. Le maître accourut, empressé et préoccupé.

– Vous sentez-vous bien ?

– Je crois que oui. (Elle sourit faiblement.) Ce n'est que la chaleur.

Il lui offrit son bras et elle s'y appuya. Elle inclinait la tête, effleurant presque son épaule de sa joue.

– C'est le premier signe de faiblesse que je surprends chez vous, doña Adela.

Un sourire illumina le visage blême de la jeune femme.

– Considérez cela comme un privilège, dit-elle.

Il l'accompagna jusqu'à son cabinet, se délectant de la douce pression que sa main exerçait sur son bras, jusqu'à ce qu'elle la retirât pour s'asseoir dans le vieux sofa au cuir fendillé par le temps.

– Vous avez besoin d'un tonique. Peut-être qu'une gorgée de cognac vous revigorerait.

– Ne vous dérangez pas. Je me sens beaucoup mieux.

Don Jaime insista et s'éloigna pour fouiller dans un placard. Il revint un verre à la main.

– Buvez un peu, je vous en prie. Ça tonifie le sang.

Elle mouilla ses lèvres de liqueur en faisant une moue gracieuse. Le maître d'armes ouvrit en grand les persiennes de la fenêtre pour que l'air entrât mieux et alla s'asseoir face à la jeune femme en gardant une distance convenable. Ils demeurèrent ainsi, silencieux, durant un moment. Don Jaime l'observait, sous le prétexte de s'inquiéter de son état, avec une insistance plus grande que celle qu'il se serait permise dans des circonstances normales. Il passa machinalement ses doigts sur le bras où elle avait appuyé sa main ; il avait l'impression de l'y sentir encore

– Buvez encore une gorgée. Il paraît que l'effet en est salutaire.

Elle s'exécuta, obéissante. Ensuite, elle le regarda droit dans les yeux et sourit, reconnaissante, gardant au creux de son giron le verre de cognac auquel elle avait à peine goûté. Elle retrouvait ses couleurs. Alors elle fit un geste du menton pour désigner les objets qui remplissaient la pièce.

– Savez-vous que votre maison, dit-elle à voix basse, comme en confidence, vous ressemble ? Tout y paraît si amoureusement conservé qu'on s'y sent à l'aise et en sécurité. Ici, on a l'impression d'être à l'abri de tout, comme si le temps était figé. Ces murs conservent...

– Toute une vie ?

Elle esquissa un geste comme si elle était sur le point de battre des mains, contente qu'il lui eût offert le terme juste.

– Toute une vie, reprit-elle, charmeuse.

Jaime Astarloa se leva et fit quelques pas à travers la pièce, contemplant en silence les objets auxquels elle faisait allusion : le vieux diplôme de l'Académie de Paris, l'écu d'armes taillé dans du bois et portant la devise *A moi*, un jeu d'antiques pistolets de duel dans une urne de verre, l'insigne de lieutenant de la Garde royale sur fond de velours vert dans un petit cadre accroché au mur... Il passa doucement la main au dos des livres alignés sur les étagères de chêne. Adela de Otero remarqua son geste et le regarda, lèvres entrouvertes, attentive, essayant de capter la lointaine rumeur qui sourdait de tous ces objets entourant le maître d'escrime.

– Il est beau de ne pas se résigner à l'oubli, dit la jeune femme au bout de quelques instants.

Il fit un geste d'impuissance pour signifier que personne ne pouvait choisir ses souvenirs.

– Je ne suis pas sûr que beau soit le mot exact, dit-il en désignant les murs couverts d'objets et de livres. Parfois, je me croirais dans un cimetière... Cette sensation s'en rapproche beaucoup : symboles et silence. (Il médita sur ce qu'il venait de dire et sourit tristement.) Le silence de tous les fantômes que l'on a laissés derrière soi. Comme Énée fuyant Troie.

– Je sais ce que vous voulez dire.

– Vous le savez ? Oui, peut-être. Je commence à croire qu'en effet vous le savez.

– Les ombres de ceux que nous aurions pu être et que nous n'avons pas été... N'est-ce pas de cela qu'il s'agit ?... De ceux que nous rêvions d'être avant de nous réveiller. (Elle parlait d'un ton monocorde, sans inflexions, comme si elle récitait de mémoire une leçon apprise voilà bien longtemps.) Les ombres de ceux que nous avons aimés, un jour, et que nous n'avons jamais rejoints, de ceux qui nous aimèrent et dont nous tuâmes l'espérance par maladresse, stupidité ou ignorance...

– Oui. Je vois que vous le savez parfaitement.

La cicatrice accentua le sarcasme du sourire :

– Et pourquoi ne le saurais-je pas ? Ou alors croyez-vous que seuls les hommes sont capables de laisser derrière eux une Troie en flammes ?

Il resta à la regarder sans savoir que dire. La jeune femme avait fermé les yeux, reconnaissant des voix lointaines qu'elle seule pouvait entendre. Puis elle cligna des paupières, comme si elle émergeait d'un songe, et ses yeux cherchèrent le maître d'escrime.

– Toutefois, dit-elle, il n'y a pas d'amertume en vous. Ni de rancœur. J'aimerais savoir d'où vous tirez la force qui vous permet de vous maintenir intact, de ne pas tomber à genoux et d'implorer miséricorde... Toujours cet air d'éternel étranger, comme absent. On dirait que, déterminé à survivre, vous accumulez des forces à l'intérieur de vous-même, en avare.

Le vieux maître haussa les épaules.

– Ce n'est pas moi, dit-il à voix basse, presque avec timidité. Ce sont mes presque soixante années de vie, avec tout le bien et le mal qu'elles contiennent. Quant à vous..., il s'arrêta, mal assuré, et inclina son menton sur sa poitrine.

– Quant à moi...

Les yeux violets étaient redevenus inexpressifs, comme si un voile invisible était tombé sur eux.

Don Jaime remua la tête avec innocence ainsi qu'un enfant l'eût fait.

– Vous êtes très jeune. Vous vous trouvez au commencement de tout.

Elle le regarda fixement. Ensuite, elle leva les sourcils et rit sans gaieté.

– Je n'existe pas, dit-elle ensuite, d'une voix suavement rauque.

Jaime Astarloa la regarda, confus. La jeune femme se pencha pour poser son verre de cognac sur une petite table, et le maître d'escrime contempla le beau cou vigoureux, nu sous la masse noir de jais des cheveux relevés sur la nuque. Les derniers rayons du soleil touchaient horizontalement la fenêtre qu'encadrait un rectangle de nuages rougissants. Le reflet d'une vitre alla se perdre sur un mur jusqu'à disparaître complètement.

– C'est curieux, murmura don Jaime. Je me suis toujours piqué de connaître mon semblable après avoir croisé le fer avec lui durant un certain temps. Il ne semble pas difficile, en travaillant son savoir-faire, de deviner la personnalité de quelqu'un. En escrime chacun se révèle comme il est.

Elle le regarda d'un air absent comme si elle était en train de songer à des choses improbables.

– C'est possible, murmura-t-elle, inexpressive.

Le maître prit un livre au hasard et, après l'avoir tenu un moment entre ses mains, le remit distraitement à sa place.

– Avec vous, cela n'est pas le cas, dit-il.

Elle parut revenir lentement à elle ; ses yeux montrèrent un léger scintillement d'intérêt.

– Je parle sérieusement, continua-t-il. En vous, doña Adela, j'ai seulement été capable de deviner la vigueur, l'agressivité. Vos mouvements sont tranquilles et assurés, trop agiles pour une femme, trop gracieux pour un homme. Il émane de vous une sorte de sensation magnétique, une énergie contenue, disciplinée... De temps à autre, un obscur et inexplicable ressentiment, j'ignore contre qui. Ou contre quoi. Peut-être la réponse se trouve-t-elle sous les cendres de cette Troie que vous semblez si bien connaître.

Adela de Otero eut l'air de méditer ces paroles :

– Continuez, dit-elle.

Jaime Astarloa fit un geste d'impuissance.

– Il n'y a pas grand-chose d'autre à dire, avoua-t-il sur un ton de regret. Je suis capable, comme vous le voyez, de deviner tout cela ; mais je ne parviens pas jusqu'à vos motivations profondes. Je ne suis qu'un vieux maître d'escrime, je ne prétends pas être un philosophe ou un moraliste.

– Ce n'est déjà pas si mal pour un vieux maître d'escrime, observa la jeune femme avec un sourire moqueur et indulgent.

Un frisson languide courut sous sa peau mate. De l'autre côté de la fenêtre, le ciel s'obscurcissait sur les toits de Madrid. Un chat passa sous la fenêtre, silencieux et matois, il glissa un œil vers l'appartement que déjà recouvraient les ombres et poursuivit son chemin. Elle bougea dans un doux bruissement de jupes.

– Dans un moment trompeur, dit-elle, attentive et mystérieuse. Un jour trompeur... Dans une ville trompeuse. (Elle inclina le buste en souriant fugitivement.) Dommage, ajouta-t-elle.

Don Jaime la regarda, désorienté. En surprenant son geste, la jeune femme entrouvrit les lèvres avec douceur et, d'un mouvement gracieux, tapota le cuir du sofa, tout près d'elle.

– Venez vous asseoir ici, maître.

Debout près de la fenêtre, Jaime Astarloa, d'un geste, refusa courtoisement. L'appartement était déjà plongé dans une pénombre voilée de gris et d'ombres.

– Avez-vous déjà aimé ? demanda-t-elle.

Ses traits commençaient à s'estomper dans l'obscurité croissante.

– Plusieurs fois, répondit-il avec mélancolie.

– Plusieurs fois ? (La jeune femme parut surprise.) Ah, je comprends. Non, maître. Je veux dire avez-vous déjà *aimé*.

Le ciel s'assombrissait rapidement à l'ouest. Don Jaime regarda le quinquet sans se décider à l'allumer. Adela de Otero ne semblait pas incommodée par la lente disparition de la lumière.

– Oui, une fois, à Paris. Il y a très longtemps.

– Était-elle belle ?

– Oui. Très belle... comme vous. Et, de plus, Paris l'embellissait encore : le Quartier latin, les élégantes boutiques de Saint-Germain, les bals de la Chaumière et de Montparnasse...

Les souvenirs affluèrent avec une pointe de nostalgie qui lui contractait l'estomac. Il regarda encore une fois le quinquet.

– Je crois que nous devrions...

– Qui abandonna qui, don Jaime ?

Le maître d'escrime sourit douloureusement, conscient du fait qu'Adela de Otero ne pouvait plus le remarquer.

– Ce fut un peu plus compliqué que cela. Au bout de quatre années, je l'ai obligée à choisir. Et elle a choisi.

La jeune femme était à présent une ombre immobile.

– Mariée ?

– Elle était mariée. Et vous êtes une jeune femme intelligente.

– Que fîtes-vous ensuite ?

– Je me suis débarrassé de tout ce que je possédais et je suis revenu en Espagne. Il y a de cela très longtemps.

Dans la rue, du bout de sa perche, quelqu'un allumait les réverbères. La faible clarté donnée par le gaz pénétra par la fenêtre ouverte. Adela de Otero se leva du sofa, traversa l'obscurité et s'approcha du maître. Elle resta là, immobile près de la fenêtre.

– Vous connaissez ce poète anglais, dit-elle à voix basse. Lord Byron.

Don Jaime attendit, en silence. Il pouvait sentir la chaleur qui émanait du jeune corps qui se tenait à ses côtés, frôlant presque le sien. Sa gorge était sèche, serrée par la crainte qu'on entendît les battements de son cœur. La voix d'Adela de Otero vibra, tranquille, comme une caresse.

– « *The devil speaks truth much oftener than he's deemed. / He has an ignorant audience...* »

Elle s'approcha davantage de lui. La clarté qui venait de la rue illuminait le bas de son visage, son menton et sa bouche :

– « Le diable dit la vérité plus souvent qu'on ne croit/mais son auditoire est ignorant... »

Survint un silence absolu, aux allures d'éternité. Et, seulement quand ce silence devint insupportable, de nouveau sa voix vibra :

– Il y a toujours une histoire à raconter.

Elle avait parlé si bas que don Jaime dut deviner ses paroles. Il sentait presque sur sa peau, tout proche, le doux arôme de l'eau de rose. Il comprit qu'il commençait à perdre la tête et chercha désespérément quelque chose qui l'ancrât dans la réalité. Alors il tendit la main vers le quinquet et craqua une allumette. La flamme fumante tremblait entre ses doigts.

Il s'offrit à la raccompagner jusqu'à la rue Riaño. Ce n'étaient pas des heures, dit-il sans oser la regarder dans les yeux, pour qu'elle s'en allât seule à la recherche d'une voiture. De sorte qu'il enfila une redingote, prit sa canne et son haut-de-forme et descendit l'escalier devant elle. Au portail, il s'arrêta et, après un bref vacillement qui n'échappa point à Adela de Otero, résolut de lui offrir son bras avec la courtoisie la plus glacée dont il se sentît capable. La jeune femme s'y appuya et, tandis qu'ils marchaient, elle tournait légèrement la tête pour, de temps à autre, le regarder d'un geste où il décelait de la moquerie cachée. Don Jaime héla une calèche dont le cocher sommeillait sous un lampadaire, ils montèrent et il donna l'adresse. Les chevaux descendirent en trottant la rue Arenal, puis ils tournèrent à droite pour passer devant le palais de Oriente. Le maître d'armes gardait le silence, ses mains reposant sur le pommeau de sa canne, et il s'efforçait en vain de mettre de l'ordre dans ses idées. Ce qui aurait pu arriver n'était pas arrivé, mais il n'était pas sûr de savoir s'il devait s'en féliciter ou le regretter. Quant à ce qu'Adela de Otero pensait en ce moment même, il ne voulait, sous aucun prétexte, chercher à le découvrir. Pourtant, dans l'air flottait une certitude : cette nuit, au terme de la conversation qui, à l'évidence, aurait dû les rapprocher l'un de l'autre, quelque chose s'était brisé entre eux, et cela pour toujours. Il ignorait quoi, mais c'était secondaire. Ce qu'il savait, en revanche, c'est que la jeune femme ne lui pardonnerait jamais sa lâcheté ou sa résignation.

Ils roulaient en silence, occupant chacun un coin de la banquette tapissée de rouge. Parfois, quand ils passaient près d'un lampadaire allumé, un fragment de clarté parcourait l'habitacle, permettant à don Jaime d'épier du coin de l'œil le profil de sa compagne, absorbée dans la contemplation des ombres qui enveloppaient les rues. Le vieux maître aurait voulu dire une chose, n'importe laquelle, qui eût dissipé le malaise qui le tourmentait, mais il craignait d'aggraver la situation. Tout cela prenait un tour diablement absurde.

Au bout d'un moment, Adela de Otero se retourna vers lui.

– On m'a dit, don Jaime, que parmi vos clients se trouvaient des gens de qualité. Est-ce vrai ?

– C'est vrai.

– Et aussi des nobles ? Je veux dire des comtes, des ducs et tout ça.

Jaime Astarloa fut heureux de voir surgir un sujet de conversation qui différât complètement de celui qu'ils avaient eu chez lui, peu avant. Sans doute était-elle consciente du fait que les choses avaient été trop loin. Peut-être, devinant la gêne du maître d'armes, tentait-elle de rompre la glace qu'avait formée cette situation embarrassante à laquelle elle n'avait pas été tout à fait étrangère.

– Il y en a quelques-uns, répondit-il. Mais pas beaucoup, je l'avoue. Les temps sont révolus où un maître d'armes possédant un certain prestige s'installait à Vienne ou à Saint-Pétersbourg et se voyait nommé capitaine d'un régiment impérial... La noblesse d'aujourd'hui n'est point trop encline à pratiquer mon art.

– Et qui sont les honorables exceptions ?

Don Jaime haussa les épaules.

– Deux ou trois personnes. Le fils du comte de Sueca, le marquis des Alumbres...

– Luis de Ayala ?

Il la regarda sans cacher sa surprise.

– Vous connaissez don Luis ?

– On m'a parlé de lui, dit-elle avec indifférence. Je me suis laissé dire que c'était l'une des plus fines lames de Madrid.

Le maître acquiesça avec plaisir.

– C'est le cas.

– Meilleure que moi ?

Il y avait maintenant une pointe d'intérêt dans sa voix. Le maître, se sentant sur un terrain dangereux, souffla bruyamment.

– C'est un autre style.

Adela de Otero adopta le ton d'une jouvencelle capricieuse.

– J'adorerais me battre contre lui. On dit que c'est un homme intéressant.

– Impossible. Je regrette, mais c'est impossible.

– Pourquoi ? Je ne vois pas la difficulté.

– Eh bien... Je veux dire...

– J'aimerais soutenir quelques assauts contre lui. Lui avez-vous aussi enseigné la botte des deux cents écus ?

Don Jaime s'agita, inquiet, sur le siège de la calèche. Son inquiétude le tourmentait.

– Votre souhait, doña Adela, n'est guère... hum, convenable. (Le maître avait froncé les sourcils.) Je ne sais si M. le marquis...

– Pouvez-vous lui parler librement ?

– Eh bien, il m'honore de son amitié, si c'est ce que vous voulez dire.

La jeune femme s'accrocha à son bras, avec un tel enthousiasme enfantin que don Jaime dut faire un effort pour reconnaître l'Adela de Otero qui, une demi-heure plus tôt, conversait avec lui dans l'intimité grave de son cabinet.

– Il n'y a pas de problème, alors ! s'exclama-t-elle satisfaite. Vous lui parlez de moi, vous lui dites la vérité, que je manie bien le fleuret, et il est certain qu'il sera curieux de me connaître ! Une femme qui pratique l'escrime !

Don Jaime bredouilla une ou deux excuses peu convaincantes, mais elle revint à la charge.

– A présent, maître, vous savez que je ne connais personne à Madrid. Personne d'autre que vous. Je suis une femme et il n'est pas question pour moi d'aller me présenter de porte en porte, un fleuret sous le bras...

– Vous n'y pensez pas !

L'exclamation de Jaime Astarloa naquit cette fois de son sens de la dignité.

– Vous voyez ? Je mourrais de honte.

– Ce n'est pas seulement cela. Don Luis de Ayala est trop strict en matière d'escrime. Je ne sais pas ce qu'il penserait si une femme...

– Vous m'avez bien acceptée, maître.

– Vous l'avez dit vous-même. Ma profession est celle de maître d'armes. Celle de don Luis de Ayala est d'être marquis.

La jeune femme partit d'un éclat de rire joyeux et malicieux.

– Le premier jour, quand vous êtes venu me voir chez moi, vous avez aussi dit que vous ne vouliez pas de moi pour une question de principe...

– La curiosité professionnelle l'a emporté.

Ils traversèrent la rue de la Princesa et passèrent près du palais de Liria. Quelques passants bien vêtus se promenaient à la fraîche, sous la lumière tremblotante des lampadaires. Un veilleur de nuit fatigué ôta son béret devant la calèche, croyant qu'elle se dirigeait vers la résidence des ducs d'Albe.

– Promettez-moi que vous parlerez de moi au marquis !

– Je ne promets jamais ce que je ne suis pas disposé à tenir.

– Maître... Je vais finir par croire que vous êtes jaloux.

Jaime Astarloa sentit une bouffée de chaleur lui monter au visage. Il ne pouvait se voir mais il était sûr qu'il avait rougi jusqu'aux oreilles. Il resta la bouche ouverte, incapable d'articuler une parole, sentant comme une étrange sensation lui nouer la gorge. « Elle a raison, se dit-il précipitamment. Elle a toute la raison du monde. Je me comporte comme un gamin. » Il respira profondément, honteux, et frappa le plancher de la calèche de l'embout de sa canne.

– Bon... nous essayerons. Mais je ne vous garantis pas le succès.

Elle battit des mains comme une petite fille heureuse et, se penchant vers lui, lui serra chaleureusement la main. Trop peut-être, s'agissant de la satisfaction d'un simple caprice. Et le maître d'escrime pensa qu'Adela de Otero, sans le moindre doute, était une femme déconcertante.

Jaime Astarloa tint parole à contrecœur et aborda le sujet avec beaucoup de précautions lors d'une leçon chez le marquis des Alumbres :

– Une jeune escrimeuse, vous savez bien de qui je parle, vous aviez montré une certaine curiosité l'autre fois, elle serait très intéressée. Il plaît à la jeunesse de briser les barrières. Incontestablement une passionnée de notre art, douée pour l'attaque, bonne main, je ne me serais jamais permis autrement. S'il vous semble que...

Luis de Ayala caressait avec un très grand contentement sa moustache pommadée. Mais comment donc. Cette rencontre l'intéressait au plus haut point.

– Et vous dites qu'elle est belle ?

Don Jaime était furieux contre lui-même et se vouait aux gémonies, lui et sa mission d'entremetteur qui lui apparaissait comme ignoble. Par ailleurs, ce qu'Adela de Otero avait dit dans la calèche résonnait dans son esprit, en écho, avec une douloureuse insistance. A son âge, il était ridicule de découvrir que l'on pouvait encore sentir l'aiguillon de la jalousie.

Les présentations eurent lieu dans la salle d'armes de don Jaime quand, deux jours plus tard, le marquis débarqua comme par hasard durant la leçon d'escrime d'Adela de Otero. Ils échangèrent les courtoisies de rigueur et Luis de Ayala, cravate de soie mauve avec épingle de brillants, bas de soie brodés et moustache frisée avec le plus grand soin, demanda humblement la permission d'assister à un assaut. Il s'appuya au mur, les bras croisés et l'expression grave du connaisseur peinte sur son visage, tandis que la jeune femme, avec une totale assurance, réalisait face à don Jaime l'une des meilleures exhibitions d'escrime que celui-ci se rappelât avoir vue chez un client. De son coin, le marquis se mit à applaudir, visiblement enchanté.

– Madame, c'est un honneur pour moi.

Les yeux violets se plantèrent dans ceux d'Ayala avec une telle intensité que l'aristocrate passa un doigt dans le col de sa chemise. Il y avait en eux une étincelle de défi, de provocation prometteuse. Le marquis saisit la première occasion pour s'approcher du maître d'escrime et lui glissa dans un discret aparté.

– Quelle femme fascinante !

Don Jaime assistait à tout cela avec une mauvaise humeur qu'il ne dissimulait qu'à grand-peine sous un air de froid professionnalisme. L'assaut terminé, Luis de Ayala partit dans une longue conversation technique avec la jeune femme, tandis que le maître remettait en place les fleurets, les plastrons et les masques. Des Alumbres s'offrit avec une exquise galanterie à la raccompagner à son domicile. Son phaéton avec cocher anglais attendait dans la rue, et ce serait un plaisir ineffable que de le mettre à la disposition de madame ; ils avaient sans aucun doute beaucoup à se raconter de leur commune passion pour l'escrime. Peut-être apprécierait-elle d'assister, à neuf heures, au concert que l'on donnerait dans les jardins des Champs-Élysées ? La Société des professeurs, dirigée par le maître Gaztambide, interprétait *La Pie voleuse* de Rossini et un pot-pourri des airs de *Robert le Diable*. Adela de Otero s'inclina gracieusement et accepta, enchantée. L'exercice avait empourpré ses joues et lui donnait un air séduisant.

Pendant qu'elle se changeait, cette fois la porte fermée,

Luis de Ayala étendit l'invitation, pour la forme, à don Jaime, mais il était évident qu'il n'était pas impatient de le voir l'accepter. Sentant que dans cette histoire il jouait le rôle du trouble-fête, le maître refusa et se contenta de sourire gauchement, saisi par une angoisse muette. Le marquis était un adversaire de taille et Jaime Astarloa avait le pressentiment d'avoir perdu la partie sans même avoir osé la commencer. Ils partirent tous les deux bras dessus bras dessous, en bavardant avec animation et le maître d'armes écouta, dans une douloureuse impuissance, les pas qui s'éloignaient dans l'escalier.

Il passa le reste de la journée chez lui, tournant comme un lion en cage, se vouant à tous les diables. A un moment, il s'arrêta et contempla son visage dans les miroirs de la salle d'armes.

– Et qu'aurais-je pu espérer d'autre ? s'interrogea-t-il, plein de mépris.

Sur la surface du verre, l'image grisonnante d'un vieil homme lui adressa une moue amère.

Plusieurs jours passèrent. Les journaux, muselés par la censure, rendaient compte entre les lignes des avatars politiques. On disait que don Juan Prim avait obtenu la permission de Napoléon III d'aller prendre les eaux à Vichy. Rendu soucieux par la proximité du conspirateur, le gouvernement de González Bravo fit connaître par différents canaux son embarras à l'empereur de France. A Londres, tout en préparant ses valises, le comte de Reus tenait d'intenses réunions avec ses coreligionnaires et s'échinait à faire en sorte que diverses personnalités lui ouvrissent leur bourse pour la cause. Une révolution qui ne jouirait pas de l'appui économique nécessaire courrait le risque de se transformer en gabegie et le héros des Castillejos, méfiant comme un renard après sa série d'échecs, n'était pas disposé à risquer sa peau sauf si le coup était absolument sûr.

A Madrid, González Bravo répétait, comme un trait d'esprit bravache, les paroles prononcées le jour de sa prise de fonctions au Congrès :

– Nous sommes un gouvernement de résistance à la révolution ; nous avons confiance dans le pays et les conspirateurs seront battus en brèche. Je ne préside pas le Conseil des ministres, car subsiste encore l'ombre du général Narváez.

Mais l'ombre défunte du gros bonnet de Loja se fichait bien des révoltés. Pressentant la crise, les généraux qui, jadis, avaient embroché le peuple sans le moindre scrupule, ralliaient en masse la bannière de la révolution, se gardant toutefois de passer à l'action avant que n'ait éclaté la chose. A Lequeitio, loin de l'effervescence madrilène, Isabelle II, de plus en plus isolée, s'appuyait comme en un ultime recours sur le général Pezuela, comte de Cheste, qui caressait le pommeau de son sabre tout en faisant de ferventes promesses de loyauté.

– S'il faut mourir en défendant la maison royale, eh bien mourons. C'est à cela que nous servons.

Confiante en cette méthode pour le moins étrange, la presse gouvernementale essayait de calmer le pays au moyen d'une profusion de feuilles destinées à illustrer la normalité régnante. Les journaux officiels avaient mis à la mode une chanson.

Nombreux sont ceux qui d'espoir
vivent dans la gaieté
nombreux sont les ânes
qui resteront bâtés...

Jaime Astarloa avait perdu une cliente : Adela de Otero ne suivait plus ses leçons d'escrime. On la voyait partout à Madrid, inévitablement escortée du marquis des Alumbres, se promenant à pied au Retiro, en calèche au Prado, au théâtre Rossini ou dans une loge de la Zarzuela. Au milieu des tapotis d'éventails et des discrets coups de coude, la bonne société madrilène gloussait, se demandant quelle était cette inconnue qui avait ainsi trouvé à son goût ce noceur de Ayala. Personne n'était capable de dire d'où elle sortait, on ignorait tout de sa famille et on ne lui connaissait aucune relation mondaine, hormis des Alumbres. Après plusieurs jours passés en conjectures, enquêtes et autres investigations, les langues les plus pointues de la capitale finirent par se déclarer vaincues. On put seulement établir que la jeune femme venait d'arriver de l'étranger et que, sans doute à cause de cela, certaines de ses manières étaient indignes d'une dame.

Quelques-unes de ces rumeurs parvinrent jusqu'à don Jaime, évidemment affaiblies par la distance, et il les recevait avec stoïcisme. D'autre part, il s'armait d'une exquise prudence durant les leçons qu'il donnait quotidiennement à Luis de Ayala. Jamais il ne montra d'empressement à découvrir comment se déroulait la vie de la jeune femme, et le marquis ne semblait pas plus enclin à l'en informer. Une fois seulement, tandis qu'ils savouraient tous deux l'habituel verre de xérès, après un ou deux assauts, l'aristocrate lui posa une main sur l'épaule et sourit, amical et familier :

– Maître, je vous dois ma félicité.

Don Jaime accueillit ce commentaire avec la froideur qui convenait et ce fut tout. Quelques jours après, le maître d'escrime reçut le second ordre de paiement signé d'Adela de Otero, par lequel elle lui réglait ses honoraires des dernières semaines. Il arriva accompagné d'un billet lapidaire :

Je regrette de ne plus avoir assez de temps pour poursuivre nos intéressantes leçons d'escrime. Je veux vous remercier pour vos égards en vous assurant que je conserve de vous un souvenir inoubliable.

Adela de Otero

Le maître lut la lettre plusieurs fois, sombre et pensif. Puis il la posa sur la table et, s'emparant d'un crayon, fit ses comptes. A la suite de quoi, il prit une écritoire et trempa sa plume dans l'encre.

Chère Madame,
Je me rends compte avec surprise que, dans le second ordre de paiement remis par vous, vous réglez neuf leçons d'escrime correspondant au mois en cours quand, en réalité, je n'ai eu le plaisir de vous en donner que trois durant ce même temps. Vient donc en excédent la somme de trois cent soixante réaux que je vous rends par l'ordre de paiement joint.
Recevez mes salutations distinguées,

Jaime Astarloa
Maître d'armes

Il signa puis jeta la plume sur la table dans un soudain accès de colère. Quelques gouttes d'encre éclaboussèrent la lettre d'Adela de Otero. Il l'agita dans l'air pour que sèchent les taches, en contemplant l'écriture nerveuse et pointue de la jeune femme. Les traits en étaient longs et acérés comme des poignards. Il ne savait pas s'il devait la déchirer ou la conserver et opta finalement pour la dernière solution. Quand la douleur se serait atténuée, ce petit morceau de papier constituerait un souvenir de plus. Mentalement, don Jaime l'inclut dans la malle bien close de sa nostalgie.

Ce soir-là, la tablée du Progreso se dispersa avant l'heure habituelle. Agapito Cárceles était fort occupé par un article qu'il devait remettre dans la nuit au *Gil Blas* et Carreño assura qu'il avait une réunion spéciale à la loge de San Miguel. Don Lucas s'était vite retiré, affligé d'un léger rhume estival, de telle sorte que Jaime Astarloa se retrouva seul avec Marcelino Romero, le professeur de piano. Ils décidèrent de se promener ensemble et de profiter de la tiède brise vespérale qui avait succédé à la chaleur du jour. Ils descendirent la rue San Jerónimo. Don Jaime souleva son haut-de-forme en croisant une connaissance devant le restaurant Lhardy et à la porte de l'Ateneo. Romero, placide et mélancolique selon son habitude, cheminait en contemplant la pointe de ses souliers, enfermé dans ses pensées. Il portait autour du cou une cravate fripée et son chapeau penchait négligemment vers l'arrière, sur sa nuque. Les bords de sa chemise ne paraissaient pas très propres.

L'avenue du Prado regorgeait de gens qui se promenaient sous les arbres. Sur les bancs de fer forgé, soldats et servantes échangeaient sans fin plaisanteries et compliments galants tout en profitant des derniers rayons du soleil. Quelques élégants gentilshommes, accompagnant des dames ou un groupe d'amis, flânaient entre les fontaines de Cybèle et de Neptune, agitant leur canne avec affectation et portant la main à leur haut-de-forme quand passait près d'eux le frou-frou d'une jupe respectable ou intéressante. Sur l'avenue centrale, sablée, chapeaux et ombrelles multicolores circulaient dans des attelages découverts sous la lumière rougissante du jour déclinant. Un colonel du génie, rubicond, le torse recouvert d'une héroïque quincaillerie, arborant écharpe et sabre, fumait paisiblement un cigare tout en conversant à voix basse avec son aide, un capitaine au visage de lapin qui acquiesçait d'un air de grave circonspection ; de toute évidence, ils parlaient politique. Quelques mètres derrière eux suivait Mme la colonelle qui avait à grand-peine corseté ses chairs empâtées sous une robe encombrée de dentelles et de rubans, tandis qu'une servante, en tablier et coiffe, surveillait une demi-douzaine de gamins des deux sexes, en vêtements festonnés et bas noirs. Sur la gloriette des Cuatro Fuentes, deux gandins, les cheveux pommadés et la raie au milieu, tordaient leurs moustaches apprêtées tout en lançant des regards furtifs vers une jeune fille qui, étroitement chaperonnée par sa gouvernante, lisait un petit recueil de *doloras* de Campoamor, étrangère à l'impatience que son petit pied fin et sa cheville délicate gainés de bas blancs suscitaient chez les curieux.

Les amis se promenèrent tranquillement en profitant de la température agréable. L'élégance passée de mode du maître d'escrime et l'aspect débraillé du pianiste offraient un singulier contraste. Romero observa quelques instants un vendeur d'oublies qui faisait tourner la roulette de son engin au milieu d'un cercle de gosses, puis revint vers son compagnon, l'air préoccupé.

– Comment vont vos finances, don Jaime ?

L'interpellé le regarda avec une aimable gouaille.

– Vous n'allez pas me dire que vous avez envie d'une oublie...

Le professeur de musique rougit. La plupart de ses élèves étaient partis en vacances et lui se retrouvait sans un sou vaillant. En été, il avait coutume de vivre des oboles discrètes de ses amis.

Don Jaime mit la main à la poche de son gilet.

– De combien avez-vous besoin ?

– Avec vingt réaux, je m'en sors.

Le maître d'armes sortit un douro d'argent et le glissa discrètement dans la main que son ami tendait avec timidité. Romero murmura une excuse précipitée.

– Ma propriétaire...

Jaime Astarloa coupa l'explication d'un geste compréhensif ; il se rendait compte de la situation.

L'autre soupira, reconnaissant.

– Nous vivons des temps difficiles, don Jaime.

– A qui le dites-vous.

– Temps d'angoisse, d'inquiétude... (Le pianiste porta une main à son cœur, tâtant un portefeuille inexistant.) Temps de solitude.

Jaime Astarloa émit un grognement qui ne signifiait rien. Romero l'interpréta comme un signe d'assentiment et parut réconforté.

– L'amour, don Jaime. L'amour, poursuivit-il après un moment de réflexion. C'est l'unique chose qui puisse nous rendre heureux et, paradoxalement, c'est celle qui nous condamne aux pires tourments. Aimer équivaut à vivre en esclave.

– Seul est esclave celui qui espère quelque chose des autres. (Le maître d'armes regarda son interlocuteur jusqu'à ce que celui-ci clignât des yeux, confus.) Peut-être est-ce cela l'erreur. Celui qui n'attend rien de personne demeure libre, comme Diogène dans son tonneau.

Le pianiste secoua la tête ; il n'était pas d'accord.

– Un monde où nous n'espérerions rien des autres serait un enfer, don Jaime... Savez-vous ce qui est le pire ?

– Le pire est une chose différente pour chacun d'entre nous. Pour vous, qu'est-ce que le pire ?

– Pour moi, l'absence d'espérance, sentir qu'on est tombé dans le piège et... Je veux dire qu'il y a des moments terribles qui semblent sans issue.

– Certains pièges n'en ont pas.

– Ne dites pas cela.

– Je vous rappellerais que, de toute façon, aucun piège ne fonctionne sans la complicité inconsciente de la victime. Personne n'oblige la souris à aller chercher le fromage dans la souricière.

– Mais la quête de l'amour, du bonheur... Moi-même sans aller chercher plus loin...

Jaime Astarloa se retourna vers son ami avec une certaine brusquerie. Sans qu'il sût très bien pourquoi, cette mélancolie discrète, si semblable à celle d'un chevrotin traqué, l'irritait. Il éprouva la tentation de se montrer cruel.

– Alors, enlevez-la, don Marcelino.

La pomme d'Adam de l'autre monta et descendit rapidement, il avalait sa salive.

– Mais qui ?

Dans sa question, il y avait de l'alarme et de l'affolement. Il y avait aussi une prière que le maître d'escrime se refusa à écouter.

– Vous savez parfaitement de qui je veux parler. Si vraiment vous aimez une honnête mère de famille, ne vous résignez pas à languir sous son balcon le restant de vos jours. Introduisez-vous de nouveau chez elle, jetez-vous à ses pieds, séduisez-la, prenez sa vertu, arrachez-la de cet endroit par la force... Tirez sur le mari ou sur vous-même ! Soyez héroïque, faites le ridicule, mais faites quelque chose, sacrebleu. Vous avez à peine quarante ans !

Inattendue, la brutale éloquence du maître d'armes avait effacé du visage de Romero jusqu'à la moindre trace de vie. Son sang s'était retiré de ses joues et, pendant un temps, on eut l'impression qu'il allait faire demi-tour et s'enfuir en courant.

– Je ne suis pas un homme violent, balbutia-t-il au bout d'un moment comme si cela justifiait tout.

Jaime Astarloa le regarda durement. Pour la première fois depuis qu'ils se connaissaient, la timidité du pianiste ne lui inspirait pas de la compassion mais du dédain. Combien les choses auraient été différentes si Adela de Otero était venue à lui, lorsque, comme Romero, il comptait vingt années de moins.

– Je ne parle pas de la violence que Cárceles prêche dans notre groupe, dit-il. Je fais allusion à celle qui naît du courage personnel. (Il indiqua sa poitrine.) De là.

Romero était passé du trouble à la méfiance, il manipulait nerveusement sa cravate tout en évitant le regard de son interlocuteur.

– Je suis contre tout type de violence, individuelle ou collective.

– Eh bien, pas moi. Il y a là des nuances très subtiles, je vous l'assure. Une civilisation qui renonce à la violence en pensée et en action se détruit elle-même. Elle se transforme en un troupeau d'agneaux qui se fera égorger par le premier venu. Il en va de même pour les individus.

– Et que faites-vous de l'Église catholique ? Elle est contre la violence et elle s'est maintenue durant vingt siècles sans avoir besoin d'en exercer aucune.

– Ne me faites pas rire à présent, don Marcelino. Le christianisme fut soutenu par les légions de Constantin et les épées des Croisés. Et l'Église catholique le fut par les bûchers de l'Inquisition, les galères de Lépante et les armées des Habsbourg... Attendriez-vous de quelqu'un qu'il soutienne votre cause à votre place ?

Le pianiste baissa les yeux.

– Vous me décevez, don Jaime, dit-il au bout de quelques instants en fouillant le sol sableux de la pointe de sa canne. Je n'aurais jamais soupçonné que vous partagiez les opinions d'Agapito Cárceles.

– Je ne partage les opinions de personne. Entre autres choses, le principe d'égalité qu'avec tant de brio défend notre ami me laisse froid. Et puisque vous abordez ce sujet, je vous dirai que je préfère être gouverné par un César ou un Bonaparte, qu'on peut toujours tenter d'assassiner s'il ne vous plaît pas, plutôt que de voir le vote du boutiquier du coin décider de mes passions, de mes habitudes et compagnie... Le drame de notre siècle, don Marcelino, c'est le manque de génie, qui est seulement comparable au manque de courage ou au manque de bon goût. Sans doute doit-on cela à l'ascension irrésistible des boutiquiers aux quatre coins de l'Europe.

– Selon Cárceles, les jours des boutiquiers sont comptés, répondit Romero avec une touche de timide rancœur.

Le mari de son aimée était un fameux commerçant d'outre-mer.

– Cárceles nous promet pire encore, parce que nous connaissons bien ce qu'il offre comme alternative. Savez-vous quel est le problème ? Nous nous trouvons dans la dernière des trois générations que l'Histoire s'amuse par caprice à répéter régulièrement. La première a besoin d'un Dieu et l'invente. La deuxième élève des temples à ce Dieu et tente de l'imiter. Et la troisième utilise le marbre de ces temples pour construire des lupanars où adorer sa propre cupidité, sa luxure et sa bassesse. Et c'est comme cela qu'aux héros succèdent toujours, inévitablement, les médiocres, les couards et les imbéciles. Bonsoir, don Marcelino.

Le maître d'escrime resta appuyé sur sa canne et regarda sans remords s'éloigner la misérable silhouette du pianiste qui marchait la tête enfoncée dans les épaules, allant sans doute de ce pas faire sa ronde désespérée sous le balcon de la rue Hortaleza. Jaime Astarloa demeura un moment à observer les promeneurs, bien que ses pensées fussent absorbées par sa propre situation. Il savait fort bien que quelques-unes des choses qu'il avait dites à Romero pouvaient lui être appliquées à lui, et cette certitude ne le rendait pas précisément heureux. Au bout d'un moment, il décida de rentrer chez lui. Il monta la rue Atocha, sans se presser, et pénétra dans la boutique habituelle pour acheter de l'alcool et du liniment dont la provision commençait à s'épuiser. Le jeune homme boiteux l'accueillit avec son amabilité coutumière et s'enquit de son état de santé.

– Je me porte comme un charme, répondit don Jaime. Vous savez bien que ces remèdes sont pour mes élèves.

– Vous ne partez pas cet été ? La reine est à Lequeitio. Nous y verrons se réunir toute la cour si don Juan Prim n'y remédie pas. C'est un homme celui-là ! (Le jeune homme regarda avec fierté sa jambe mutilée.) Vous auriez dû le voir aux Castillejos, sur son cheval, plus tranquille qu'un dimanche d'août, pendant que les Maures nous encerclaient comme des diables. J'ai eu l'honneur de me trouver là-bas à ses côtés et d'être mutilé pour la patrie. Quand je suis tombé avec un caillou dans cette jambe, don Juan s'est retourné, m'a regardé et il a dit avec cet accent catalan qui n'appartient qu'à lui : « Ça n'est rien, petit... » Là-bas même, je lui ai lancé trois vivats avant qu'on ne m'emporte sur la civière... Sûr qu'il se souvient encore de moi !

Don Jaime sortit dans la rue, le paquet sous le bras, il longea le palais de Santa Cruz et marcha sous les arcades jusqu'à la Plaza Mayor où il s'arrêta quelques minutes au milieu d'un cercle de personnes qui écoutaient les accords martiaux d'une fanfare militaire, sous la statue équestre de Philippe III. Il rejoignit la Calle Mayor, se disposant à dîner à l'auberge Pereira avant de rentrer chez lui, quand il s'arrêta net comme s'il avait reçu un choc. De l'autre côté de la rue, laissant apparaître la moitié de son visage à la fenêtre d'une berline, se trouvait Adela de Otero. Elle ne remarqua pas la présence du maître d'escrime car elle était prise dans une conversation discrète avec un gentilhomme d'âge moyen, vêtu d'un frac, avec un haut-de-forme et une canne, qui s'appuyait avec naturel au cadre de la fenêtre.

Don Jaime resta immobile à contempler la scène. Le gentilhomme lui tournait le dos et, penché vers son interlocutrice, lui parlait à voix basse, d'un air courtois. Elle était étonnamment sérieuse et faisait non de la tête de temps à autre. Elle susurra quelque commentaire, ce qui permit à son interlocuteur d'acquiescer. Don Jaime eut d'abord l'intention de continuer son chemin, mais sa curiosité fut plus forte que sa volonté et il resta sur place en tentant d'apaiser les scrupules qui se formaient dans sa conscience à cause du comportement d'espion auquel il se laissait aller de si indigne manière. Il tendit l'oreille pour essayer de capter des fragments de conversation mais ses efforts restèrent vains. Ils se trouvaient trop loin de lui.

Le gentilhomme était toujours de dos mais de toute façon don Jaime était sûr qu'il lui était inconnu. Adela de Otero fit tout à coup un geste négatif avec l'éventail qu'elle avait à la main et puis elle s'apprêta à dire quelque chose tandis que ses yeux erraient distraitement au travers de la rue. Soudain, ils se fixèrent sur Jaime Astarloa qui esquissa un geste de salutation en portant la main à son haut-de-forme. Son mouvement, pourtant, fut interrompu à mi-parcours quand il vit la singulière expression de panique qui se peignait dans les yeux de la jeune femme. Elle rejeta immédiatement la tête en arrière et se cacha à l'intérieur de la voiture tandis que l'homme se retournait à demi, visiblement préoccupé, vers don Jaime. Elle dut donner un ordre brusque car, à la seconde même, le cocher qui paressait sur son siège sursauta et, agitant son fouet, fit avancer les chevaux. L'inconnu s'éloigna de la portière et, en balançant sa canne, partit rapidement dans la direction opposée. Le maître d'escrime eut à peine le temps de voir un moment ses traits, mais ne réussit qu'à remarquer de longs favoris à l'anglaise et une fine moustache courte. C'était une personne élégante, de taille moyenne et d'allure distinguée, qui tenait une canne d'ivoire et semblait fort pressée.

Après s'être longuement interrogé, don Jaime dut s'avouer incapable d'interpréter la scène dont il avait été témoin. Il ne cessa d'y songer pendant qu'il expédiait son frugal dîner et, se retrouvant dans la solitude de son cabinet, il continua à tenter vainement d'éclaircir le mystère. Il ressentait une immense curiosité quant à l'identité de cet homme.

Mais quelque chose l'intriguait plus encore. Au moment où elle avait découvert sa présence, Jaime Astarloa avait entrevu chez la jeune femme une expression qu'il n'avait encore jamais remarquée. Il n'y avait en elle ni surprise ni irritation, émotions compréhensibles chez qui se sait observé avec une impertinence aussi flagrante. Le sentiment qu'avait entrevu le maître d'escrime répondait à quelque chose de plus obscur et d'inquiétant, à tel point qu'il passa un moment à se demander si son intuition ne l'avait pas trompé. Parce que, durant une fraction de seconde, dans les yeux d'Adela de Otero était apparue la peur.

Il s'éveilla brusquement et, angoissé, se redressa sur son lit. Son corps était couvert de sueur à cause de l'horrible cauchemar qui à présent, bien que ses yeux fussent ouverts dans l'obscurité, demeurait gravé avec une grande netteté sur sa rétine.

Une poupée de carton flottait sur le ventre, comme noyée. Ses cheveux étaient entremêlés de nénuphars et d'une visqueuse végétation aquatique qui flottait sur l'eau stagnante couverte de plantes. Jaime Astarloa se pencha vers elle avec une lenteur exaspérante et, en la prenant entre ses mains, il vit son visage dont les yeux de verre avaient été arrachés de leurs orbites. Ces cavités produisirent en lui un frisson de terreur.

Il resta ainsi, durant de longues heures, sans pouvoir trouver le sommeil jusqu'à ce que le premier rai de clarté filtrât entre les persiennes qui fermaient les fenêtres.

Depuis plusieurs jours, Luis de Ayala se montrait inquiet. Il avait du mal à se concentrer sur les assauts, comme si ses pensées vagabondaient loin de l'escrime.

– Touché, Excellence.

Le marquis remua tristement la tête en s'excusant.

– Je ne suis pas en bonne forme, maître.

Son habituelle jovialité cédait le pas à une étrange mélancolie. Ayala était souvent distrait et ses plaisanteries se faisaient rares. Au début, don Jaime attribua cela à la situation politique, catastrophique. Prim s'était rendu à Vichy puis avait disparu mystérieusement. La cour était en villégiature dans le Nord mais les principaux personnages politiques et la milice étaient restés à Madrid, dans l'expectative. Un vent soufflait qui n'augurait rien de bon pour la monarchie.

Un matin, alors qu'août finissait, Luis de Ayala s'excusa auprès du maître qui effectuait sa visite quotidienne.

– Aujourd'hui, je n'ai aucun courage, don Jaime. J'ai un pouls infâme.

Pour changer, il lui proposa de faire quelques pas dans le jardin. Ils sortirent ensemble sous les saules, par l'allée couverte de graviers où, à l'extrémité, chantonnait l'eau de la fontaine à l'angelot de pierre. Un jardinier travaillait au loin, entre les massifs de fleurs qui s'inclinaient pathétiquement sous la chaleur croissante de la matinée.

Ils marchèrent un moment, échangeant des propos anodins. Parvenus près d'un kiosque en fer forgé, le marquis des Alumbres fouilla le sol de l'embout de sa canne et se retourna vers Jaime Astarloa d'un air badin, rapidement démenti par ses paroles :

– Maître... Je suis curieux de savoir comment vous avez connu Adela de Otero.

Le maître d'armes fut surpris car, depuis le jour où don Jaime les avait présentés l'un à l'autre, c'était la première fois que Luis de Ayala prononçait le nom de la dame en sa présence. Toutefois, avec le plus grand naturel possible, il le mit rapidement au courant. Le marquis écoutait en silence et acquiesçait légèrement sans cesser d'observer la pointe de sa canne. Il paraissait préoccupé. Il voulut ensuite savoir si don Jaime connaissait l'une de ses relations, amis, connaissances ou parents, et celui-ci lui répondit en répétant ce qu'il lui avait déjà déclaré lors de la conversation qui s'était tenue des semaines auparavant. Il ignorait tout d'elle, sauf qu'elle vivait seule et qu'elle était une excellente escrimeuse. Un moment, il fut tenté de lui confier aussi la mystérieuse entrevue à laquelle il avait assisté près de la Plaza Mayor mais, finalement, il résolut de garder le silence. Il n'était pas de ceux qui auraient trahi ce qui, en raison de l'attitude de la jeune femme, était sûrement un secret.

Le marquis se montra aussi très désireux de savoir si Adela de Otero avait quelquefois prononcé son nom chez don Jaime et si, à un moment quelconque, elle avait montré un intérêt particulier à faire sa connaissance. Après une légère hésitation, le maître d'escrime répondit que cela avait été le cas, en effet, et il fit un résumé succinct de la conversation qu'ils avaient eue dans le fiacre la nuit où il l'avait raccompagnée chez elle.

– Elle savait que vous étiez un excellent tireur et elle a insisté pour vous connaître, dit-il avec honnêteté bien qu'il pressentît que quelque chose d'étrange pointait derrière la curiosité de Luis de Ayala.

Il resta pourtant discret et n'attendit aucune déclaration de la part du marquis. Celui-ci souriait à présent d'un air méphistophélique.

– Je vois que mes paroles vous amusent, remarqua don Jaime un peu piqué, croyant voir dans l'expression de son client une moqueuse allusion au désagréable rôle d'entremetteur qu'il avait tenu dans toute cette affaire.

Des Alumbres saisit immédiatement le sens de ses propos :

– Ne m'interprétez pas mal, maître, lui dit-il affectueusement. Je me disais en moi-même... Vous ne pouvez l'imaginer, mais cette histoire se révèle à moi sous des facettes passionnantes, je vous l'assure. De fait, ajouta-t-il en souriant à nouveau comme si des pensées cocasses le divertissaient, vous venez de confirmer quelques idées qui me trottaient dans la tête depuis ces derniers temps. Notre jeune amie est, en effet, une excellente escrimeuse. Voyons maintenant comment elle s'arrangera pour faire mouche.

Jaime Astarloa s'agita, mal à son aise. Le ton imprévu de la conversation le plongeait dans un océan d'incertitude.

– Pardonnez-moi, Excellence. Je n'arrive pas à comprendre...

Le marquis fit un geste pour lui demander un peu de patience.

– Du calme, don Jaime. Chaque chose en son temps. Je vous promets de tout vous raconter... plus tard. Disons quand j'aurai résolu une petite affaire qui est en suspens.

Le maître d'armes garda un silence embarrassé. Cela avait-il quelque chose à voir avec la mystérieuse conversation qu'il avait surprise quelques semaines auparavant ? S'agissait-il d'une rivalité amoureuse ?... Quoi que ce fût, tout ce qui concernait Adela de Otero ne le regardait plus. Absolument plus, se dit-il. Il était sur le point d'ouvrir la bouche pour dire quelque chose qui modifiât le cours de la conversation quand Luis de Ayala lui posa une main sur l'épaule. Il y avait dans ses yeux un sérieux inhabituel.

– Maître, je vais vous demander une faveur.

Don Jaime se redressa, image vivante de l'honnêteté et de la confiance.

– Je suis à vos ordres, Excellence.

Le marquis hésita un instant et parut finalement se débarrasser de ses derniers scrupules. Il baissa le ton.

– J'ai besoin de vous confier une chose, un objet. Je l'ai jusqu'alors conservé avec moi mais, pour des raisons que je pourrai bientôt vous expliquer, j'estime nécessaire de le transférer dans un endroit sûr durant quelque temps. Puis-je compter sur vous ?

– Bien entendu.

– Il s'agit d'un dossier... Quelques papiers qui sont pour moi d'une importance vitale. Je sais que vous aurez du mal à le croire mais il y a très peu de personnes auxquelles je puisse confier cette affaire. Vous n'aurez qu'à les conserver chez vous, dans un lieu adéquat, jusqu'à ce que je vous les réclame. Ils sont dans une enveloppe cachetée, à mon sceau. Naturellement, je tiens pour acquise votre parole d'honneur que vous ne chercherez pas à connaître son contenu et que vous garderez sur ce sujet un silence absolu.

Le maître d'escrime fronça le sourcil. Tout ceci lui semblait étrange mais le marquis des Alumbres avait mentionné les substantifs honneur et confiance. Il n'y avait plus rien à dire.

– Vous avez ma parole.

Des Alumbres sourit, soudainement soulagé.

– Alors, don Jaime, veuillez croire à ma reconnaissance éternelle.

Le maître d'escrime gardait le silence et se creusait la tête pour savoir si tout cela avait un rapport avec Adela de Otero. La question lui brûlait les lèvres mais il parvint à se dominer. Le marquis avait confiance en son honneur de gentilhomme et, par Dieu, c'était plus que suffisant. Et à la première occasion, avait promis Ayala, les choses s'éclairciraient.

Le marquis prit dans sa poche un luxueux étui en cuir de Russie dont il sortit un long havane. Il l'offrit à don Jaime qui refusa courtoisement.

– Quel dommage, commenta l'aristocrate. Ce sont d'authentiques cigares de Vuelta Abajo, à Cuba. J'ai hérité du goût de feu mon oncle Joaquín. Rien à voir avec ces infâmes crapulos que l'on trouve pour trois sous dans les débits de tabac.

Il avait l'air de conclure ainsi l'affaire. Le maître d'escrime avait toutefois une question à formuler, une seule :

– Pourquoi moi, Excellence ?

Luis de Ayala suspendit son geste, son cigare à demi allumé, et regarda son interlocuteur dans les yeux, au-dessus de la flamme de son allumette.

– Pour une raison élémentaire, don Jaime. Vous êtes l'unique homme honnête que je connaisse.

Et, passant la flamme sous le cigare, le marquis des Alumbres aspira la fumée avec une voluptueuse satisfaction.

CHAPITRE V

L'attaque par coulé

« Le coulé est l'une des attaques les plus sûres de l'escrime, pour laquelle on doit nécessairement se mettre en garde. »

Madrid s'alanguissait dans la sieste, engourdie par les dernières chaleurs de l'été. La vie politique de la capitale suivait son cours, enfouie dans le calme d'un mois de septembre étouffant, sous les lourds nuages plombés qui filtraient une suffocante torpeur estivale. La presse officielle, entre les lignes, donnait à entendre que les généraux exilés aux Canaries se tenaient tranquilles, démentant le fait que les conspirations tentaculaires se fussent étendues à l'armée qui, malgré de malveillantes rumeurs subversives, restait, comme toujours, fidèle à Son Auguste Majesté. En ce qui concernait l'ordre public, on n'avait plus enregistré dans Madrid de mouvements de foule depuis plusieurs semaines, après l'avertissement exemplaire donné par les autorités aux meneurs des dernières manifestations populaires qui, à présent, disposaient de tout leur temps pour méditer sur leurs égarements dans l'ombre peu accueillante de la prison de Ceuta.

Antonio Carreño apportait des nouvelles fraîches à la tablée du café Progreso.

– Messieurs, écoutez la dernière. Je sais de source sûre que la chose est en marche.

Tous en chœur, ils l'accueillirent avec un scepticisme amusé. Carreño, offusqué, porta la main à son cœur.

– Vous n'iriez pas douter de ma parole...

Don Lucas Rioseco précisa que personne ne mettait en doute sa parole, mais plutôt la véracité de ses sources ; cela faisait presque un an qu'il leur annonçait la venue du Messie. Carreño les fit se pencher vers lui par-dessus le guéridon de marbre et, adoptant son habituel ton de confidence avisée :

– Cette fois, c'est sérieux, messieurs. López de Ayala s'est rendu aux Canaries pour s'entretenir avec les généraux exilés. Et, tenez-vous bien, don Juan Prim a disparu de son domicile londonien. Sans laisser d'adresse... Vous savez bien ce que cela signifie !

Agapito Cárceles fut le seul à accorder du crédit à la nouvelle.

– Ça veut dire que cette fois, ça va chauffer.

Jaime Astarloa croisa les jambes. Ces pronostics en étaient arrivés à l'ennuyer terriblement. D'un ton furtif, Carreño poursuivit en apportant des détails sur la conspiration en cours.

– On dit que le comte de Reus a été vu à Lisbonne déguisé en laquais. Et que l'escadre de la Méditerranée n'attend que son arrivée pour se soulever.

– Et au nom de quoi ? demanda le candide Marcelino Romero.

– Mais de la liberté, voyons !

Le petit rire incrédule de don Lucas retentit.

– Votre affaire est un feuilleton à la Dumas, don Antonio.

Carreño garda le silence, offensé par l'attitude réticente du vieillard décrépit. Alors Agapito Cárceles commit, pour venger son compère, une harangue révolutionnaire qui échauffa les oreilles de don Lucas.

– Le moment est arrivé de choisir sa place sur les barricades ! termina-t-il, avec l'emphase d'un personnage de Tamayo y Baus.

– Nous nous y retrouverons ! proclama, tout aussi théâtral, don Lucas, très irrité. Vous d'un côté et moi de l'autre, évidemment.

– Évidemment ! Personne ne doute, monsieur Rioseco, que votre place sera dans les rangs de la répression et de l'obscurantisme.

– A mon grand honneur.

– De l'honneur, tu parles ! L'Espagne de l'honneur est l'Espagne révolutionnaire, sans blague ! Votre inertie porterait sur les nerfs de n'importe quel patriote, don Lucas !

– Alors prenez un tilleul.

– Vive la République !

– Si ça vous fait plaisir.

– Vive la Fédérale !

– Mais oui, mon ami, mais oui. Fausto, une tartine !

– Vive la loi !

– L'unique loi dont ce pays a besoin est la loi du plus fort !

Un coup de tonnerre retentit sur les toits de Madrid. Ouvrant ses entrailles, le ciel déversa une violente ondée. De l'autre côté de la rue, on voyait courir des passants à la recherche d'un abri. Jaime Astarloa but une gorgée de café tout en regardant, mélancolique, la pluie tambouriner contre la vitre. Le chat, qui était sorti faire un tour, revint d'un bond, le poil humide et hérissé, piteuse image de misère matoise qui riva sur le maître d'armes la méfiance de ses yeux malins.

– L'escrime moderne, messieurs, tend à négliger cette heureuse liberté de mouvements qui confère à notre art une grâce spéciale. Cela limite beaucoup les possibilités.

Les frères Cazorla et Alvarito Salanova écoutaient avec attention, fleurets et masques sous le bras. Il manquait Manuel de Soto qui était parti en vacances avec sa famille dans le Nord.

– Toutes ces tendances regrettables, continua Jaime Astarloa, appauvrissent l'escrime de manière déplorable. Par exemple, certains tireurs omettent dans leurs assauts le mouvement qui consiste à se découvrir et à saluer les témoins...

– Mais, dans les assauts, il n'y a pas de témoins, maître, intervint timidement le plus jeune des Cazorla.

– Justement, monsieur. Justement. Vous venez de mettre le doigt sur la plaie. On fait de l'escrime sans penser à son application pratique sur le champ d'honneur. Un *sport*, n'est-ce pas ?... Une aberration ni plus ni moins, comme si, prenons un exemple extravagant, les prêtres servaient la messe en castillan. Sans doute cela serait-il plus actuel, n'est-il pas vrai ? Plus populaire, si vous voulez, plus au goût du jour, n'est-ce pas ?... Toutefois, le fait de négliger la belle sonorité un tantinet hermétique de la langue latine séparerait ce superbe rituel de ses racines les plus fondamentales, en le dégradant, en le rendant vulgaire. La beauté, la Beauté avec une majuscule, ne peut résider que dans le culte de la tradition, dans l'accomplissement rigoureux de ces gestes et paroles qui ont été répétés, conservés par les hommes tout au long des siècles... Comprenez-vous ce que je veux dire ?

Les trois jeunes gens acquiescèrent gravement, plus par respect envers le maître d'armes que par conviction. Don Jaime leva une main, exécutant dans l'air quelques mouvements d'escrime, comme s'il tenait un fleuret.

– Bien sûr, nous ne nous boucherons pas les yeux devant les innovations utiles, continua-t-il sur un ton de dédaigneuse concession. Mais, avant tout, nous ne devons pas oublier que le beau consiste à conserver précisément ce que les autres laissent tomber en désuétude... Ne trouvez-vous pas plus digne de notre fidélité un monarque déchu qu'un monarque bien assis sur son trône ? C'est pourquoi notre art doit rester pur, non contaminé. Classique. Avant tout, classique. Nous devons nous apitoyer sincèrement sur ceux qui se contentent d'apprendre une technique. Vous, mes jeunes amis, avez la chance merveilleuse d'accéder à un art. Une chose, croyez-moi, qui ne se paie pas avec de l'argent. Une chose que l'on porte là, dans le cœur et dans la tête.

Le maître d'escrime se tut, contemplant les trois visages qui le regardaient avec une attention révérencieuse. Il désigna d'un geste l'aîné des Cazorla.

– Bon, trêve de paroles. Vous, don Fernando, allez vous exercer avec moi au contre de seconde, croisé avec seconde. Je vous rappelle que cette méthode exige beaucoup d'adresse ; n'y ayez jamais recours lorsque la supériorité physique de l'adversaire est par trop importante... Vous rappelez-vous la théorie ?

Le jeune homme inclina sa tête blonde, d'un geste affirmatif teinté d'orgueil.

– Oui, maître. (Il récita par cœur, comme un écolier.) Si j'effectue un contre de seconde et ne peux rencontrer le fleuret adverse, je croise en seconde, en dégageant et en tirant en quarte sur le bras.

– Parfait. (Don Jaime choisit un fleuret dans sa panoplie tandis que Fernando Cazorla chaussait son masque.) Prêt ? Alors, passons à notre affaire. Évidemment, nous n'oublions pas le salut. Voilà... On étend le bras et l'on élève le poing, ainsi. Faites comme si vous portiez un chapeau imaginaire. Vous l'ôteriez de la main gauche, de manière élégante. Parfait. (Le maître d'escrime se retourna vers les deux autres spectateurs.) Vous devez toujours vous souvenir que les gestes de salut en quarte et en tierce sont destinés aux témoins et à l'assistance... En tout état de cause, cela permet d'en déduire que les coups de cette espèce ont toujours lieu entre gens bien nés. On ne doit jamais empêcher que des gens s'entre-tuent si l'honneur les y pousse, n'est-ce pas ?... Mais, diantre, le moins que l'on puisse exiger d'eux c'est qu'ils le fassent de la façon la plus courtoise possible.

Le maître croisa son fleuret avec celui de Fernando Cazorla. L'élève jouait du poignet tout en attendant que don Jaime lançât l'estocade qui lui permît de commencer son mouvement.

Dans les miroirs de la salle d'armes, leurs images se multipliaient comme si le salon était rempli de combattants. La voix sereine et patiente du maître d'escrime résonna.

– Voilà, très bien. A moi. Bien. Attention maintenant, cercle en seconde... Non, recommencez, s'il vous plaît. Voilà. Cercle en seconde. Croisez !... Non, s'il vous plaît, souvenez-vous. Il faut croiser en seconde, en dégageant immédiatement. Encore une fois, je vous prie. Aux armes. A moi, parade. Voilà. Croisez ! Bien. Maintenant. Parfait ! Quarte sur le bras, excellent. (Il y avait une satisfaction légitime, celle de l'auteur contemplant son œuvre, dans le commentaire de don Jaime.) Allons-y à nouveau, mais faites attention. Cette fois, je vais m'approcher davantage. Aux armes. Bien. Parade. Bien. Ainsi ! Croisez !... Non. Vous avancez trop lentement, don Fernando, voilà pourquoi je vous ai touché. Recommençons.

De la rue montait une rumeur tumultueuse. On entendait des cris, des sabots de chevaux lancés au pas de charge qui claquaient sur les pavés. Alvarito Salanova et le plus jeune des Cazorla s'approchèrent de l'une des fenêtres.

– Il y a de la bagarre, maître.

Don Jaime interrompit l'assaut et rejoignit ses élèves à la fenêtre. Dans la rue brillaient cuirs et sabres. La Garde civile dispersait à cheval un groupe de révoltés qui couraient en tous sens. Deux coups de feu claquèrent aux abords du Théâtre royal. Les jeunes escrimeurs contemplaient le spectacle, fascinés par l'algarade.

– Voyez comme ils détalent !

– Quelle raclée !

– Que s'est-il passé ?

– C'est peut-être bien la révolution !

– Pensez-vous ! (Alvarito Salanova, fidèle à son nom, fronça dédaigneusement la lèvre supérieure.) Ne voyez-vous pas qu'il s'agit de quatre pelés ? Les gardes leur donnent ce qu'ils méritent.

Sous la fenêtre, un passant chercha refuge en toute hâte sous un portail. Deux vieilles endeuillées pointaient leur nez, tels des oiseaux de mauvais augure, observant avec prudence le paysage. Sur les balcons, les voisins s'agglutinaient, les uns encourageant les révoltés, les autres les gardes.

– Vive Prim ! criaient trois femmes d'un genre douteux, avec l'impunité que leur conférait leur sexe et le fait de se trouver au balcon du quatrième étage. On va peut-être pendre Marfori !

– Qui est Marfori ? demanda Paquito Cazorla.

– Un ministre, lui expliqua son frère. On dit que la reine et lui...

Don Jaime jugea que c'était suffisant et il ferma les persiennes sans faire cas des murmures déçus de ses élèves.

– Nous sommes ici pour pratiquer l'escrime, mes petits messieurs, dit-il d'un ton qui n'autorisait aucune réplique. Messieurs vos pères me paient pour que je vous inculque des notions profitables, non pour que vous soyez les spectateurs d'une chose qui ne nous concerne pas. Revenons donc à ce qui nous occupe. (Il lança un regard chargé d'un suprême dédain vers la persienne fermée et ses doigts caressèrent la poignée de son fleuret.) Nous n'avons rien à voir avec ce qui peut se passer alentour. Laissons cela à la populace et aux hommes politiques.

Ils retournèrent à leurs positions et la salle d'armes s'emplit à nouveau du tintement métallique des fleurets. Aux murs, les vieilles panoplies continuaient à se couvrir de poussière, rouillées et immuables. Il avait suffi de fermer la fenêtre pour que le temps retînt son cours dans le logis du maître d'armes.

Ce fut la concierge qui le mit au courant quand il la croisa dans l'escalier.

– Bonsoir, don Jaime. Que dites-vous des nouvelles ?

– Quelles nouvelles ?

La vieille se signa. C'était une veuve bavarde et grassouillette qui vivait avec sa fille célibataire. Elle assistait à deux messes par jour à San Ginés et était persuadée que tous les révolutionnaires étaient des hérétiques.

– Ne me dites pas que vous n'êtes pas au courant de ce qui se passe ! Vous ne savez vraiment pas ?

Jaime Astarloa souleva un sourcil, courtoisement intéressé.

– Racontez-moi, doña Rosa.

La concierge baissa la voix, regardant avec méfiance autour d'elle, comme si les murs avaient des oreilles.

– Don Juan Prim a débarqué hier à Cadix et l'on dit que l'armée s'est soulevée... C'est ainsi qu'on remercie notre pauvre reine de sa bonté !

Le maître d'armes descendit la Calle Mayor jusqu'à la Puerta del Sol, en direction du café Progreso. Même sans les informations de la concierge, il eût été évident que quelque chose de grave se passait.

Des groupes agités commentaient les événements en petit comité et une vingtaine de curieux observaient de loin un piquet qui montait la garde au coin de la rue Postas. Les soldats, le shako sur leur nuque rasée et baïonnette au canon, se tenaient sous les ordres d'un officier barbu à l'allure arrogante qui déambulait, la main appuyée à la poignée de son sabre. Les conscrits étaient très jeunes et se donnaient des airs d'importance en savourant l'impatience fébrile que leur présence suscitait. Un gentilhomme portant beau passa près de don Jaime et s'approcha du lieutenant.

– Savez-vous quelque chose ?

Le militaire se dandina avec une pontifiante hâblerie.

– J'exécute les ordres de mes supérieurs. Circulez.

Bleus et solennels, des gardes confisquaient les journaux que les gamins vendaient à la criée au milieu de la foule ; l'état d'urgence était proclamé, il imposait la censure à toute information relative au soulèvement. Quelques commerçants, échaudés par l'expérience des récentes algarades, fermaient le rideau de leur boutique et allaient grossir les groupes de curieux. Dans la rue Carretas brillaient les tricornes de la Garde civile. On racontait que González Bravo avait télégraphié sa démission à la reine et que les troupes levées par Prim avançaient déjà sur Madrid.

Au Progreso, la tablée était au grand complet et Jaime Astarloa fut immédiatement mis au courant de la situation. Prim était arrivé à Cadix dans la nuit du 18, et le 19, au cri de « Vive la souveraineté nationale », l'escadre de la Méditerranée s'était prononcée pour la révolution. L'amiral Topete, que tous considéraient comme un fidèle de la reine, faisait partie des insurgés. Les garnisons du Sud et du Levant se ralliaient l'une après l'autre à la rébellion.

– L'inconnue, expliquait Antonio Carreño, réside maintenant dans l'attitude de la reine. Si elle ne cède pas, nous allons droit à la guerre civile parce que, cette fois, il ne s'agit pas d'une vulgaire tentative téméraire, messieurs. Je le sais de bonne source. De Reus peut déjà compter sur des troupes nombreuses qui ne cessent de grossir. Et Serrano est dans le coup. Et on en arrive à spéculer sur une régence qu'on offrirait à don Baldomero Espartero.

– Isabelle II ne cédera jamais, intervint don Lucas Rioseco.

– C'est ce que nous verrons, dit Agapito Cárceles, visiblement enchanté par le cours que prenaient les événements. De toute façon, il vaut mieux qu'elle essaie de résister.

Tous les compagnons le regardèrent ahuris.

– Résister ? le blâma Carreño. Cela mènerait le pays à la guerre civile...

– Au bain de sang, précisa Marcelino Romero, satisfait de pouvoir mettre son grain de sel.

– Exact, précisa, radieux, le journaliste. Ne comprenez-vous pas ? Pour moi, voyez-vous, c'est évident. Si Isabelita reste entre deux eaux, se met à disposition ou abdique en faveur de son fils, ce sera du pareil au même. Il y a beaucoup de monarchistes parmi les insurgés et, en fin de compte, nous nous retrouverons avec Puigmoltejo ou Montpensier ou don Baldomero ou avec le valet de cœur. Et on n'y pourra rien. Avons-nous si longtemps lutté pour finalement obtenir ça ?

– Où dites-vous que vous avez lutté ? demanda don Lucas avec beaucoup de malice.

Le regard de Cárceles l'enroba d'un mépris démocratique.

– Dans l'ombre, cher monsieur. Dans l'ombre.

– C'est ça.

Le journaliste résolut d'ignorer don Lucas.

– Je vous disais, continua-t-il, en s'adressant aux autres, que ce dont l'Espagne a besoin, c'est d'une bonne guerre civile bien féroce avec beaucoup de martyrs, avec des barricades dans les rues et un peuple souverain partant à l'assaut du Palais royal. Des comités de Salut public et les prétentiards monarchistes et leurs laquais – œillade torve lancée de biais à don Lucas – traînés par les rues.

Cela parut excessif à Carreño.

– Fichtre, don Agapito. Vous n'y allez pas de main morte. Dans les loges...

Mais Cárceles était lancé.

– Les loges sont molles, don Antonio.

– Molles ? Les loges molles ?

– Oui, monsieur. Molles, vous dis-je. Si le mécontentement général a déclenché la révolution, il faut faire en sorte que celle-ci revienne entre les mains de son légitime propriétaire : le peuple. (Son visage s'illumina comme lors d'une extase.) La République, messieurs ! La chose publique, ni plus ni moins. Et la guillotine.

Don Lucas bondit en rugissant. L'indignation embuait le monocle incrusté à son œil gauche.

– Enfin vous enlevez votre masque ! s'exclama-t-il en pointant un doigt accusateur sur Cárceles, tout tremblant d'une sainte colère. Enfin vous découvrez votre visage machiavélique, don Agapito ! Guerre civile ! Sang ! Guillotine !... Voilà votre véritable langage !

Le journaliste regarda son compère avec une surprise ingénue.

– Je n'en ai jamais utilisé d'autre, que je sache.

Don Lucas fit mine de se lever mais se retint. Ce soir-là c'était Jaime Astarloa qui payait, et les cafés étaient en route.

– Vous êtes pire que Robespierre, monsieur Cárceles ! marmotta-t-il en suffoquant. Pire que Danton l'impie.

– Ne mélangez pas les torchons et les serviettes, mon ami.

– Je ne suis pas votre ami ! Les gens de votre sorte ont plongé l'Espagne dans l'ignominie !

– Aïe, quel mauvais perdant vous faites, don Lucas.

– Nous n'avons pas encore perdu ! La reine a nommé président le général Concha qui est vraiment un homme. Pour le moment, elle a confié à Pavía le commandement de l'armée qui affrontera les rebelles. Et je suppose que vous ne mettrez pas en doute la valeur avérée du marquis de Novaliches... Ça vous coupe l'herbe sous le pied, don Agapito.

– C'est ce que nous verrons.

– Bien sûr que nous le verrons !

– Nous le voyons déjà.

– Nous allons le voir !

Jaime Astarloa, lassé par l'éternelle polémique, se retira avant l'heure habituelle. Il saisit sa canne et son haut-de-forme, prit congé jusqu'au lendemain et sortit dans la rue, décidé à faire une courte promenade avant de rentrer chez lui. Chemin faisant, il nota avec un certain ennui l'ambiance surchauffée qui régnait dans les rues ; il sentait que tout cela ne l'affectait que superficiellement. Il commençait à en avoir assez des disputes entre Cárceles et don Lucas, comme il en avait assez du pays où il avait décidé de vivre.

Il pensa, avec mauvaise humeur, qu'ils pouvaient tous aller se faire pendre avec leurs maudites républiques et leurs maudites monarchies, avec leurs discours patriotiques et leurs stupides querelles de café. Il aurait donné n'importe quoi pour que les uns et les autres cessent d'empoisonner sa vie avec des tumultes, des disputes et des tressautements dont les motifs lui importaient comme une guigne. L'unique chose à laquelle il aspirait était qu'on le laissât en paix. En ce qui le concernait lui, le maître d'escrime, ils pouvaient tous aller au diable.

Un coup de tonnerre retentit au loin tandis qu'une violente rafale de vent parcourait les rues. Don Jaime courba la tête et ajusta son chapeau en pressant le pas. Quelques minutes plus tard, la pluie se mit à tomber avec force.

Au coin de la rue Postas, l'eau détrempait le drap bleu des uniformes et de grosses gouttes inondaient les silhouettes des soldats. Ils continuaient à monter la garde de leur air timide et rustre, la pointe de la baïonnette leur effleurant le nez, collés au mur pour se protéger de la pluie. Depuis un porche, le lieutenant contemplait, taciturne, les flaques d'eau en soutenant, au coin de sa bouche, une pipe fumante.

La pluie diluvienne dura toute la fin de la semaine. Dans la solitude de son cabinet, penché à la lumière du quinquet sur les pages d'un livre, don Jaime écoutait l'interminable succession des coups de tonnerre et des éclairs qui claquaient dans l'obscurité du dehors en la déchirant d'éclats fugaces qui découpaient les silhouettes des édifices alentour. Sur le toit, l'eau tambourinait violemment et, à deux reprises, il dut se lever pour installer des récipients sous les gouttes qui tombaient du plafond avec une monotonie irritante.

Il feuilleta distraitement le livre qu'il avait en main et ses yeux s'arrêtèrent sur un passage qui avait été souligné au crayon des années plus tôt, par lui-même :

> ... Toutes ses sensations atteignirent une élévation jusqu'alors ignorée de lui. Il vécut les expériences d'une vie infiniment variée ; il mourut et ressuscita, aima jusqu'à la passion la plus ardente et se vit séparé de nouveau et pour toujours de son amante. A la fin, l'aube arriva, les premières lueurs chassèrent la pénombre, dans son âme commença à régner une paix grandissante, et les images se firent plus claires et persistantes...

Le maître d'escrime sourit tristement, un doigt encore posé sur les lignes qu'il venait de lire. De telles paroles ne semblaient pas avoir été écrites pour Henri d'Ofterdingen, mais pour lui-même. Durant les dernières années, il s'était vu dépeint sur cette page avec une singulière maestria ; tout était là. C'était, assurément, un résumé de sa vie que nul n'aurait jamais été capable de formuler plus justement. Pourtant, ces dernières semaines, quelque chose en perturbait le système. La paix grandissante, les images claires et persistantes qu'il avait crues définitives avaient été troublées par un flux étranger qui arrachait sans pitié des fragments de cette sereine lucidité à l'abri de laquelle il avait cru pouvoir passer le restant de ses jours. Un nouvel élément s'était introduit dans son existence, une influence mystérieuse, perturbatrice, qui l'obligeait à se poser des questions dont il s'efforçait d'éluder la réponse. Il ne pouvait prévoir où tout cela le conduirait.

Il referma brusquement le livre et le jeta violemment sur la table. Rempli d'angoisse, il prenait conscience de sa solitude transie. Certains yeux couleur violette s'étaient servi de lui pour une raison qu'il ignorait mais qu'il ne pouvait entreprendre d'imaginer sans que l'assaillît une sensation irrationnelle d'obscure épouvante. Et ce qui était encore plus grave : de son vieil esprit fatigué on avait arraché la paix.

Il s'éveilla aux premières lueurs de l'aube. Ces derniers temps, il dormait mal ; son sommeil était inquiet, désagréable. Il fit sa toilette en règle et étala ensuite sur une petite table, face au miroir et à la cuvette d'eau chaude, le nécessaire contenant ses rasoirs. Il savonna soigneusement ses joues et les rasa avec une attention extrême, selon son habitude. Avec les petits ciseaux d'argent, il coupa quelques poils de sa moustache et passa ensuite un peigne d'écaille dans ses cheveux blancs humides. Satisfait de son apparence, il se vêtit avec sobriété, nouant autour de son cou une cravate de soie noire. De ses trois habits d'été il en choisit un pour tout aller, en alpaga léger couleur châtaigne dont la longue redingote passée de mode lui conférait le port distingué d'un vieux dandy début de siècle. Certes, le fond des pantalons était un peu flétri par l'usage mais les pans de la redingote le dissimulaient de façon satisfaisante. Parmi ses mouchoirs propres, il choisit celui qui lui paraissait en meilleur état et il y versa une goutte d'eau de Cologne avant de le placer dans sa poche. En sortant, il coiffa son haut-de-forme et glissa sous son bras l'étui de ses fleurets.

Le jour était gris et une averse menaçait. Il avait plu toute la nuit et de grandes flaques au milieu de la rue reflétaient les avant-toits se découpant sous un ciel lourd et plombé. Il salua poliment la concierge qui revenait avec son panier à provisions et traversa la rue pour déjeuner, selon son habitude, de chocolat et de beignets au modeste café du coin. Il alla s'installer à sa table habituelle, au fond, sous le globe de verre qui recouvrait un timide bec de gaz. Il était environ neuf heures du matin et il y avait peu d'habitués. Valentin, le propriétaire, accourut avec une petite tasse et des beignets en chapelet.

– Ce matin, il n'y a pas de journaux, don Jaime. En tout cas, ils n'ont pas encore paru et j'ai dans l'idée qu'ils ne paraîtront pas.

Le maître d'escrime haussa les épaules. L'absence de la presse quotidienne ne lui faisait ni chaud ni froid.

– Il y a du nouveau ? demanda-t-il, plus par courtoisie que par véritable intérêt.

Le patron du café essuya ses mains sur son tablier graisseux.

– A ce qu'il paraît, le marquis de Novaliches est en Andalousie avec l'armée et il va affronter les insurgés d'un moment à l'autre... On dit aussi que Cordoue, qui s'était soulevée avec les autres, s'est ravisée le jour suivant quand elle a vu apparaître les troupes du gouvernement. La chose n'est pas claire, don Jaime. Allez savoir comment tout cela se terminera.

Son déjeuner expédié, le maître d'armes sortit dans la rue et s'achemina vers la maison du marquis des Alumbres. Il ignorait si Luis de Ayala aurait envie de pratiquer l'escrime ce matin-là, compte tenu de l'ambiance régnant à Madrid, mais Jaime Astarloa était disposé à remplir, comme de coutume, ses engagements. Au pire des cas, il aurait fait cette promenade en vain. Comme il était déjà tard et qu'il ne désirait pas être retenu par quelque flâneur imprévu, il grimpa dans un fiacre qui attendait, inoccupé, près d'une arcade de la Plaza Mayor.

– Au palais de Villaflores.

Le cocher fit claquer son fouet tandis que les deux rosses abruties se mettaient en mouvement sans trop d'enthousiasme. Les jeunes soldats se tenaient toujours au coin de la rue Postas mais on ne voyait de lieutenant nulle part. Face à l'Hôtel des Postes, les gardes municipaux obligeaient les groupes de curieux à circuler sans mettre toutefois beaucoup d'ardeur à la tâche. Fonctionnaires avant tout, ils ignoraient qui serait aux commandes le jour suivant dans le pays et n'en menaient pas large : l'épée de Damoclès de la mise à pied pendait au-dessus de leurs têtes.

Les gardes montés de la soirée précédente n'étaient plus en faction dans la rue Carretas. Jaime Astarloa les croisa plus loin, en tricornes et capotes, patrouillant entre le Congrès et la fontaine de Neptune. Leurs moustaches noires étaient dressées et leurs sabres engainés, et ils observaient les passants avec la sombre assurance qui émane d'une certitude : quel que soit le vainqueur, on aurait toujours recours à eux pour maintenir l'ordre public. Comme on en avait déjà fait l'expérience sous les gouvernements progressistes ou modérés, les membres de la Garde civile n'étaient jamais mis à pied.

Installé sur la banquette du fiacre, don Jaime contemplait le paysage d'un air absorbé. Mais en arrivant près du palais de Villaflores, il eut un haut-le-corps et, alarmé, il se pencha par la fenêtre. Il régnait une animation insolite devant la résidence du marquis des Alumbres. Plus d'une centaine de personnes étaient attroupées dans la rue, contenues devant l'entrée par plusieurs gardes. Pour la plupart, c'étaient des gens qui habitaient alentour, de toutes conditions sociales, auxquels s'ajoutaient de nombreux flâneurs qui baguenaudaient. Quelques curieux plus hardis avaient escaladé la grille et, de là, s'étaient mis à fouiner dans le jardin. Profitant de l'agitation, quelques vendeurs ambulants allaient et venaient entre les attelages arrêtés, vantant à pleine voix leurs marchandises.

Avec un pressentiment qui n'augurait rien de bon, don Jaime paya le cocher et se dirigea en hâte vers la porte, en fendant la foule. Les curieux se bousculaient pour mieux voir, faisant montre d'une espérance malsaine.

– C'est terrible. Terrible, murmuraient des commères en faisant le signe de la croix.

Un individu chenu avec canne et redingote se haussait sur la pointe de ses souliers et tentait d'apercevoir le paysage. Pendue à son bras, son épouse le regardait, interrogative, dans l'attente d'une information.

– Tu peux voir quelque chose, Paco ?

L'une des deux commères s'éventait, d'un air entendu.

– Ça s'est passé durant la nuit ; c'est l'un des gardes qui me l'a dit, c'est le cousin de ma belle-sœur. M. le juge vient d'arriver.

– Une tragédie ! commenta quelqu'un.

– Savez-vous comment ça s'est passé ?

– Les domestiques l'ont découvert ce matin.

– On dit qu'il était un peu tête brûlée...

– Des calomnies ! C'était un gentilhomme et un libéral. Vous ne vous rappelez pas qu'il a démissionné de son poste de ministre ?

La commère se remit à s'éventer en suffoquant.

– Une tragédie ! Avec la belle tournure qu'il avait, cet homme !

La mort dans l'âme, don Jaime se dirigea vers l'un des agents qui montaient la garde à la porte. Le sergent de ville lui barra le passage avec la fermeté que lui conférait l'autorité de son uniforme.

– On ne passe pas.

Le maître d'escrime indiqua gauchement l'étui des fleurets qu'il portait sous le bras.

– Je suis un ami de M. le marquis. J'ai rendez-vous avec lui ce matin...

Le garde l'inspecta de la tête aux pieds, modérant son attitude face à l'aspect distingué de son interlocuteur. Il se tourna vers un collègue qui se tenait de l'autre côté de la grille.

– Caporal Martínez ! Il y a ici un monsieur qui dit être un ami de la maison. Apparemment, il avait rendez-vous.

Le caporal Martínez accourut, ventru et luisant sous ses boutons dorés. Il regarda avec méfiance le maître d'escrime.

– Qui est votre grâce ?

– Jaime Astarloa. J'ai rendez-vous avec don Luis de Ayala à dix heures.

Le caporal remua gravement la tête comme s'il comprenait parfaitement la situation et il entrouvrit la grille.

– Veuillez m'accompagner.

Le maître d'escrime suivit le garde le long de l'allée gravillonnée, sous l'ombre familière des saules. Il y avait de nombreux sergents de ville à la porte, et un groupe de messieurs discutaient dans l'antichambre, au pied du vaste escalier garni de vases ornementaux et de statues de marbre.

– Veuillez attendre un instant.

Le caporal s'approcha d'un groupe et échangea, à voix basse, quelques mots respectueux avec un monsieur assez petit et très soigné, aux moustaches hérissées teintes en noir et portant une perruque sur sa calvitie. Le personnage était vêtu avec une affectation quelque peu vulgaire et portait des besicles aux verres bleus, reliées par un cordon au revers de sa redingote, à la boutonnière de laquelle luisait la croix d'un quelconque mérite civil. Après avoir écouté le garde, il examina le nouveau venu, murmura quelques mots aux personnes qui l'accompagnaient et s'avança à la rencontre de don Jaime. Ses yeux rusés et aqueux brillaient derrière les lunettes.

– Je suis le chef de la police, Jenaro Campillo. A qui ai-je l'honneur ?

– Jaime Astarloa, maître d'armes. Don Luis et moi avons coutume...

L'autre l'interrompit d'un geste.

– Je suis au courant. (Il l'observa fixement comme s'il le jaugeait. Puis il porta son regard vers l'étui que don Jaime tenait sous le bras et il le désigna d'un geste inquisiteur.) Ce sont vos... instruments ?

Le maître d'escrime acquiesça.

– Ce sont mes fleurets. Je vous ai dit que don Luis et moi... Je veux dire que chaque matin j'ai coutume de me présenter en ces lieux. (Jaime Astarloa s'interrompit, regardant le policier avec stupeur. Curieusement, ce fut en cet instant précis qu'il prit réellement conscience de ce qui avait pu se passer, comme si son esprit avait été jusque-là paralysé, refusant d'accepter ce qui pour ses sens ne faisait aucun doute.) Qu'est-il arrivé à M. le marquis ?

L'autre le regarda, pensif ; il semblait évaluer la sincérité des émotions qui se dessinaient sur le visage désemparé du maître d'armes. Au bout d'un moment, il toussota, mit la main à sa poche et en sortit un havane.

– J'ai bien peur, monsieur Astarloa, dit-il avec circonspection, le temps de percer une extrémité de son cigare au moyen d'un cure-dent. J'ai bien peur que le marquis des Alumbres ne soit pas aujourd'hui en mesure de pratiquer l'escrime. D'un point de vue... médical, je dirais qu'il ne se porte pas bien.

Tout en parlant, d'un geste de la main il invita don Jaime à l'accompagner dans l'une des pièces. Celui-ci retint son souffle en entrant dans une petite salle qu'il connaissait à la perfection pour s'y être rendu presque chaque jour au cours des deux dernières années. Il s'agissait de l'antichambre de la salle d'armes où il s'entraînait avec le marquis. Sur le seuil qui séparait les deux pièces se trouvait un corps immobile, étendu sur le parquet et couvert d'un drap. Une longue traînée de sang s'en échappait et bifurquait au centre de la pièce. A cet endroit, la trace prenait deux directions débouchant chacune sur des flaques de sang coagulé.

Jaime Astarloa laissa tomber l'étui des fleurets sur un fauteuil et s'appuya au dossier ; un absolu effarement se peignait sur ses traits. Il regarda le policier comme s'il réclamait des explications au sujet de ce qui lui semblait n'être qu'une grossière plaisanterie, mais celui-ci se contenta de hausser les épaules tout en craquant une allumette et en aspirant de grosses bouffées de son cigare sans cesser d'observer ses réactions.

– Il est mort ? demanda don Jaime.

La question était si stupide que l'autre leva un sourcil avec ironie.

– Complètement.

Le maître d'escrime avala sa salive.

– Suicide ?

– Voyez par vous-même. Il se trouve que j'aimerais entendre votre opinion à ce sujet.

Jenaro Campillo cracha une bouffée de fumée et se pencha sur le cadavre pour le découvrir jusqu'à la ceinture, puis recula afin d'observer l'effet que la scène produisait sur Jaime Astarloa. Luis de Ayala avait encore l'expression où l'avait surpris la mort : la bouche ouverte, la jambe droite pliée à angle droit sur la gauche ; les yeux entrouverts avaient un ton opaque et la mâchoire inférieure paraissait décrochée et imprimait à la bouche ce qui sans doute avait dû être une dernière grimace d'agonie. Il était en chemise, cravate défaite. Au côté droit de son cou, il y avait un trou parfaitement rond qui ressortait par la nuque. De là s'était échappé le flot de sang qui traversait le sol de la pièce.

Jaime Astarloa avait la sensation de vivre un cauchemar dont il s'attendait à se réveiller d'un moment à l'autre ; il contempla le cadavre, incapable de rassembler la moindre idée cohérente. La pièce, le corps rigide, les taches de sang, tout tournait autour de lui. Il sentit ses jambes mollir et il respira profondément sans oser quitter le dossier du fauteuil auquel il s'appuyait. Ensuite, quand il eut enfin discipliné son organisme et fut parvenu à ordonner ses pensées, la réalité de ce qui avait eu lieu lui apparut de façon subite et douloureuse, avec une intensité presque physique, comme si on lui avait assené un coup en plein cœur. Il regarda le chef de la police avec des yeux remplis d'épouvante ; celui-ci fronça les sourcils, lui retournant son regard avec un léger geste d'assentiment ; il paraissait deviner ce que don Jaime pensait, l'encourageant à l'exprimer. Alors le maître d'escrime se pencha sur le cadavre et tendit une main vers la blessure comme pour la toucher du doigt, mais il arrêta son geste. Quand il se redressa, son visage était décomposé et ses yeux démesurément ouverts, parce qu'il venait de se trouver nez à nez avec l'horreur pure et simple. Son coup d'œil d'expert ne pouvait se tromper en face d'une telle blessure. On avait tué Luis de Ayala avec un fleuret, d'une botte bien nette dans la jugulaire : la botte des deux cents écus.

– Il me serait très utile, monsieur Astarloa, de savoir quand vous avez vu le marquis des Alumbres pour la dernière fois.

Ils étaient assis dans une salle attenante à celle où se trouvait le cadavre, décorée de tapisseries flamandes et de splendides miroirs vénitiens à moulures dorées. Le maître d'escrime semblait avoir vieilli de dix ans : il se pencha en avant pour appuyer ses coudes sur ses genoux, le visage entre les mains. Ses yeux gris contemplaient obstinément le sol, ils étaient fixes et inexpressifs. Les paroles du chef de la police lui parvenaient de très loin, d'entre les brumes d'un mauvais rêve.

– Vendredi matin. (Même le son de sa propre voix paraissait étrange à Jaime Astarloa.) Nous nous sommes quittés un peu après onze heures, à la fin de la leçon d'escrime...

Jenaro Campillo contempla quelques instants la cendre de son cigare, comme si en cet instant la combustion correcte du tabac lui importait plus que la douloureuse affaire qui les occupait.

– Avez-vous remarqué quelque indice ? Quelque chose qui aurait permis de prédire un si funeste dénouement ?

– Non, rien. Tout s'est passé normalement et nous nous sommes quittés comme chaque jour.

La cendre était sur le point de tomber. Tenant précautionneusement le havane entre ses doigts, le chef de la police jeta un coup d'œil autour de lui en quête d'un cendrier, sans en apercevoir. Alors il lança un regard furtif vers la porte de la pièce où gisait le cadavre et se décida à laisser tomber discrètement la cendre sur le tapis.

– Vous rendiez fréquemment visite au, hem, défunt. Avez-vous quelque idée sur ce qui a pu constituer le mobile de l'assassinat ?

– Je ne sais pas. Peut-être le vol...

Son interlocuteur fit un geste négatif tout en aspirant une grosse bouffée de son cigare.

– Les deux domestiques de la maison ont déjà été interrogés, ainsi que le cocher, la cuisinière et le jardinier. Après une première inspection oculaire, il ne semble manquer aucun objet de valeur.

Le policier fit une pause tandis que Jaime Astarloa, peu intéressé par ses paroles, tentait de mettre de l'ordre dans ses idées. Il avait l'intime conviction de posséder plusieurs clés du mystère. La question était de savoir s'il devait les confier à cet homme ou si, auparavant, il devait tenter de relier quelques faits apparemment décousus.

– M'écoutez-vous, monsieur Astarloa ?

Le maître d'escrime sursauta et rougit comme si le chef de la police avait lu dans ses pensées.

– Naturellement, répondit-il avec une certaine précipitation, cela écarte donc le vol comme mobile du crime...

L'autre fit un geste de prudence tout en introduisant son index sous sa perruque de manière à pouvoir se gratter discrètement au-dessus de l'oreille gauche.

– En partie, monsieur Astarloa. Seulement en partie. Au moins en ce qui concerne un larcin conventionnel, précisa-t-il. L'inspection oculaire... Vous savez à quoi je fais allusion ?

– Je suppose que c'est une inspection qui se fait avec les yeux.

– Très spirituel, vraiment. (Jenaro Campillo le regarda avec animosité.) Je suis heureux de constater que vous conservez votre sens de l'humour. Les gens meurent assassinés et vous faites des bons mots.

– Vous en faites aussi.

– Oui, mais moi je suis l'autorité compétente.

Ils s'observèrent quelques instants en silence.

– L'inspection oculaire, poursuivit enfin le policier, a confirmé qu'une personne ou des personnes inconnues sont entrées durant la nuit dans le cabinet privé du marquis et ont passé un bon moment à forcer les serrures et à fouiller dans les tiroirs. Elles ont aussi ouvert, cette fois avec une clé, le coffre-fort. Un coffre solide assurément, de Bossom et Fils, à Londres... Vous ne me demandez pas si l'on a emporté quelque chose ?

– Je croyais que c'était vous qui posiez les questions.

– C'est la coutume mais pas la règle.

– Ils ont emporté quelque chose ?

Le chef de la police sourit mystérieusement, comme si son interlocuteur venait de mettre dans le mille.

– Voilà bien ce qui est étrange. L'assassin ou les assassins ont héroïquement résisté à la tentation de s'emparer de la quantité assez appétissante d'argent et de bijoux qui se trouvaient là. Étranges criminels, vous en conviendrez avec moi. N'est-ce pas?... (Il tira une bonne bouffée de son cigare avant de recracher la fumée, satisfait de l'arôme et de son propre raisonnement.) Tout compte fait, il se révèle impossible de vérifier s'ils ont emporté quelque chose, puisque nous ignorons ce qui était conservé à cet endroit. Nous n'avons pas non plus la certitude qu'ils aient trouvé ce qu'ils cherchaient.

Don Jaime frémit intérieurement en essayant de dissimuler son émotion. Il avait, lui, des raisons très valables de croire que les assassins n'avaient pas trouvé ce qu'ils cherchaient : sans aucun doute le dossier qui était chez lui, caché derrière une rangée de livres... Il réfléchit très vite afin d'emboîter chacun des fragments dispersés de la tragédie. Les situations, les paroles, les attitudes qui dans les derniers temps s'étaient succédé sans connexion apparente s'ajustaient à présent lentement et douloureusement, avec une évidence si atroce qu'il en ressentit un pincement d'angoisse. Bien qu'il fût encore incapable de considérer l'ensemble de l'affaire dans ses plus fines implications, les premiers indices commençaient à révéler le rôle que lui-même y avait joué. Il en prit conscience avec une vive émotion où se mêlaient de l'appréhension, de l'humiliation et de l'épouvante.

Le chef de la police le regardait, inquisiteur. Il attendait la réponse à une question que don Jaime, absorbé dans ses pensées, n'avait pas entendue.

– Pardon ?

Les yeux de son interlocuteur, humides et saillants comme ceux d'un poisson dans un aquarium, l'observaient à travers les verres bleus des besicles. Ils exprimaient une sorte de bienveillance amicale, bien qu'il fût difficile de préciser si elle répondait à des causes naturelles ou si, au contraire, il s'agissait d'une attitude professionnelle destinée à inspirer confiance.

Après un court moment de réflexion, don Jaime décida

que, malgré son aspect extravagant et ses manières, Jenaro Campillo n'avait rien d'un sot.

– Je vous demandais, monsieur Astarloa, si vous aviez pu observer dans le passé quelque détail qui pourrait m'aider à progresser dans mon enquête.

– J'ai bien peur que non.

– Vraiment ?

– Je n'ai pas coutume de jouer sur les mots, monsieur Campillo.

L'autre fit un geste de conciliation.

– Puis-je vous parler franchement, monsieur Astarloa ?

– Je vous en prie.

– Bien que vous soyez l'une des personnes ayant fréquenté avec le plus d'assiduité le défunt, vous ne m'êtes pas d'une grande utilité.

– D'autres que moi le fréquentaient régulièrement et vous venez à l'instant de reconnaître que leurs dépositions ont été inutiles... J'ignore pourquoi vous espérez tant de mon témoignage.

Campillo contempla la fumée de son cigare et sourit.

– La vérité c'est que je n'en sais rien. (Il laissa passer un moment, pensif.) Peut-être parce que vous avez l'air... honnête. Oui, ce doit être pour ça.

Don Jaime fit un geste vague.

– Je ne suis qu'un maître d'escrime, répondit-il en essayant de donner à sa voix le ton d'indifférence qui convenait. Nos relations étaient exclusivement professionnelles ; don Luis ne m'avait jamais fait l'honneur de me prendre comme confident.

– Vous l'avez vu vendredi dernier. Était-il nerveux, troublé ? Avez-vous observé dans son comportement quelque chose d'inhabituel ?

– Rien dont je me serais aperçu.

– Et les jours précédents ?

– Peut-être, je n'ai rien remarqué. Je ne me souviens pas

bien. De toute façon, nombreux sont ceux qui manifestent une certaine nervosité par les temps qui courent, aussi ne l'aurais-je pas plus remarqué chez lui que chez d'autres.

– Quelque conversation sur la politique ?

– A mon avis, don Luis gardait ses distances. Il déclarait qu'il lui plaisait d'observer les choses de loin, comme un divertissement.

Le chef de la police fit un geste dubitatif.

– Divertissement ? Hum, je vois... Pourtant, vous ne l'ignorez pas, le défunt marquis a occupé une charge importante à l'Intérieur. Nommé par le ministre, n'est-ce pas, son oncle maternel, don Joaquín Vallespín, qu'il repose en paix. (Campillo eut un sourire sarcastique pour bien faire comprendre qu'il avait ses propres idées sur le népotisme de l'aristocratie espagnole.) Cela fait un certain temps, mais ce sont des choses qui, souvent, vous créent des ennemis... Tenez, prenez mon cas. Quand il était ministre, Vallespín a bloqué pendant six mois mon avancement au poste de commissaire... (Il fit claquer sa langue, évocateur.) Les tours que vous joue la vie !

– C'est possible. Mais je ne pense pas être la personne indiquée pour vous renseigner à ce sujet.

Campillo avait fini son havane et tenait le mégot entre ses doigts, sans savoir où le poser.

– Il y a un autre angle, sans doute plus frivole, sous lequel l'affaire peut être envisagée. (Il choisit de jeter le reste de son cigare dans un vase en porcelaine de Chine.) Le marquis était un fameux coureur de jupons... Et je sais ce que je dis. Peut-être un mari jaloux... Vous me suivez. L'honneur entaché et tout et tout.

Le maître d'escrime cligna des paupières. Cette saillie lui semblait d'un goût exécrable.

– Je crains, monsieur Campillo, de ne pas non plus vous être utile sur ce point précis. Je dirais seulement que, à mon avis, don Luis de Ayala était un vrai gentilhomme. (Il regarda les yeux aqueux puis remonta vers la perruque du chef de la police, qui était un peu de travers. Cela lui donna du courage, au point qu'il haussa un peu le ton, provocateur.) D'autre part, en ce qui me concerne, je tiens pour acquis que je mérite, venant de vous, une opinion identique, et j'espère que vous n'attendez pas que je vous livre des potins sordides à ce sujet.

L'autre s'excusa immédiatement, un peu gêné, touchant discrètement son postiche du bout des doigts. Évidemment. Il lui demanda de ne pas mal interpréter ses paroles. Il s'agissait seulement de pures formalités. Il n'aurait jamais osé insinuer...

Don Jaime écoutait à peine. Il était en proie à un conflit sourd dû au fait qu'il était en train de cacher sciemment des renseignements précieux qui, peut-être, auraient éclairé les motifs de la tragédie. Il comprit qu'il tentait de protéger une certaine personne dont l'image troublante lui était venue à l'esprit dès qu'il avait vu le cadavre dans la pièce. Protéger ? Pour être fidèle à ses propres déductions, il devait admettre que, plus que de protection, il s'agissait d'une flagrante couverture ; une attitude qui non seulement violait la loi, mais attentait directement aux principes éthiques qui sous-tendaient sa vie. Pourtant, il ne voulait pas se précipiter. Il avait besoin de temps pour analyser la situation.

Campillo, à présent, le fixait en fronçant légèrement le sourcil et en tambourinant des doigts sur l'accoudoir du fauteuil. Alors, pour la première fois, don Jaime pensa que lui aussi pouvait être considéré comme suspect aux yeux des autorités. Après tout, on avait tué Luis de Ayala avec un fleuret.

Il en était là quand le chef de la police prononça les paroles qu'il avait tremblé d'entendre durant toute la conversation.

– Connaissez-vous une certaine Adela de Otero ?

Le cœur du vieux maître d'escrime s'arrêta un instant et

se remit à battre, affolé. Il avala sa salive avant de répondre.

– Oui, rétorqua-t-il avec tout le sang-froid dont il fut capable. Elle a été cliente de ma salle d'armes.

Campillo se pencha vers lui, hautement intéressé.

– J'ignorais cela. L'est-elle encore ?

– Non. Elle a renoncé à mes services depuis plusieurs semaines.

– Combien ?

– Je ne sais. Un mois et demi, environ.

– Pourquoi ?

– Je l'ignore.

Le chef de la police s'enfonça dans le fauteuil et sortit un autre cigare de sa poche tout en regardant don Jaime d'un air de profonde méditation. Cette fois, il ne perça pas son havane avec un cure-dent mais se contenta d'en mordre distraitement le bout.

– Étiez-vous au courant de son... amitié avec le marquis ?

Le maître d'armes fit un geste affirmatif.

– Très superficiellement, déclara-t-il. A ce que je sais, leur relation débuta après qu'elle eut cessé de se rendre à mes leçons. Je n'ai pas... (Il hésita un moment avant d'achever sa phrase.) Je n'ai pas revu cette dame.

Campillo alluma son cigare dans un nuage de fumée qui offusqua l'odorat de Jaime Astarloa. Sur le visage du représentant de l'autorité brillaient de minuscules gouttes de sueur.

– Nous avons interrogé les serviteurs, dit-il après un temps. Grâce à eux, nous savons que Mme de Otero fréquentait assidûment cette maison. Tous s'accordent à affirmer que le défunt et elle entretenaient des relations de nature... intime.

Don Jaime soutint le regard de son interlocuteur comme si cela ne l'affectait pas le moins du monde.

– Et alors ? demanda-t-il en essayant d'adopter un air distant.

Le chef de la police sourit à demi, passant un doigt sur les crocs de sa moustache teinte.

– A dix heures du soir, expliqua-t-il d'un ton presque confidentiel, comme si le cadavre de la pièce voisine avait pu les entendre, le marquis congédia ses domestiques. Nous savons qu'il avait coutume de le faire quand il attendait des visites que nous pourrions qualifier de... galantes. Les serviteurs se retirèrent dans leur pavillon qui se trouve de l'autre côté du jardin. Ils n'ont rien entendu de suspect ; seulement la pluie et des coups de tonnerre. Ce matin, vers sept heures, en rentrant dans la maison, ils sont tombés sur le cadavre de leur maître. A l'autre bout de la pièce, il y avait un fleuret dont la lame était tachée de sang. Le marquis était glacé et rigide, mort depuis plusieurs heures. Complètement refroidi.

Le maître d'escrime se troubla, incapable de partager l'humour macabre du chef de la police.

– Vous connaissez l'identité du visiteur ?

Campillo fit claquer sa langue pour signifier son découragement.

– Non. Nous pouvons seulement supposer qu'il est entré par une porte discrète qui donne de l'autre côté du palais, sur la petite ruelle sans issue que le marquis avait coutume d'utiliser comme remise pour les voitures... Bonne remise, soit dit en passant : cinq chevaux, une berline, un coupé, un tilbury, un phaéton, un cocher anglais... (Il poussa un soupir mélancolique pour signifier que, à son avis, le défunt marquis ne se privait de rien.) Mais revenons au sujet qui nous occupe. Pour être honnête, je reconnais que rien ne nous permet de savoir si l'assassin était un homme ou une femme, une ou plusieurs personnes. Il n'y a de trace d'aucune sorte, bien qu'il ait plu à verse.

– Une situation difficile, à ce que je vois.

– C'est cela. Difficile et fâcheuse. Avec la sarabande politique que nous vivons ces jours-ci, le pays au bord de la guerre civile et tout le reste, j'ai peur que l'enquête ne se présente comme laborieuse. Le bruit que produirait en temps normal l'assassinat d'un marquis se transforme en une simple anecdote quand un trône est en jeu. N'est-ce pas ? Comme vous voyez, l'assassin a su choisir le moment opportun. (Campillo exhala une bouffée de fumée et regarda son cigare avec contentement. Don Jaime observa qu'il était de Vuelta Abajo et qu'il avait la même bague que ceux que fumait Luis de Ayala. Sans doute, au cours de ses perquisitions, l'autorité compétente avait-elle eu l'occasion de mettre la main sur la tabatière du défunt.) Mais revenons à doña Adela de Otero, si vous n'y voyez pas d'inconvénient. Nous ne savons pas s'il s'agit d'une dame ou d'une demoiselle... Avez-vous une idée là-dessus ?

– Non. Je l'ai toujours appelée madame et elle ne m'a jamais corrigé.

– On m'a dit qu'elle était belle. Une femme de race.

– Je suppose qu'une certaine sorte de gens peut la définir ainsi.

Le chef de la police ne releva pas l'allusion.

– Une écervelée, à ce que je vois. Cette histoire d'escrime...

Campillo cligna de l'œil d'un air complice et Jaime Astarloa décida que c'était beaucoup plus qu'il n'était disposé à en supporter. Il se mit debout.

– Je vous ai déjà dit que je savais très peu de choses sur cette dame, dit-il sèchement. Quoi qu'il en soit, si elle vous intéresse tant, vous pouvez aller l'interroger directement. Elle habite au numéro 14 de la rue Riaño.

Campillo ne bougea pas et le maître d'escrime comprit aussitôt que quelque part, quelque chose ne fonctionnait pas comme il l'aurait fallu.

Le chef de la police le regardait de son fauteuil, le cigare entre les doigts. A travers les verres de ses lunettes, ses yeux de poisson brillaient d'une malicieuse ironie, comme si tout cela pouvait s'envisager sous un angle très amusant.

– Naturellement. (Il paraissait enchanté de la situation, comme s'il savourait une plaisanterie qu'il aurait réservée pour la fin.) Bien sûr, vous n'avez pas de raisons de le savoir, monsieur Astarloa. Vous ne pouviez le savoir, c'est certain... Votre ex-cliente, doña Adela de Otero, a disparu de son domicile. N'est-ce pas une curieuse coïncidence ?... On tue le marquis et elle s'évanouit sans laisser de trace, comme ça. Comme si la terre l'avait avalée.

CHAPITRE VI

Dégagement forcé

« Le dégagement forcé est celui qui permet à l'adversaire d'obtenir l'avantage. »

Les démarches officielles terminées, le chef de la police raccompagna don Jaime à la porte en lui donnant rendez-vous pour le jour suivant dans son bureau du ministère. « Si les circonstances le permettent », avait-il ajouté tandis qu'il esquissait une moue résignée faisant clairement allusion aux moments critiques que traversait le pays. Le maître d'escrime s'éloigna, sombre. Il se sentait soulagé de laisser derrière lui le lieu de la tragédie et le désagréable interrogatoire policier mais, en même temps, il devait affronter une déplaisante évidence : il aurait à présent tout le loisir de méditer seul sur les récents événements, et la perspective de laisser libre cours à ses pensées ne le réjouissait guère.

Il s'arrêta face à la grille du Retiro, appuyant son front aux barreaux de fer forgé pendant que son regard errait parmi les arbres du parc. L'estime qu'il éprouvait à l'égard de Luis de Ayala et la douloureuse stupeur consécutive à sa mort ne suffisaient cependant pas à le remplir d'indignation. L'existence d'une ombre féminine, liée d'une manière ou d'une autre mais sans aucun doute possible à tout cela, perturbait profondément ce qui aurait dû, en principe, n'être pour lui qu'une évaluation objective des faits. Don Luis avait été assassiné et don Luis était un homme qu'il appréciait. Cela, pensa-t-il, doit être un motif suffisant pour désirer que la justice retombe sur les auteurs du crime.

Pourquoi, alors, n'avait-il pas été sincère avec Campillo en lui racontant ce qu'il savait vraiment ?

Il secoua la tête, découragé. En réalité, il n'était pas sûr qu'Adela de Otero fût responsable de ce qui s'était passé. Cette pensée ne dura que quelques instants et s'évanouit devant le poids de l'évidence. Il était inutile de se leurrer. Il ne savait pas si la jeune femme avait planté un fleuret dans la gorge du marquis des Alumbres, mais ce qui était indéniable c'était que, de façon directe ou indirecte, elle devait avoir un lien avec le crime. Son apparition inattendue, l'intérêt qu'elle avait manifesté à rencontrer Luis de Ayala, son attitude des dernières semaines, sa disparition suspecte et opportune... Tout, jusqu'au moindre détail, jusqu'à la dernière parole qu'elle avait prononcée, paraissait maintenant correspondre à un plan exécuté avec une rigueur implacable. En outre, il y avait cette botte. *Sa* botte.

Dans quel but ? Au point où il en était, il ne lui restait pas le moindre doute sur le fait qu'il avait été utilisé comme intermédiaire pour parvenir au marquis des Alumbres. Mais pour quelle raison ? Un crime ne s'explique pas de lui-même ; il recouvre nécessairement un objectif d'une envergure telle qu'il justifie, aux yeux du criminel, la gravité de son entreprise. Suivant en cela une déduction logique, la pensée du maître d'escrime vola vers l'enveloppe cachetée, dissimulée derrière les livres dans son cabinet. Il ressentit une violente excitation, s'éloigna de la grille et se mit à marcher vers la porte d'Alcalá en pressant vivement le pas. Il devait rentrer chez lui, ouvrir cette enveloppe et lire son contenu. Là se trouvait certainement la clé de tout.

Il arrêta une voiture et donna son adresse, bien que, pendant un moment, il se demandât s'il ne valait pas mieux tout remettre entre les mains de la police et assister au dénouement de l'affaire en banal spectateur. Mais il comprit aussitôt qu'il ne pouvait agir ainsi. Quelqu'un l'avait contraint à tenir dans cette histoire un rôle établi d'avance, avec la désinvolture de qui manipule les fils d'une marionnette. Son vieil orgueil se rebellait, exigeant réparation ; personne ne s'était jamais permis de se jouer de lui de la sorte et il se sentait humilié et furieux. Peut-être irait-il plus tard à la police, mais, auparavant, il avait besoin de savoir ce qui s'était passé. Il voulait vérifier s'il était en mesure de régler avec Adela de Otero ce compte demeuré entre eux. En réalité, il ne s'agissait pas de venger le marquis des Alumbres ; ce que Jaime Astarloa désirait, c'était obtenir réparation pour la trahison de ses propres sentiments.

Bercé par le cahotement de la voiture, il s'appuya au dossier de la banquette. Il commençait à ressentir une tranquille lucidité. Par simple réflexe professionnel, il se mit à passer les événements en revue selon une méthode classique pour lui : les mouvements d'escrime. Cela l'aidait, généralement, à mettre de l'ordre dans ses pensées quand il s'agissait d'analyser des situations complexes. L'adversaire, ou les adversaires, avaient construit leur plan à partir d'une feinte, d'une fausse attaque. En venant à lui, ils poursuivaient un autre but, la fausse attaque n'étant rien d'autre que l'annonce d'une estocade différente de celle qu'on a l'intention d'accomplir. Ils ne le visaient pas lui mais Luis de Ayala, et Jaime Astarloa avait été trop lent pour prévoir l'extension du mouvement, commettant l'impardonnable erreur de le rendre plus facile.

Ainsi, tout commençait à se mettre en place. Une fois accompli le premier mouvement, ils étaient passés au deuxième. Pour la belle Adela de Otero, il n'était pas très difficile, devant le marquis, d'exécuter ce qu'en escrime on appelle une *attaque forcée* : forcer le fleuret de l'adversaire c'est le distraire par son côté faible, afin qu'il se découvre, avant de passer à l'estocade. Et l'escrime et les femmes étaient les points faibles de Luis de Ayala.

Que s'était-il passé ensuite ? Le marquis, bon tireur de fleuret, avait soupçonné que son adversaire était en train de détourner son attention et d'essayer de le faire sortir de sa position défensive. En homme plein de ressources, il s'était immédiatement mis en garde, confiant à don Jaime ce qui, sans doute, était l'objectif poursuivi par les manœuvres de l'ennemi : ce mystérieux dossier cacheté. Pourtant, bien qu'il fût conscient du danger, Luis de Ayala aimait le jeu autant que l'escrime. Connaissant son style, don Jaime eut la certitude que le marquis avait surestimé sa chance et qu'au lieu de se décider à interrompre l'assaut il avait voulu voir jusqu'où irait le combat. Il comptait sûrement détourner au dernier moment le fleuret de l'ennemi quand celui-ci, abattant ses cartes, aurait tiré à fond ; mais ce fut son erreur. Un tireur vétéran comme Ayala aurait dû être le premier à savoir qu'il est toujours dangereux de recourir à la flanconade pour parer une attaque, surtout quand une femme comme Adela de Otero trempe dans l'affaire.

Si, comme le soupçonnait don Jaime, l'objet de l'attaque avait quelque chose à voir avec les documents du marquis, il était indubitable que les assassins avaient exécuté un mouvement incomplet. Par pur hasard, l'intervention involontaire du maître d'armes avait fait échouer la fin de la manœuvre. Ce qui, au début, devait se régler par une simple estocade sur la jugulaire d'Ayala se transformait en une tierce qui ne se résolvait pas avec la même facilité.

La question vitale, qui touchait à présent la propre survie du maître, consistait à savoir si les adversaires étaient au courant du rôle décisif qu'il avait joué dans tout cela grâce à la prévoyance du défunt marquis. Les autres savaient-ils que les documents étaient dissimulés en lieu sûr chez lui ?... Il médita mûrement cette question et arriva à la conclusion rassurante que c'était impossible. Ayala n'aurait jamais commis l'imprudence de dévoiler ce secret ni à Adela de Otero ni à personne d'autre. Lui-même avait affirmé que Jaime Astarloa était l'unique personne à qui il pouvait confier une tâche aussi délicate.

Le fiacre remonta au trot la rue San Jerónimo. Don Jaime était impatient d'arriver chez lui, de déchirer l'enveloppe et de déchiffrer l'énigme. Seulement alors il pourrait décider de son comportement ultérieur.

Il se remit à pleuvoir quand il descendit de voiture au coin de la rue Bordadores. Il s'engouffra sous le portail en secouant l'eau de son chapeau et monta directement au dernier étage par l'escalier grinçant dont la rampe de fer en mauvais état brinquebalait sous sa main. Sur le palier, il s'aperçut qu'il avait oublié l'étui des fleurets au palais de Villaflores et, contrarié, il fit la grimace. Il passerait le chercher plus tard, pensa-t-il tandis qu'il sortait la clé de sa poche, la faisait tourner dans la serrure et poussait la porte. Bien malgré lui, il ne put éviter une certaine appréhension quand il entra dans son appartement vide et obscur.

Il exprima son inquiétude en jetant un coup d'œil dans les pièces avant de se rasséréner totalement. Comme c'était prévisible, il n'y avait personne d'autre que lui et il eut honte de s'être laissé mener par son imagination. Il posa son chapeau sur le canapé, enleva sa redingote et ouvrit les persiennes pour qu'entrât la lumière grisâtre du dehors. Puis il s'approcha de la bibliothèque, glissa la main derrière une rangée de livres et sortit l'enveloppe que lui avait confiée Luis de Ayala.

Ses doigts tremblaient légèrement et il sentit son estomac se contracter quand il rompit le cachet de cire. L'enveloppe avait de très grandes dimensions et environ un pouce d'épaisseur. Il déchira le paquet et en extirpa un porte-documents attaché par des rubans qui contenait plusieurs feuillets manuscrits. Dans sa précipitation pour défaire les nœuds, la chemise s'ouvrit et les feuilles se répandirent sur le sol, au pied de la commode. Il se baissa pour les ramasser tout en maudissant sa maladresse puis il se redressa, les tenant à la main. Elles avaient un aspect officiel, la plupart étaient des lettres et des documents portant des en-têtes. Il alla s'asseoir à son secrétaire et plaça les papiers devant lui. Au tout début, à cause de son excitation, les lignes semblèrent danser devant ses yeux ; il était incapable de lire un seul mot. Il ferma les paupières et s'obligea à compter jusqu'à dix. Ensuite, il respira profondément et commença la lecture. C'étaient en majeure partie des lettres. Et le maître d'escrime trembla en déchiffrant quelques-unes des signatures.

MINISTÈRE DE L'INTÉRIEUR
D. Luis Álvarez Rendruejo
Inspecteur général de la Sûreté
et de la Police administrative
Madrid

Par la présente, veuillez placer sous étroite surveillance les personnes mentionnées plus bas, sur lesquelles pèsent de fortes présomptions de conspiration contre le gouvernement de Sa Majesté la Reine, q. D. g.
Compte tenu de la position de certains des suspects, je tiens pour acquis que la manœuvre s'effectuera avec toute la discrétion et le tact nécessaires et que vous me communiquerez directement les résultats des investigations.
Martínez Carmona, Ramón. Avocat. 16, rue du Prado, Madrid.
Miravalls Hernández, Domiciano. Industriel. Rue Corredera Baja, Madrid.
Cazorla Longo, Bruno. Fondé de pouvoir de la Banque d'Italie. 10, place de Santa Ana, Madrid.
Cañabate Ruiz, Fernando. Ingénieur des Chemins de fer. 7, rue Leganitos, Madrid.

Porlier y Osborne, Carmelo. Financier. 14, rue Infantas, Madrid.
Pour plus de sûreté, il conviendrait que vous vous chargiez personnellement de tout ce qui a trait à cette affaire.

Joaquín Vallespín Andreu
Ministre de l'Intérieur
Madrid, le 3 octobre 1866

M. D. Joaquín Vallespín Andreu
Ministre de l'Intérieur
Madrid

Cher Joaquín,
J'ai réfléchi à notre conversation d'hier soir, et la proposition dont tu m'as fait part me paraît acceptable. Je te confesse que le fait de rendre service à cette canaille me cause une certaine contrariété, mais le jeu en vaut la chandelle. On n'obtient rien gratuitement ces temps-ci !
En ce qui concerne la concession minière de l'Union, tout est fait. J'ai parlé avec Pepito Zamora et il ne pose pas d'objection, bien que je ne lui aie fourni aucun détail. Il doit croire que je suis en train d'essayer d'avoir ma part du gâteau, mais cela m'est égal. Je suis bien trop vieux pour me tracasser au sujet de nouvelles calomnies. Bien sûr, je me suis dûment renseigné et je crois que notre oiseau va se remplir les poches. C'est un de Loja qui te le dit, pour ces choses-là, j'ai du flair.
Tiens-moi au courant. Évidemment, n'aborde pas ce sujet au Conseil. Tiens aussi Álvarez Rendruejo en dehors de cela. A partir de maintenant, nous pouvons diriger les opérations à nous deux.

Ramón María Narváez
le 8 novembre

MINISTÈRE DE L'INTÉRIEUR
D. Luis Álvarez Rendruejo
Inspecteur général de la Sûreté
et de la Police administrative
Madrid

Par la présente, je vous donne ordre de détention contre les personnes mentionnées plus bas, soupçonnées de conspiration criminelle contre le gouvernement de Sa Majesté la Reine, q. D. g.
Martínez Carmona, Ramón.
Porlier y Osborne, Carmelo.
Miravalls Hernández, Domiciano.
Cañabate Ruiz, Fernando.
Mazarrasa Sánchez, Manuel María.
Tous ceux-ci seront emprisonnés séparément et mis au secret immédiatement.

Joaquín Vallespín Andreu
Ministre de l'Intérieur
Madrid, le 12 novembre

INSPECTION GÉNÉRALE DES PEINES
ET DES CONTUMACES
D. Joaquín Vallespín Andreu
Ministre de l'Intérieur
Madrid

Excellence,
Par la présente, je porte à votre connaissance le fait que les dénommés Martínez Carmona, Ramón ; Porlier y Osborne, Carmelo ; Miravalls Hernández, Domiciano, et Cañabate Ruiz, Fernando, sont entrés, à la date d'aujourd'hui et sans encombre, au pénitencier de Carthagène en attendant leur transfert vers les prisons d'Afrique où ils accompliront leurs peines.

C'est tout sur la question. Je me tiens aux gracieux ordres de V. E., q. D. g.

Ernesto de Miguel Marín
Inspecteur général des Peines et des Contumaces
Madrid, le 28 novembre 1866

A son Excellence Monsieur D. Ramón María Narváez
Président du Conseil
Madrid

Mon général,
J'ai le plaisir de vous remettre les résultats suivants, consignés dans le rapport qui accompagne la présente, et qui sont parvenus entre mes mains cette nuit même. Je reste à votre disposition pour vous fournir de plus amples détails.

Joaquín Vallespín Andreu
Madrid, le 5 décembre
(copie unique)

M. D. Joaquín Vallespín Andreu
Ministre de l'Intérieur
Madrid

Cher Joaquín,
Je ne trouve qu'un mot : excellent. Ce que nous a fourni notre oiseau nous laisse présager que le coup que nous allons porter à notre intrigant J. P. sera terrible. Je t'envoie dans une note jointe des instructions précises sur la façon de mener l'affaire. Ce soir, quand je reviendrai du palais, nous entrerons dans les détails.
La main de fer. Il n'y a pas d'autre façon. Quant aux

militaires impliqués, je pense recommander à Sangonera la plus grande rigueur. Il faut faire un bon exemple. Du courage et tenons-nous sur la brèche.

Ramón María Narváez
le 6 décembre

MINISTÈRE DE L'INTÉRIEUR
D. Luis Álvarez Rendruejo
Inspecteur général de la Sûreté
et de la Police administrative
Madrid

Par la présente, je lance ordre de détention contre les personnes indiquées ci-dessous, sous les chefs d'accusation suivants : haute trahison et conspiration criminelle contre le gouvernement de Sa Majesté la Reine, q. D. g.
De la Mata Ordoñez, José. Industriel. 22 bis, boulevard de Tolède, Madrid.
Fernández Garre, Julián. Fonctionnaire de l'État. 19, rue Cervantès, Madrid.
Gal Rupérez, Olegario. Capitaine du Génie. Caserne de la Jarilla, Alcalá de Henares.
Gal Rupérez, José María. Lieutenant d'artillerie. Caserne de la Colegiata, Madrid.
Cebrián Lucientes, Santiago. Lieutenant-colonel d'infanterie. Caserne de la Trinidad, Madrid.
Ambrona Páez, Manuel. Commandant du Génie. Caserne de la Jarilla, Alcalá de Henares.
Figuero Robledo, Ginés. Commerçant. 16, rue Ségovie, Madrid.
Esplandiú Casals, Jaime. Lieutenant d'infanterie. Caserne de Vicálvaro.
Romero Alcázar, Onofre. Administrateur du domaine « Los Rocíos », Tolède.

Villagordo López, Vicente. Commandant d'infanterie. Caserne de Vicálvaro.
En ce qui concerne le personnel militaire inclus dans ce rapport, on agira en coordination avec l'autorité militaire compétente qui se trouve déjà en possession des ordres adéquats émis par Son Excellence monsieur le Ministre de la Guerre.

Joaquín Vallespín Andreu
Ministre de l'Intérieur
Madrid, le 7 décembre 1866
(copie)

INSPECTION GÉNÉRALE DE LA SÛRETÉ
ET DE LA POLICE ADMINISTRATIVE
D. Joaquín Vallespín Andreu
Ministre de l'Intérieur
Excellence,
Je porte à la connaissance de V. E. que ce matin, en exécution des instructions reçues à la date d'hier, diligence a été faite en bonne et due forme par les fonctionnaires de notre département, en coordination avec l'autorité militaire, qui ont procédé à la mise en détention de tous les individus requis.
Dieu garde V. E. de nombreuses années,

Luis Álvarez Rendruejo
Inspecteur général de la Sûreté
et de la Police administrative
Madrid, le 8 décembre 1866

*INSPECTION GÉNÉRALE DES PEINES
ET DES CONTUMACES
D. Joaquín Vallespín Andreu
Ministre de l'Intérieur*

Excellence,
Par la présente, je porte à votre connaissance que, à la date d'aujourd'hui, sont entrées à la prison de Cadix, en attente de leur déportation aux Philippines, les personnes dont les noms figurent à la suite :
De la Mata Ordoñez, José.
Fernández Garre, Julián.
Figuero Robledo, Ginés.
Romero Alcázar, Onofre.
C'est tout sur la question. Recevez V. E. mes salutations respectueuses,

Ernesto de Miguel Marín
Inspecteur général des peines et des contumaces
Madrid, le 19 décembre 1866

*MINISTÈRE DE LA GUERRE
D. Joaquín Vallespín Andreu
Ministre de l'Intérieur
Madrid*

Cher Joaquín,
Par cette lettre de notification officielle je te communique que ce soir, à bord du vapeur Rodrigo Suarez, *ont été déportés vers les Canaries le lieutenant-colonel Cebrián Lucientes et les commandants Ambrona Páez et Villagordo López. Le capitaine Olegario Gal Rupérez et son frère José María Gal Rupérez restent enfermés dans la prison militaire de Cadix en attendant le prochain embarquement de déportés pour Fernando Poo.*

C'est tout sur la question. Je t'embrasse chaleureusement,

Pedro Sangonera Ortiz
Ministre de la Guerre
Madrid, le 23 décembre

MINISTÈRE DE LA GUERRE
D. Joaquín Vallespín Andreu
Ministre de l'Intérieur
Madrid

Cher Joaquín,
De nouveau, j'ai le devoir, cette fois douloureux, de prendre la plume pour te notifier officiellement que, n'ayant pas bénéficié d'une remise de peine de la part de S. M. la Reine et le délai stipulé dans la sentence étant accompli, ce matin à quatre heures, a été passé par les armes, dans les fossés du château de Oñate, le lieutenant Jaime Esplandiú Casals, condamné à la peine capitale pour sédition, haute trahison et conspiration criminelle contre le gouvernement de S. M.
C'est tout sur la question.

Pedro Sangonera Ortiz
Ministre de la guerre
Madrid, le 26 décembre

Suivait une série de notes officielles, ainsi que d'autres lettres brèves de caractère confidentiel échangées entre Narváez et le ministre de l'Intérieur à des dates postérieures, où étaient mentionnées diverses activités des agents de Prim en Espagne et à l'étranger.

Jaime Astarloa déduisit de sa lecture que le gouvernement avait suivi de près les mouvements clandestins des conspirateurs. On citait continuellement des noms et des lieux, on recommandait la surveillance d'un tel et la détention de tel autre, on informait du faux nom sous lequel un agent de Prim s'apprêtait à embarquer à Barcelone... Le maître d'escrime revint en arrière dans sa lecture pour vérifier les dates. La correspondance contenue dans le dossier embrassait une période d'un an et s'interrompait brusquement. Don Jaime fit un effort de mémoire et put se rappeler que cette interruption coïncidait avec le décès, à Madrid, de Joaquín Vallespín, le ministre de l'Intérieur sur lequel paraissait se centrer ce dossier. Vallespín, cela il s'en souvenait bien, avait été l'une des bêtes noires d'Agapito Cárceles à la tablée du Progreso ; homme catalogué comme absolument fidèle à Narváez et à la monarchie, membre éminent du parti modéré, il s'était distingué durant l'exercice de sa charge par une solide tendance à utiliser la main de fer.

Il était mort d'une maladie de cœur et l'on décréta pour ses funérailles un deuil officiel ; Narváez conduisit le cortège funèbre. Peu après, le même Narváez le suivait dans la tombe, privant ainsi Isabelle II de son principal appui politique.

Jaime Astarloa se gratta la tête, déconcerté. Cela n'avait ni queue ni tête. Il n'était pas très au courant des intrigues de cabinet, mais il avait l'impression que ces documents, cause possible de la mort de Luis de Ayala, ne contenaient rien qui justifiât son empressement à les cacher ; et encore moins son assassinat. Il se remit à lire quelques pages avec une attention obstinée, espérant découvrir quelque indice qui lui eût échappé à la première lecture. Travail inutile. Il s'attarda pourtant un long moment sur la lettre, un peu cryptée, qui venait en deuxième lieu dans le dossier ; la courte lettre adressée par Narváez à Vallespín et rédigée en termes familiers. Dans celle-ci, le duc de Valence faisait allusion à une proposition, sans doute du ministre de l'Intérieur, qu'il considérait comme « acceptable » et qui semblait se rapporter à une certaine affaire de « concession minière ». Narváez en aurait débattu avec un dénommé « Pepito Zamora », sans doute le ministre des Mines de l'époque, José Zamora... Mais, apparemment, c'était tout. Aucune clé, aucun autre nom. « Le fait de rendre service à cette canaille me cause une certaine contrariété... », avait écrit Narváez... A quelle canaille faisait-il allusion ? Peut-être la réponse se trouvait-elle là, dans ce nom qui n'apparaissait nulle part...

Le maître d'armes soupira. Pour quelqu'un qui fût versé dans la matière, tout cela eût sans doute renfermé un sens, mais lui ne parvenait à aucune conclusion. Il n'arrivait pas à comprendre ce qui transformait ces documents en quelque chose de si important, de si dangereux que, pour les posséder, certaines personnes ne reculaient devant rien, pas même devant le crime. En outre, pourquoi Luis de Ayala les lui avait-il confiés ? Qui aurait voulu les dérober, et pour quelle raison ?... D'autre part, comment se faisait-il que le marquis des Alumbres, qui se disait bien haut en marge de la politique, possédât ces papiers faisant partie de la correspondance privée du défunt ministre de l'Intérieur ?

Sur ce dernier point, au moins, il y avait une explication logique. Joaquín Vallespín Andreu était parent du marquis des Alumbres, le frère de sa mère, crut se souvenir don Jaime. Le secrétariat de l'Intérieur qu'Ayala avait occupé durant son bref passage dans la vie publique lui avait été offert par lui, dans l'un des derniers gouvernements Narváez. Les dates concordaient-elles ? De cela il n'était pas certain ; peut-être le passage d'Ayala au ministère avait-il été postérieur... Le principal était en effet que le marquis des Alumbres avait pu obtenir les documents pendant qu'il remplissait sa charge officielle, ou peut-être à la mort de son oncle. C'était plausible ; on pouvait même dire assez probable. Mais, dans ce cas, que signifiaient-ils exactement, et pourquoi tant de soin à les garder comme un secret ? Étaient-ils si dangereux, si compromettants, qu'ils pussent receler une raison justifiant l'assassinat ?

Il se leva de son bureau pour marcher à travers l'appartement, abattu par cette histoire aux teintes si obscures qui échappait totalement à sa capacité d'analyse. Tout était diablement absurde, en particulier le rôle involontaire qu'il avait joué – et qu'il jouait encore, pensa-t-il en se troublant – dans la tragédie. Qu'avait à voir Adela de Otero avec cet enchevêtrement de conspirations, de lettres officielles, de listes de noms ?... Des noms dont aucun, cela il l'avait soigneusement vérifié, ne lui était familier. A propos des faits auxquels on faisait allusion, il se souvenait d'avoir lu quelque chose dans les journaux, ou d'avoir entendu des commentaires de taverne, avant et après chaque tentative de Prim pour s'emparer du pouvoir. Il se rappelait même l'exécution de ce pauvre lieutenant, Jaime Esplandiú. Mais rien de plus. Il était dans une impasse.

Il pensa aller trouver la police, lui remettre le dossier et se décharger de l'affaire. Mais ce n'était pas si simple. Il se remémorait avec une vive inquiétude l'interrogatoire auquel l'avait soumis dans la matinée le chef de la police, près du cadavre d'Ayala. Il avait menti à Campillo en cachant l'existence du dossier cacheté. Et si ces documents étaient compromettants pour quelqu'un, ils l'étaient également pour lui, puisqu'il en était l'innocent dépositaire... Innocent ? Le mot tordit ses lèvres en une grimace de contrariété. Ayala n'était plus là pour expliciter cette situation épineuse et, de plus, c'étaient les juges qui décidaient de l'innocence ou de la culpabilité.

De sa vie, il ne s'était senti aussi confus. Son honnêteté naturelle se rebellait devant le mensonge, mais avait-il le choix ? Une prudence instinctive lui conseillait de détruire le dossier, de s'éloigner volontairement de ce cauchemar, s'il en était encore temps. Ainsi, personne ne saurait rien.

Personne, se dit-il avec appréhension ; mais lui non plus. Et Jaime Astarloa avait besoin de savoir quelle sordide histoire était tapie au fond de tout cela. Il en avait le droit, et les raisons en étaient nombreuses. S'il n'élucidait pas le mystère, il ne retrouverait jamais la paix.

Il déciderait plus tard de ce qu'il devait faire des documents : les détruire ou les remettre à la police. Pour l'instant, le plus urgent était de déchiffrer l'énigme. Pourtant, il paraissait évident qu'il en était incapable par ses seuls moyens. Peut-être que quelqu'un de plus averti sur les questions politiques...

Il pensa à Agapito Cárceles. Pourquoi pas ? Il était son compagnon, son ami, et, en outre, il suivait avec passion les événements qui secouaient le pays. Sans doute, les noms et les faits contenus dans le dossier lui seraient-ils familiers.

Il rassembla précipitamment les papiers et les cacha de nouveau derrière la rangée de livres, il prit sa canne et son haut-de-forme et s'élança dans la rue. En quittant le vestibule, il saisit sa montre dans la poche de son gilet et regarda l'heure : presque six heures. Cárceles se trouvait sans doute au Progreso. L'endroit était proche, rue Montera, à peine dix minutes à pied, mais le maître d'escrime était pressé. Il arrêta un fiacre et demanda au cocher qu'il l'y conduise le plus rapidement possible.

Il trouva Cárceles dans son coin habituel, absorbé dans un monologue sur le rôle néfaste que l'Autriche et les Bourbons avaient joué dans le destin de l'Espagne. En face de lui, sa lavallière froissée autour du cou et son air éternel d'incurable mélancolie, Marcelino Romero le regardait sans écouter, suçotant distraitement un morceau de sucre. Contrairement à son habitude, Jaime Astarloa ne s'avança pas en se répandant en politesses. En s'excusant auprès du pianiste, il prit Cárceles à part et le mit, non sans toutes sortes de réserves, au courant de ses problèmes.

– Il s'agit de documents qui se trouvent en ma possession, pour des raisons qui n'entrent pas ici en compte. J'ai besoin qu'une personne d'expérience comme vous m'éclaire quelque peu. Bien sûr, je puis compter sur votre plus grande discrétion.

Le journaliste parut enchanté de l'affaire. Elle avait mis fin à sa dissertation sur la décadence des Bourbons et des Habsbourg et, par ailleurs, le professeur de musique n'était pas précisément un compagnon amène. Après s'être excusés auprès de Romero, ils sortirent ensemble du café.

Ils décidèrent de marcher jusqu'à la rue Bordadores. En chemin, Cárceles fit allusion à la tragédie du palais de Villaflores qui était devenue la cible des commérages dans tout Madrid. Il savait vaguement que Luis de Ayala avait été client de don Jaime, et il demanda des précisions sur l'affaire avec une curiosité professionnelle si accusée que le maître d'escrime eut toutes les peines du monde à éluder le sujet par des réponses évasives. Cárceles, qui ne perdait aucune occasion de mettre son grain de sel en affichant son mépris pour l'aristocratie, ne se montrait pas du tout peiné de la disparition de l'un de ses rejetons.

– Un travail qui sera épargné au peuple souverain quand viendra l'heure, proclama-t-il, lugubre, changeant immédiatement de sujet devant le regard de reproche que lui lança don Jaime.

Mais il revint à la charge peu après, cette fois pour développer l'hypothèse selon laquelle la mort du marquis avait pour cause une histoire de jupons. Pour le journaliste, la chose était claire : on avait réglé son compte à des Alumbres pour une quelconque question d'honneur bafoué. On parlait d'un sabre ou de quelque chose du même genre, n'est-ce pas ? Don Jaime était peut-être au courant.

Le maître d'escrime vit avec soulagement qu'ils arrivaient à la porte de chez lui. Cárceles, qui visitait pour la première fois le logis, observa avec curiosité le petit salon. A peine eut-il découvert les rangées de livres qu'il se dirigea tout droit vers elles pour étudier d'un œil critique les titres imprimés sur les dos.

– Ce n'est pas mal, concéda-t-il finalement, avec un geste magnanime plein d'indulgence. Personnellement, je regrette l'absence de plusieurs titres qui sont fondamentaux pour comprendre l'époque dans laquelle il nous est donné de vivre. Je dirais Rousseau, peut-être un petit peu de Voltaire...

Jaime Astarloa se souciait comme d'une guigne de l'époque dans laquelle il vivait et plus encore des goûts démodés d'Agapito Cárceles en matière littéraire et philosophique, aussi interrompit-il son compagnon avec le plus de tact possible, afin d'orienter la conversation sur le thème qui les occupait. Cárceles oublia les livres et se disposa à aborder l'affaire avec un visible intérêt. Don Jaime sortit les documents de leur cachette.

– Avant tout, don Agapito, j'en appelle à votre honneur d'ami et de gentilhomme pour que toute cette affaire soit traitée avec la plus grande discrétion. (Il parlait avec une profonde gravité et constata que le journaliste était impressionné par son ton.) Ai-je votre parole ?

Cárceles porta la main à sa poitrine, solennel.

– Vous l'avez, bien sûr. Vous l'avez.

Don Jaime pensa qu'il commettait peut-être une erreur en se confiant de cette manière, mais, au point où il en était, il lui était impossible de revenir en arrière. Il étala le contenu du dossier sur la table.

– Pour des raisons que je ne peux vous révéler, car ce secret ne m'appartient pas, ces documents sont entrés en ma possession... L'ensemble possède une signification occulte, une chose qui m'échappe et qu'en raison même de son importance pour moi je dois élucider. (Apparut alors une moue attentive et étonnée sur le visage de Cárceles tandis que les mots sortaient, non sans effort, de la bouche de son interlocuteur.) Sans doute le problème réside-t-il dans mon ignorance des affaires politiques de la nation ; le fait est que je suis incapable, avec le peu que je sais, de donner un sens cohérent à ce qui, certainement, en a un. C'est pourquoi j'ai pensé faire appel à vos bons offices, vous qui êtes versé dans ce genre de choses. Je vous demande de lire ceci et de me donner ensuite votre opinion autorisée.

Cárceles resta immobile quelques instants, regardant avec fixité le maître d'escrime, et celui-ci comprit qu'il était impressionné. Ensuite, il se passa la langue sur les lèvres et se pencha sur les documents qui étaient sur la table.

– Don Jaime, dit-il enfin avec une admiration mal contenue, je n'aurais jamais pensé que vous...

– Moi non plus, coupa le maître. Et je vous dirais, par respect de la vérité, que ces papiers sont tombés entre mes mains contre ma volonté. Mais là, je n'ai plus le choix : je dois savoir ce qu'ils signifient.

Cárceles regarda encore une fois les documents, sans se décider à les prendre. Il avait sans doute le pressentiment qu'ils recelaient quelque chose de grave. Enfin, comme s'il s'était décidé tout d'un coup, il s'assit au bureau et les prit entre ses mains. Don Jaime resta debout, près de lui. Il avait résolu d'oublier ses bonnes manières habituelles et de relire le contenu du dossier derrière l'épaule de son ami.

Quand il vit les en-têtes et les signatures des premières lettres, le journaliste avala bruyamment sa salive. Par deux fois, il se retourna pour regarder le maître d'escrime, l'incrédulité peinte sur son visage, mais il ne fit aucun commentaire. Il lut en silence, tournant soigneusement les pages, s'attardant, l'index posé sur quelque nom parmi les listes qui y étaient contenues. Quand il fut arrivé approximativement à la moitié de sa lecture, il s'arrêta soudain comme s'il avait eu une idée et revint précipitamment en arrière, relisant les premières pages. Une faible moue qui ressemblait à un vague sourire se dessina sur son visage mal rasé. Il reprit sa lecture durant un moment tandis que don Jaime, qui n'osait pas l'interrompre, se tenait dans l'expectative, tous ses sens en éveil.

– Vous y voyez quelque chose ? demanda-t-il enfin, sans pouvoir se contenir davantage.

Le journaliste fit un geste de prudence.

– C'est possible. Mais pour l'instant, il ne s'agit que d'un pressentiment... J'ai besoin de m'assurer que nous sommes sur le bon chemin.

Il replongea dans sa lecture, le sourcil froncé. Au bout d'un moment, il remua lentement la tête, évocateur.

– Il y a eu quelque chose, commenta-t-il, sombre, en parlant pour lui-même. Je ne me souviens pas bien, mais ce devait être... au tout début de l'an dernier. Oui, les mines. Il y a eu une campagne contre Narváez ; on disait qu'il avait trempé dans l'affaire. Comment s'appelait ce... ?

Jaime Astarloa ne se souvenait pas d'avoir été aussi nerveux de toute sa vie. Soudain, le visage de Cárceles s'éclaira.

– Évidemment ! Que je suis stupide ! s'exclama-t-il en frappant sur le bureau de la paume de sa main. Mais j'ai besoin de vérifier le nom... Serait-il possible que ce soit... ? Il feuilleta rapidement les pages, cherchant à nouveau les premières. Par tous les saints, don Jaime ! Est-il possible que vous ne vous en soyez pas rendu compte ? Ce que vous possédez là renferme un scandale sans précédent ! Je vous jure que... !

On frappa à la porte. Cárceles se tut brusquement et regarda, méfiant, vers le vestibule.

– Vous attendez quelqu'un ?

Le maître d'escrime fit non de la tête, aussi déconcerté que lui par cette interruption. Avec une présence d'esprit inattendue, le journaliste rassembla les documents, regarda autour de lui et, se levant prestement, alla les placer sous le sofa. Puis il se retourna vers don Jaime.

– Expédiez-le, qui que ce soit, lui murmura-t-il à l'oreille. Vous et moi avons à parler !

Abasourdi, le maître d'escrime ajusta machinalement sa cravate et traversa le vestibule jusqu'à la porte d'entrée. La certitude d'être sur le point de découvrir le mystère qui avait mené jusqu'à lui Adela de Otero et coûté la vie à Luis de Ayala pénétrait lentement en lui, lui procurant une étrange sensation d'irréalité. L'espace d'un instant, il se demanda s'il n'allait pas se réveiller soudainement, pour s'apercevoir que tout n'avait été qu'une plaisanterie absurde, jaillie de son imagination.

Il y avait un policier à la porte.

– Don Jaime Astarloa ?

Le maître d'escrime sentit ses cheveux se dresser sur sa tête.

– C'est moi.

Le garde toussa légèrement. Son visage était celui d'un gitan et il portait une barbe épaisse taillée en escalier.

– Je suis envoyé par M. le chef de la police, don Jenaro Campillo. Il vous demande de m'accompagner pour procéder à une enquête.

Don Jaime le regarda sans comprendre.

– Pardon ? demanda-t-il, essayant de gagner du temps.

Le garde perçut son embarras et sourit, rassurant.

– Ne vous en faites pas, c'est une pure formalité. Apparemment, il y a de nouveaux indices à propos de l'affaire de M. le marquis des Alumbres.

Le maître cligna des yeux, agacé par l'inopportunité de la chose. Mais le policier avait parlé de nouveaux indices. Quelque chose d'important, qui sait. Peut-être avaient-ils localisé Adela de Otero.

– Cela vous ennuierait-il d'attendre un moment ?

– Pas du tout. Prenez tout votre temps.

Il laissa le sergent de ville à la porte et retourna au salon où l'attendait Cárceles qui avait entendu la conversation.

– Que faisons-nous ? demanda don Jaime à voix basse.

Le journaliste, d'un geste, lui conseilla de se calmer.

– Allez-y, dit-il. Je vous attends ici et j'en profiterai pour tout relire avec plus d'attention.

– Vous avez découvert quelque chose ?

– Je crois que oui, mais je n'en suis pas encore sûr. Il faut que j'approfondisse davantage. Allez-y, allez-y tranquillement.

Don Jaime fit un geste affirmatif. Il n'y avait pas d'autre solution.

– Je tarderai le moins possible.

– Ne vous en faites pas. (Dans les yeux d'Agapito Cárceles il y avait une lueur qui inquiéta un peu le maître d'armes.) Est-ce que cela concerne (il montra la porte) ce que je viens de lire ?

Jaime Astarloa rougit. Tout cela commençait à échapper à son contrôle. Depuis un moment, une sensation comme de lourde fatigue s'accrochait à lui.

– Je ne le sais pas encore. (En ces circonstances, le fait de mentir à Cárceles ne lui semblait pas malhonnête.) Je veux dire... Nous en parlerons à mon retour. Il faut que je mette de l'ordre dans mes idées.

Il serra la main de son ami et sortit, escorté de l'agent de police. Un attelage officiel attendait en bas.

– Où allons-nous ? demanda-t-il.

Le garde avait marché dans une flaque et tentait d'évacuer l'eau de ses bottes.

– A la morgue, répondit-il, et en s'installant sur le siège il se mit à siffler une chansonnette à la mode.

Campillo attendait dans un bureau de l'Institut médico-légal. Des gouttes de sueur perlaient à son front, sa perruque était de travers et ses besicles pendaient au cordon qui était accroché au revers de son vêtement. Quand il vit entrer le maître d'escrime, il se leva en souriant courtoisement.

– Je regrette, monsieur Astarloa, que nous devions nous voir pour la deuxième fois le même jour, en de si pénibles circonstances.

Don Jaime regardait autour de lui avec méfiance. Il avait dû s'astreindre à faire provision d'énergie pour conserver les derniers restes d'assurance qui semblaient s'échapper de lui par tous les pores de sa peau. Tout ceci commençait à dépasser les limites à l'intérieur desquelles évoluaient les émotions contrôlées auxquelles il était accoutumé.

– Que se passe-t-il ? demanda-t-il sans cacher son inquiétude. Je me trouvais chez moi, à résoudre une affaire d'importance...

Jenaro Campillo fit un geste d'excuse.

– Je ne vous importunerai que quelques minutes, je vous l'assure. Je me rends parfaitement compte de combien cette situation est gênante pour vous, mais, croyez-moi, des événements nouveaux se sont produits. (Il fit claquer sa langue comme pour exprimer son propre ennui face à tout cela.) Et quelle journée, grands dieux ! Les nouvelles que je viens de recevoir ne sont pas rassurantes non plus. Les troupes insurgées avancent sur Madrid, on chuchote que la reine peut se voir contrainte à passer en France, et ici on craint une insurrection... Vous voyez le tableau ! Mais en marge des événements politiques, la justice ordinaire doit suivre son cours inexorable. *Dura lex, sed lex*. Ne pensez-vous pas ?

– Pardonnez-moi, monsieur Campillo, mais je suis un peu perdu. Ce lieu ne me paraît pas très approprié pour...

Le chef de la police leva une main, invitant son interlocuteur à la patience.

– Auriez-vous la bonté de m'accompagner ?

D'un geste de l'index, il lui montra le chemin. Ils descendirent les escaliers et s'engagèrent dans un corridor sombre, aux murs couverts de carrelage blanc et au plafond maculé de taches d'humidité. L'endroit était éclairé par des becs de gaz dont les flammes oscillaient dans un courant d'air froid qui fit frissonner Jaime Astarloa sous sa légère redingote d'été. Le bruit des pas se perdait au bout du corridor, arrachant de sinistres échos à la voûte.

Campillo s'arrêta devant une porte en verre dépoli et la poussa, invitant son compagnon à entrer le premier. Le maître d'escrime se retrouva dans une petite salle meublée de vieux classeurs de bois sombre. De derrière son pupitre, un employé municipal se leva en les voyant entrer. Il était maigre, d'âge indéterminé, et sa blouse était criblée de taches jaunes.

– Le numéro dix-sept, Lucio, je vous prie.

L'employé prit un imprimé posé sur la table et ouvrit l'une des portes battantes qui se trouvaient à l'autre extrémité de la pièce. Avant de le suivre, le policier sortit un havane de sa poche et l'offrit à don Jaime.

– Merci, monsieur Campillo. Je vous ai dit ce matin que je ne fumais pas.

L'autre leva un sourcil réprobateur.

– Le spectacle que je me vois dans l'obligation de vous offrir n'est pas très agréable, commenta-t-il tandis qu'il portait le cigare à ses lèvres et qu'il craquait une allumette. En général, la fumée du tabac aide à supporter ce genre de choses.

– Quel genre de choses ?

– Vous le verrez bientôt.

– Quoi que ce soit, je n'ai pas besoin de fumer.

Le chef de la police haussa les épaules.

– Comme il vous plaira.

Ils entrèrent tous deux dans une salle spacieuse, basse, aux murs couverts du même carrelage blanc et au plafond maculé des mêmes taches d'humidité. Dans un recoin, se trouvait une espèce de grand lavoir dont le robinet gouttait sans arrêt.

Don Jaime s'immobilisa involontairement, tandis que le froid intense qui régnait dans ce lieu pénétrait jusqu'au plus profond de ses entrailles. Il n'avait jamais vu de morgue auparavant et n'aurait pu imaginer lieu aussi désolé et mélancolique. Une demi-douzaine de grandes tables de marbre étaient alignées sur toute la longueur de la salle ; quatre d'entre elles étaient recouvertes de draps sous lesquels se profilaient des formes humaines. Le maître d'escrime ferma un moment les yeux en remplissant ses poumons d'un air qu'il expulsa ensuite avec une nausée d'angoisse. Une étrange odeur flottait tout autour d'eux.

– Phénol, déclara le policier. On l'utilise comme désinfectant.

Jaime Astarloa acquiesça en silence. Ses yeux étaient rivés sur l'un des corps étendus sur le marbre. De l'extrémité inférieure du drap dépassaient deux pieds humains. Ils avaient une couleur jaunâtre et paraissaient briller sous la lumière du gaz aux tonalités céruléennes.

Jenaro Campillo avait suivi son regard.

– Celui-ci vous le connaissez, dit-il avec une désinvolture qui parut monstrueuse au maître d'escrime. C'est cet autre qui nous intéresse.

Il désigna de son cigare la table voisine, recouverte, comme il se doit, de son drap. Sous celui-ci, on distinguait une silhouette plus menue et plus fragile.

Le policier souffla une épaisse bouffée de fumée et conduisit le maître d'escrime près du cadavre recouvert.

– On l'a trouvée au milieu de la matinée, dans le Manzanares. Plus ou moins à l'heure à laquelle vous et moi discutions aimablement au palais de Villaflores. Elle y fut sans doute précipitée durant la nuit précédente.

– Précipitée ?

– Comme je vous dis. (Il partit d'un petit rire sarcastique, comme si quelque chose n'en finissait pas de l'amuser.) Je puis vous assurer qu'il s'agit de tout sauf d'un suicide ou d'un accident... Vraiment, vous ne voulez pas suivre mon conseil et tirer quelques bouffées d'un cigare ? Comme vous voudrez. J'ai très peur, monsieur Astarloa, que vous n'oubliiez pas avant longtemps ce que vous allez voir. C'est assez violent. Mais votre témoignage est nécessaire afin de compléter l'identification. Une identification qui n'est pas une tâche facile... Vous allez maintenant comprendre pourquoi.

Tout en parlant, il adressa un petit signe à l'employé et celui-ci retira le drap qui couvrait le corps. Le maître d'escrime sentit une profonde nausée monter du creux de son estomac et ne put qu'à grand-peine la contenir en happant l'air désespérément. Ses jambes se dérobèrent au point qu'il dut s'appuyer au marbre pour ne pas s'écrouler sur le sol.

– La reconnaissez-vous ?

Don Jaime se contraignit à garder les yeux fixés sur le cadavre dénudé. C'était le corps d'une femme jeune, de stature moyenne, qui avait peut-être été séduisant quelques heures auparavant. La peau avait la couleur de la cire, le ventre était profondément creusé entre les os des hanches et les seins qui avaient dû être beaux mais qui tombaient maintenant de chaque côté, vers les bras inertes et rigides reposant le long des flancs.

– Un travail d'une grande finesse, ne trouvez-vous pas ? murmura Campillo dans son dos.

Dans un suprême effort, le maître d'escrime regarda de nouveau ce qui avait été un visage. Au lieu des traits, il y avait un chaos sanglant de peau, de chair et d'os. Le nez n'existait plus et la bouche n'était qu'un trou obscur sans lèvres où l'on voyait quelques dents brisées. A la place des yeux, il y avait seulement deux cavités rougeâtres et vides. Les cheveux, noirs et abondants, étaient sales et en désordre, encore collés par la vase du fleuve.

Ne pouvant pas supporter davantage ce spectacle, tremblant d'horreur, don Jaime s'éloigna de la table. Il sentit sous son bras la main prévoyante du policier, l'odeur du cigare puis la voix qui lui parvenait dans un lourd murmure.

– La reconnaissez-vous ?

Don Jaime fit non de la tête. Par son esprit altéré passa le souvenir d'un vieux cauchemar, une poupée aveugle flottant sur une flaque d'eau. Mais ce furent les paroles que Campillo prononça ensuite qui instillèrent, lentement, un froid mortel jusqu'au recoin le plus reculé de son âme.

– Pourtant, monsieur Astarloa, vous devriez pouvoir la reconnaître, en dépit de la mutilation... Il s'agit de votre ancienne cliente, doña Adela de Otero.

CHAPITRE VII

De l'appel

« Faire un appel, en escrime, c'est agir de telle manière que l'adversaire sorte de sa position de garde. »

Il ne réalisa qu'ensuite que le chef de la police était en train de lui parler. Ils étaient remontés du sous-sol depuis un bon moment et se trouvaient au niveau de la rue, assis dans un petit bureau de l'Institut médico-légal. Jaime Astarloa restait immobile, appuyé au dossier de son siège, regardant sans la voir une gravure floue qui était accrochée au mur, un paysage nordique avec des lacs et des conifères. Ses bras pendaient de chaque côté de son corps et une teinte opaque, où toute vie était absente, voilait ses yeux gris.

– ... On l'a trouvée au milieu des joncs, sous le pont de Tolède, sur la rive gauche. Il est étrange que le courant ne l'ait pas emportée, si l'on tient compte de la tourmente qui s'est abattue cette nuit ; cela nous permet d'en déduire qu'on l'a jetée à l'eau peu avant que le jour se lève. Ce que je ne parviens pas à comprendre, c'est pourquoi ils ont pris la peine de la porter jusque-là au lieu de la laisser chez elle.

Campillo fit une pause, regarda, inquisiteur, le maître d'escrime, comme pour lui donner la possibilité de répondre quelque chose. Ne constatant aucune réaction, il rentra la tête dans les épaules. Il avait toujours son havane entre les dents et astiquait les verres de ses besicles avec un mouchoir froissé qu'il avait sorti de sa poche.

– Quand on m'a prévenu de la découverte du corps, j'ai ordonné qu'on forçât la porte de sa maison. Nous aurions dû le faire bien avant parce que le tableau, à l'intérieur, était très vilain : des traces de lutte, quelques dégâts dans le mobilier et du sang. Beaucoup de sang, à vrai dire. Une grande flaque dans la chambre, une traînée dans le couloir... On aurait dit qu'on avait égorgé une génisse, si vous me permettez l'expression. (Il regarda le maître d'escrime en guettant l'effet de ses paroles ; il semblait curieux de vérifier si sa description était assez réaliste pour l'impressionner. Celui-ci dut faire signe que non, parce qu'il fronça les sourcils, frotta ses besicles avec une énergie redoublée et se mit à égrener des détails macabres sans cesser de l'épier du coin de l'œil.) Il semble qu'ils l'aient tuée de cette manière si... consciencieuse puis qu'ils l'aient emmenée secrètement pour la jeter dans le fleuve. J'ignore s'il y eut quelque étape intermédiaire, vous voyez ce que je veux dire, torture ou quelque chose de similaire ; bien que, vu l'état dans lequel ils l'ont laissée, j'aie bien peur qu'il y en ait eu. Ce qui ne fait pas le moindre doute, c'est que Mme de Otero a passé un mauvais quart d'heure avant de sortir bel et bien morte de son appartement de la rue Riaño.

Campillo se tut afin de chausser soigneusement ses besicles après les avoir regardées en transparence d'un air satisfait.

– Bel et bien morte, répéta-t-il en tentant de retrouver le fil de son discours. Nous avons aussi trouvé dans la chambre plusieurs mèches de cheveux qui, nous l'avons vérifié, appartiennent à la défunte. Il y avait aussi un bout de tissu bleu, probablement arraché dans la lutte, qui correspond à celui qui manque au vêtement qu'elle portait quand on l'a trouvée dans le fleuve. (Le policier glissa ses doigts dans la poche supérieure de son gilet et en sortit un petit anneau, un fin cercle d'argent.) Le cadavre portait ceci à l'annulaire de la main gauche. Vous l'avez déjà vu ?

Jaime Astarloa ferma à demi les yeux puis les rouvrit comme s'il s'éveillait d'un long sommeil. Quand il se retourna tout doucement vers Campillo, il était très pâle ; son sang semblait s'être retiré de son visage jusqu'à la dernière goutte.

– Pardon ?

Le chef de la police s'agita sur son siège ; il était évident qu'il avait espéré une plus grande coopération de la part de Jaime Astarloa et il commençait à se sentir irrité par son attitude, pareille à celle d'un somnambule. Après l'émotion des premiers instants, celui-ci s'enfermait à présent dans un mutisme obstiné, comme si toute cette tragédie lui était indifférente.

– Je vous ai demandé si vous avez déjà vu cet anneau.

Le maître d'armes tendit la main et prit entre ses doigts le fin cercle d'argent. Dans sa mémoire, surgit le douloureux souvenir de cet éclat métallique sur une main à la peau brune. Il le posa sur la table.

– Il appartenait à Adela de Otero, confirma-t-il d'une voix neutre.

Campillo fit une autre tentative.

– Ce que j'essaie de comprendre, monsieur Astarloa, c'est la raison pour laquelle ils se sont ainsi acharnés sur elle. Une vengeance peut-être ? Ou alors un aveu qu'on voulait lui arracher ?

– Je ne sais pas.

– Savez-vous si cette femme avait des ennemis ?

– Je ne sais pas.

– Ce qu'ils lui ont fait est bien malheureux. Elle devait être très belle.

Don Jaime imagina un cou dénudé, au teint mat, sous des cheveux noirs relevés par une barrette de nacre. Il se souvint d'une porte entrebâillée et d'un bruissement de jupons, d'une peau sous laquelle transparaissait une féminine et chaude langueur. « Je n'existe pas », avait-elle dit une fois, la nuit où tout était devenu possible et où rien ne se passa. Maintenant, c'était certain ; elle n'existait plus.

Elle n'était plus qu'une chair morte pourrissant sur une table de marbre.

– Très, répondit-il au bout d'un moment. Adela de Otero était très belle.

Le policier estima qu'il avait déjà perdu trop de temps avec le maître d'escrime. Il rangea l'anneau, jeta son cigare dans un crachoir et se leva.

– Vous êtes choqué par les événements d'aujourd'hui et je vous comprends tout à fait. Si vous voulez, demain dans la matinée, quand vous serez reposé et que vous vous sentirez mieux, nous pourrons reprendre notre conversation. Je suis sûr que la mort du marquis et celle de cette femme sont en relation directe, et vous êtes l'une des rares personnes à pouvoir me mettre sur une piste... Voulez-vous dans mon bureau, au ministère de l'Intérieur, à dix heures ?

Jaime Astarloa regarda le chef de la police comme s'il le voyait pour la première fois.

– Suis-je suspect ? demanda-t-il.

Campillo cligna ses yeux de poisson.

– Lequel d'entre nous ne l'est pas, par les temps qui courent ? commenta-t-il d'un ton frivole.

Mais le maître d'escrime ne parut pas satisfait de sa réponse :

– Je vous parle sérieusement. Je veux savoir si vous me soupçonnez.

Campillo se balança d'un pied sur l'autre, une main dans la poche de son pantalon.

– Pas spécialement, si cela vous tranquillise, répondit-il au bout de quelques instants. Il n'en reste pas moins que je ne puis écarter personne, et vous êtes le seul que j'aie à portée de main.

– Je suis ravi de vous être utile.

Le policier sourit, conciliant, comme s'il le suppliait de comprendre.

– Ne vous vexez pas, monsieur Astarloa, dit-il. Tout

compte fait, vous conviendrez avec moi qu'il y a une série de choses qui s'acharnent à se relier toutes seules les unes aux autres : deux de vos clients meurent ; facteur commun, l'escrime ; on tue l'un avec un fleuret... Il s'agit sans nul doute de la même affaire, bien que j'ignore deux données importantes : quel est le point commun aux faits et quel rôle vous jouez dans tout cela. Si réellement vous en jouez un.

– Je comprends votre problème et je regrette de ne pouvoir vous aider.

– Je le regrette encore plus. Mais vous comprendrez aussi que, comme vont les choses, vous ne pouvez échapper aux soupçons... A mon âge et avec tout ce que j'ai pu voir dans ce métier, moi, dans ce genre d'affaires, je ne me fierais même pas à ma propre mère.

– Autrement dit : je suis sous surveillance.

Campillo fit une moue, comme si, s'agissant du maître d'escrime, une telle définition était excessive.

– Nous dirons que je reste dans l'attente de votre honorable collaboration, monsieur Astarloa. La preuve en est que vous êtes convoqué demain à mon bureau. Et que je vous demande, avec grand respect, de ne pas quitter la ville et de rester à disposition.

Don Jaime acquiesça en silence, presque distraitement, et tout en se levant prit son chapeau et sa canne.

– A-t-on interrogé la servante ? demanda-t-il.

– Quelle servante ?

– Celle qui travaillait chez doña Adela. Je crois qu'elle s'appelle Lucia.

– Ah ! Pardonnez-moi. Je n'avais pas bien entendu. Oui, la servante, naturellement... eh bien, non. Je veux dire que nous n'avons pas pu la retrouver. Selon la concierge, elle a été renvoyée, il y a une semaine environ, et n'est pas revenue. Inutile de vous dire que je remue ciel et terre pour lui mettre la main dessus.

– Et que vous ont raconté d'autre les concierges de l'immeuble ?

– Ils nous ont été de peu d'utilité. De nuit, avec la tempête qui s'est abattue sur Madrid, ils n'ont rien entendu. Concernant Mme de Otero, ils ne savent presque rien. Et s'ils savent quelque chose, ils le cachent, par prudence ou par peur. La maison n'est pas à elle ; elle l'avait louée trois mois auparavant par l'intermédiaire d'une tierce personne, un agent commercial que nous avons aussi interrogé sans résultat. Elle s'est installée là avec peu de bagages. Personne ne sait d'où elle venait, bien qu'il existe des indices laissant supposer qu'elle a vécu à l'étranger. A demain, monsieur Astarloa. N'oubliez pas que nous avons rendez-vous.

Le maître d'escrime le regarda avec froideur.

– Je ne l'oublie pas. Bonne nuit.

Il resta longtemps immobile au milieu de la rue, appuyé sur sa canne, à observer le ciel noir ; la couche de nuages s'était déchirée et avait découvert quelques étoiles. Si un promeneur était passé près de lui, il aurait sans doute été surpris par l'expression de son visage, à peine éclairé par la flamme blême des becs de gaz. Les traits émaciés du maître d'armes paraissaient taillés dans la pierre, comme une lave qui peu de temps avant aurait bouillonné et se serait subitement solidifiée sous l'effet d'un souffle glacial. Et il ne s'agissait pas seulement de son visage. Il sentait son cœur battre très lentement dans sa poitrine, tranquille et posé comme la pulsation qui cognait dans ses tempes. Il en ignorait la raison ou, pour être plus exact, il refusait de l'approfondir : mais depuis qu'il avait vu le cadavre nu et mutilé d'Adela de Otero la confusion qui, ces dernières heures, avait bouleversé son esprit s'était dissipée comme par enchantement. C'était comme si l'atmosphère glaciale de la morgue avait déposé en lui son empreinte. Son esprit était maintenant très clair ; il pouvait sentir qu'il contrôlait parfaitement jusqu'au dernier des muscles de son corps. C'était comme si le monde autour de lui avait repris son exacte dimension, et qu'il pouvait à nouveau le contempler à sa manière, un peu distante, avec sa vieille sérénité retrouvée.

Que s'était-il passé en lui ? Le maître d'escrime l'ignorait lui-même. Il avait seulement la certitude que, pour un motif obscur, la mort d'Adela de Otero l'avait délivré, faisant disparaître ce sentiment de honte, d'humiliation, qui l'avait tourmenté jusqu'à la folie durant les dernières semaines. De quelle satisfaction retorse faisait-il l'expérience à présent, en découvrant qu'il n'avait pas été abusé par un bourreau mais par une victime ! Cela changeait tout. Il avait finalement la triste consolation de savoir que tout cela n'était pas l'intrigue d'une femme mais un plan méticuleusement exécuté par un être sans scrupules, un cruel assassin, un scélérat dont il ignorait encore l'identité ; mais, qui sait, ce nom-là était peut-être en train de l'attendre à quelques pas d'ici, grâce aux documents qu'Agapito Cárceles devait avoir à présent déchiffrés dans l'appartement de la rue Bordadores. Le moment était venu de tourner la page. La marionnette sortait de l'ombre, rompait ses fils. Il allait maintenant agir de sa propre initiative ; c'était pour cela qu'il n'avait rien dit à la police. Toute agitation dissipée, il sentait une froide colère le gagner, une haine immense, lucide et tranquille.

Le maître d'escrime aspira profondément l'air frais de la nuit, empoigna avec force sa canne et emprunta le chemin de sa maison. Le moment était arrivé de savoir, car sonnait l'heure de la vengeance.

Il dut faire quelques détours. Bien qu'il fût onze heures, les rues étaient animées. Des piquets de soldats et des gardes à cheval patrouillaient de toutes parts et, au coin de la rue Hileras, il vit les restes d'une barricade que plusieurs voisins démontaient sur les indications des forces de l'ordre. Du côté de la Plaza Mayor, on entendait une lointaine rumeur de tumulte, et un piquet de hallebardiers de la Garde allait et venait devant le Théâtre royal, baïonnette au canon. La nuit promettait d'être agitée ; mais Jaime Astarloa se rendit à peine compte de ce qui se passait autour de lui, concentré comme il l'était sur ses propres pensées. Il grimpa prestement les marches de l'escalier et ouvrit sa porte, s'attendant à trouver là Cárceles. Mais son logis était vide.

Il craqua une allumette et l'approcha de la mèche du quinquet, surpris par l'absence du journaliste. Assailli par de mauvais pressentiments, il inspecta la chambre et la salle d'armes, sans résultat. Revenant dans son cabinet, il fouilla sous le sofa et derrière les livres de la bibliothèque mais les documents n'étaient plus là. C'est absurde, se dit-il. Agapito Cárceles ne pouvait s'en aller tranquillement sans avoir discuté auparavant avec lui. Où avait-il rangé le dossier ? Le cheminement de ses pensées parvint à un point qu'il ne put envisager sans tressaillir. Les aurait-il emportés avec lui ?

Ses yeux tombèrent sur une feuille de papier disposée sur le secrétaire. Avant de partir, Cárceles avait rédigé un mot :

Cher don Jaime,
L'affaire est en bonne voie. Je me vois obligé de m'absenter pour effectuer quelques vérifications.
Ayez confiance en moi.

Le billet n'était même pas signé. Le maître d'escrime le tint un moment entre ses doigts puis le froissa et le jeta par terre. Il était clair que Cárceles avait emporté les documents et il fut pris d'une colère soudaine contre son ami. Qu'essayait-il de faire ? Cárceles n'avait aucunement le droit d'agir ainsi. Il regretta immédiatement d'avoir placé sa confiance dans le journaliste, et il maudit à voix haute sa propre stupidité. Dieu seul savait où était passé cet individu avec les documents qui avaient coûté la vie à Luis de Ayala et à Adela de Otero.

Il ne tarda pas à prendre une décision et, avant d'y avoir mûrement réfléchi, il se retrouva à descendre l'escalier. Il connaissait le domicile de Cárceles, il était déterminé à s'y présenter, à récupérer les documents et à l'obliger à raconter ce qu'il savait, même s'il devait le lui arracher par la force.

Il s'arrêta soudain sur le palier et s'obligea à réfléchir. Cette histoire avait pris une allure qui était loin d'en faire un jeu. « N'allons pas derechef perdre la tête », se dit-il tout en essayant de garder le calme qui était sur le point de le quitter. Là, dans la pénombre de l'escalier désert, il s'appuya contre le mur et mit au point ses prochaines démarches. Bien sûr, il devait d'abord se rendre chez Cárceles, c'était évident. Et après ? Le plus raisonnable, après, était d'aller tout droit trouver Jenaro Campillo ; le jeu de cache-cache avait assez duré. Il médita amèrement sur le temps précieux que ses réticences avaient fait perdre et décida de ne pas répéter la même erreur. Il jouerait donc franc-jeu avec le chef de la police en lui remettant le dossier d'Ayala. Au moins, la justice suivrait son cours. Il sourit tristement en imaginant la tête de Campillo le voyant apparaître le matin suivant avec les documents sous le bras.

Il envisagea aussi l'éventualité de se rendre au commissariat avant de voir Cárceles, mais cela posait certaines difficultés. Arriver avec les preuves à la main était une chose, raconter une histoire qui pouvait ou non être crue en était une autre, très différente, d'autant plus qu'elle contredisait gravement ce qu'il avait déclaré au cours des deux entrevues qu'il avait eues avec Campillo dans la journée. En outre, Cárceles, dont il ignorait les intentions, pouvait se borner à tout nier ; il n'avait même pas signé le mot dans lequel ne se trouvait pas la moindre allusion à l'affaire qui les occupait... Non. C'était clair. Il fallait d'abord partir à la recherche de l'ami infidèle.

Ce fut à ce moment, et seulement à ce moment, qu'il prit conscience d'une chose qui le fit frissonner. Le responsable, quel qu'il fût, de ce qui était en train d'arriver, avait déjà commis deux assassinats et devait probablement se tenir tout prêt à en commettre, le cas échéant, un troisième. Cependant, le fait de découvrir qu'il courait lui-même un danger, qu'il pouvait être assassiné comme les autres, ne l'inquiétait pas outre mesure. Il médita quelques instants la question, s'apercevant avec surprise qu'une telle possibilité lui inspirait moins de terreur que de curiosité. Vues sous cet angle, les choses devenaient plus simples, elles pouvaient être abordées à la lumière de ses schémas personnels. Il ne s'agissait plus de tragédies étrangères où il se serait vu impliqué à son corps défendant, contraint à l'impuissance ; cela, et rien d'autre, avait été jusqu'à cet instant la cause de son malaise, de son épouvante. Mais s'il pouvait être la prochaine victime alors tout était plus facile, car il ne devrait plus se contenter de suivre la trace sanglante des assassins, ceux-ci viendraient à lui. A lui. Le sang du vieux maître d'escrime battit régulièrement dans ses veines usées, il se préparait à la bataille. Il avait trop souvent dû, au cours de sa vie, parer des estocades de toutes sortes, pour qu'un coup de plus l'inquiétât, bien qu'il fût probable que celui-là arriverait par-derrière. Peut-être bien qu'Ayala ou Adela de Otero ne s'étaient pas tenus assez sur leurs gardes, mais lui, ça n'était pas son cas. Comme il disait toujours à ses élèves, l'estocade de tierce ne s'exécute pas avec la même facilité que celle de quarte. Et c'était sa spécialité que de parer les estocades de tierce. Et de les tirer.

Sa décision était prise. Il allait récupérer cette nuit même les documents de Luis de Ayala. Sur cette pensée, il regrimpa les escaliers, rouvrit la porte, laissa sa canne dans le porte-parapluies et en prit une autre, en acajou avec un pommeau d'argent, sensiblement plus lourde que l'autre. Il redescendit, la tenant à la main, en effleurant distraitement les barreaux de fer de la rampe. A l'intérieur de cette canne se trouvait un dard du meilleur acier, aussi acéré qu'une lame de rasoir.

Il s'arrêta dans l'entrée, pour donner un coup d'œil prudent de chaque côté avant de s'aventurer parmi les ombres qui recouvraient la rue déserte. Il descendit vers le coin de la rue Arenal et consulta sa montre à la lumière d'un lampadaire, près du mur de brique de l'église de San Ginés. Il manquait vingt minutes pour que sonne minuit.

Il fit quelques pas. On ne voyait personne, ou presque, dans la rue. Vu la tournure qu'étaient en train de prendre les événements, les gens avaient résolu de s'enfermer chez eux et seuls quelques rares noctambules se risquaient à circuler dans Madrid qui prenait l'aspect d'une ville fantôme sous la lumière blafarde de l'éclairage nocturne. Les soldats au coin de la rue Postas dormaient, emmitouflés dans des couvertures, sur le trottoir, à côté de leurs fusils montés en faisceaux. Une sentinelle, le visage enfoui dans l'ombre de la visière de son shako, leva la main à son bonnet pour répondre au salut de Jaime Astarloa. En face de l'Hôtel des Postes, quelques gardes civils surveillaient l'édifice la main au sabre et la carabine à l'épaule.

Une lune ronde et rougeâtre surmontait les noires silhouettes des toits, tout au bout de la rue San Jerónimo.

Il eut de la chance. Une berline croisa le maître d'escrime

au coin de la rue d'Alcalá, au moment où il désespérait de trouver un attelage. Le cocher s'arrêta net et accepta de mauvaise grâce le passager. Don Jaime s'installa sur le siège et donna l'adresse d'Agapito Cárceles, une vieille maison proche de la porte de Tolède. Il connaissait l'endroit par pur hasard et il s'en félicita. Un jour, Cárceles s'était mis en tête d'y inviter tout le petit groupe du Progreso pour leur lire les premier et second actes d'un drame composé par lui-même sous le titre *Tous pour un ou le peuple souverain*, une œuvre tourmentée en vers libres, dont les deux premières pages, si jamais elles étaient un jour dites sur scène, suffiraient à elles seules à envoyer leur auteur passer un long séjour en quelque prison d'Afrique, sans que le fait qu'il s'agît d'un plagiat éhonté de *Fuenteovejuna* constituât une circonstance atténuante.

Les ruelles sombres défilaient, désertes, devant la portière du fiacre ; seuls y résonnaient les sabots du cheval, le claquement du fouet du cocher leur faisant écho. Jaime Astarloa méditait sur la conduite à adopter quand il se retrouverait face à son ami. Le journaliste avait sans doute découvert dans les documents quelque scandale qu'il voulait utiliser à son avantage. Cela, il n'était pas disposé à le tolérer, entre autres parce que l'abus de confiance dont il avait été la victime l'indignait. Il se tranquillisa en songeant qu'Agapito Cárceles n'avait sans doute pas agi de mauvaise foi en emportant le dossier ; peut-être avait-il simplement résolu d'effectuer quelques vérifications, documents en main, en consultant les données qui se trouvaient dans ses propres archives. De toute façon, il allait bientôt en avoir le cœur net. Le fiacre s'était arrêté et le cocher se penchait vers lui du haut de son siège.

– Nous y sommes, monsieur. Rue de la Taberna.

Il s'agissait d'un étroit cul-de-sac, mal éclairé, qui sentait la crasse et le vin rance. Don Jaime demanda au cocher d'attendre une demi-heure, mais celui-ci refusa en arguant qu'il était trop tard. Le maître d'escrime paya et la voiture s'éloigna. Alors, il pénétra dans la ruelle en tentant de reconnaître l'immeuble de son ami.

Il ne le trouva qu'au bout d'un moment, après s'être souvenu d'une cour intérieure à laquelle on accédait par une arcade. Il chercha presque à tâtons l'escalier et grimpa jusqu'au dernier étage en s'appuyant à la rampe, tout en entendant grincer les marches en bois sous ses pieds. Quand il atteignit la galerie intérieure qui longeait les quatre murs de la cour, il sortit une boîte d'allumettes de sa poche et en craqua une. Il espérait ne pas s'être trompé de porte car sinon, il aurait perdu du temps en explications ennuyeuses ; ce n'était pas une heure pour réveiller les voisins. Il frappa deux fois trois coups, avec le pommeau de sa canne.

Il attendit en vain. Il recommença à frapper et colla son oreille à la porte, espérant entendre quelque chose ; mais à l'intérieur régnait le silence de plus absolu. Découragé, il pensa que Cárceles n'était peut-être pas là. Où pourrait-il se trouver à de pareilles heures ? Il hésita, indécis, et se remit à frapper plus fort, cette fois de son poing. Peut-être le journaliste dormait-il profondément. Il écouta de nouveau, sans résultat.

Il recula, s'adossant à la rambarde de la galerie. Il ne pourrait rien faire avant le lendemain, ce qui n'était absolument pas réconfortant. Il devait voir Cárceles tout de suite ou, du moins, récupérer les documents. Après un moment d'hésitation, il décida de les considérer comme volés. Car il était évident que, quels qu'en fussent les motifs, ce qu'avait fait Cárceles chez lui, en emportant le dossier sans autorisation, était purement et simplement du vol. Cette pensée le mit en fureur.

Une idée lui trottait par la tête depuis un moment et venait s'opposer à ses propres scrupules : forcer la porte. De toute manière, pourquoi pas ?... En subtilisant les papiers qui se trouvaient à son domicile, le journaliste avait agi de manière condamnable. Le cas de Jaime Astarloa était différent. En fin de compte, il avait seulement l'intention de récupérer ce qui, en de tragiques circonstances, avait fini par devenir sien.

Il s'approcha encore une fois de la porte et frappa de nouveau, sans espoir. Au diable les bonnes manières. Cette fois, il n'attendit pas la réponse mais palpa la serrure, tentant d'en vérifier la solidité. Il craqua une autre allumette et reprit attentivement son étude. Il n'était pas question de l'enfoncer, cela aurait fait accourir les voisins. Par ailleurs, la serrure ne semblait pas très résistante. En se penchant et en y collant son œil, il crut distinguer la pointe de la clé, comme si elle se trouvait à l'intérieur. Il se redressa, intrigué, se tordant les mains d'impatience. Après tout, peut-être Cárceles était-il chez lui et, imaginant l'identité de son visiteur, refusait-il d'ouvrir, espérant lui faire croire qu'il n'était pas là. Cela déplut au maître d'escrime qui sentait se renforcer sa décision un peu plus à chaque seconde. Il dédommagerait Cárceles mais il était résolu à entrer à tout prix.

Il regarda autour de lui cherchant quelque objet qui lui permît de forcer la serrure. Il n'avait pas l'expérience de ce genre de travail, mais il supposait que s'il parvenait à utiliser un objet pour faire levier, la porte finirait par céder. Il inspecta la galerie en s'éclairant avec des allumettes protégées par la paume de sa main, sans résultat aucun, et il s'arrêta, sur le point de perdre espoir. Il ne lui restait plus que trois allumettes et il ne découvrait rien qui pût lui servir.

Alors qu'il s'avouait vaincu, il aperçut des barreaux de fer oxydés qui étaient encastrés dans le mur, comme ceux d'une échelle. Il leva la tête et vit un judas dans le plafond de la galerie, qui sans doute communiquait avec le toit. Les battements de son cœur s'accélérèrent quand il se souvint que l'appartement de Cárceles possédait une petite terrasse de l'autre côté ; ce chemin-là était sans doute plus praticable que celui de l'entrée principale. Il ôta haut-de-forme et redingote, coinça sa canne entre ses dents et grimpa jusqu'au judas. Celui-ci s'ouvrit sans difficulté, sous la voûte céleste constellée d'étoiles. Avec les plus grandes précautions, il fit passer tout son corps en tâtant les tuiles. Il n'aurait pas apprécié de glisser et d'aller s'étaler sur le sol, trois étages plus bas. L'exercice continu de l'escrime le maintenait dans une forme acceptable malgré son âge, mais il n'était plus un jeune homme. Il décida de se mouvoir avec toute la prudence dont il était capable, cherchant des prises solides et allongeant seulement un membre à la fois pour maintenir les trois autres fixes comme points d'appui. Dans le lointain, une horloge sonna quatre coups, ceux qui indiquaient les quatre heures, et un puis un autre. A quatre pattes sur le toit, le maître d'armes pensa que tout cela était diaboliquement grotesque et il rendit grâce à la bienveillante obscurité de la nuit que personne ne pût le découvrir en si fâcheuse posture.

Il continua à avancer sur le toit avec une infinie prudence, sans faire aucun bruit qui pût éveiller le voisinage. Il évita, par miracle, plusieurs tuiles détachées et se retrouva sur un petit avant-toit, au-dessus de la terrasse d'Agapito Cárceles. S'agrippant à la gouttière d'évacuation, il s'y laissa glisser et put prendre pied sans mauvaise surprise. Il demeura quelques instants immobile, en gilet et manches de chemise, la canne à la main, pour reprendre son souffle. Puis il craqua une allumette et s'approcha de la porte. Elle était simple, vitrée, avec une clenche banale que l'on pouvait actionner de l'extérieur. Avant d'ouvrir, il jeta un coup d'œil à travers la vitre ; la maison était plongée dans la plus totale obscurité.

Il serra les dents tout en levant la poignée le plus silencieusement qu'il put et se retrouva dans une cuisine étroite, près d'un fourneau et d'un évier. Par la fenêtre filtrait une faible clarté lunaire qui lui permit de distinguer plusieurs récipients sur une table, près de ce qui semblait être les restes d'un repas. Il craqua sa pénultième allumette à la recherche de quelque chose qui lui servît à s'éclairer et rencontra un bougeoir sur un placard. Avec un soupir de soulagement, il alluma la bougie. Sur le sol, les cafards couraient de tous côtés, fuyant ses pieds.

Il passa de la cuisine dans un petit corridor dont le papier tombait en lambeaux. Il allait tirer le rideau qui donnait sur une pièce quand il lui sembla entendre quelque chose derrière une porte qui se trouvait à sa gauche. Il s'arrêta, tendant l'oreille, mais il ne perçut que sa propre respiration oppressée. Sa langue était sèche, collée au palais, et ses tympans bourdonnaient ; il avait une impression d'irréalité, de vivre un rêve dont il pouvait s'éveiller à tout moment. Il poussa davantage la porte.

C'était la chambre d'Agapito Cárceles et celui-ci s'y trouvait ; mais Jaime Astarloa, qui avait imaginé à plusieurs reprises ce qu'il lui dirait quand il le trouverait, n'était pas préparé à ce que virent ses yeux exorbités par l'épouvante. Le journaliste était renversé, la bouche ouverte, complètement nu, attaché par les pieds et les mains à chacun des montants du lit. Son corps, de la poitrine aux cuisses, n'était qu'une plaie, des entailles y avaient été faites avec une lame de rasoir qui luisait à la lumière de la bougie, sur le couvre-lit imbibé de sang. Mais Cárceles n'était pas mort. En apercevant la lumière, il bougea faiblement la tête, sans reconnaître le nouveau venu, et de ses lèvres tordues par la souffrance sortit un rauque gémissement de terreur animale, inintelligible et profond, qui réclamait miséricorde.

Jaime Astarloa était incapable de proférer un mot. Machinalement, comme si le sang s'était coagulé dans ses veines, il fit deux pas vers le lit, contemplant, médusé, le corps de son ami. Celui-ci, en le sentant près de lui, s'agita légèrement.

– Non... Je vous en supplie..., murmura-t-il dans un filet de voix, tandis que de grosses larmes couraient le long de ses joues. Par pitié... Assez, par pitié... C'est tout... Je vous ai tout dit... Par miséricorde... Non... Assez ! Pour l'amour de Dieu.

La prière finit dans un glapissement. Ses yeux grands ouverts regardaient la lumière de la bougie et la poitrine du malheureux Cárceles frissonna dans un râle d'agonie. Tendant une main, Jaime Astarloa lui toucha le front ; il brûlait comme si du feu couvait en lui. Sa propre voix résonna dans un murmure, étranglée par l'horreur.

– Qui vous a fait cela ?

Cárceles tourna lentement les yeux dans sa direction en s'efforçant de reconnaître celui qui parlait.

– Le diable, susurra-t-il dans un gémissement d'angoisse infinie. (Une écume jaunâtre s'échappait de sa bouche par une commissure.) Ils sont... le diable.

– Où sont les documents ?

Les yeux de Cárceles se révulsèrent et il fut secoué par un long sanglot.

– Sortez-moi de là par pitié... Ne les laissez pas continuer... Sortez-moi de là, je vous en supplie... J'ai tout dit... C'est lui, c'est lui qui les a, Astarloa... Je n'ai rien à voir avec cela, je le jure... Allez le voir et il vous le confirmera... Je voulais seulement... Je ne sais rien d'autre... Par pitié, je ne sais rien d'autre !

Don Jaime sursauta en entendant son nom sur les lèvres du moribond. Il ignorait qui étaient les bourreaux mais il était clair qu'Agapito Cárceles l'avait dénoncé. Il eut l'impression que ses cheveux se hérissaient. Il n'y avait pas de temps à perdre ; il fallait...

Quelque chose bougea derrière lui. Soupçonnant une présence étrangère, le maître d'escrime se retourna à demi et ce geste lui sauva sans doute la vie. Un objet dur lui effleura la tête et le frappa au cou. Étourdi par la douleur, il eut assez de présence d'esprit pour faire un bond de côté, le temps d'apercevoir une ombre qui se jetait sur lui avant que la bougie ne tombât de ses mains et ne s'éteignît en roulant sur le sol.

Il recula, se cogna aux meubles dans l'obscurité et entendit devant lui la respiration de son agresseur, toute proche. Avec l'énergie du désespoir, il empoigna sa canne qu'il tenait encore dans la main droite et la brandit dans l'espace que devait parcourir son assaillant pour arriver jusqu'à lui.

S'il avait eu le temps d'analyser son état d'esprit, il eût été surpris de constater qu'il ne ressentait aucune peur, mais une froide détermination à vendre très cher sa vieille peau. C'était la haine qui lui donnait des forces pour se battre à présent, et la vigueur de son bras, tendu comme un ressort, répondait au désir de faire du mal, de tuer le bourreau qui remuait en face de lui. Il pensait à Luis de Ayala, à Cárceles, à Adela de Otero. Par le sang de Dieu, lui on ne le massacrerait pas comme les autres.

Il n'en fut même pas conscient mais à ce moment, attendant de pied ferme l'attaque dans l'obscurité, le vieux maître d'armes se mit instinctivement en garde comme il avait coutume de le faire quand il tirait à l'escrime.

– A moi ! cria-t-il, provocateur, dans les ténèbres.

Il sentit alors un halètement tout proche et quelque chose toucha l'embout de sa canne. Une main en agrippa l'extrémité avec force, tentant de la lui arracher. Alors, Jaime Astarloa rit silencieusement en percevant le frottement de la moitié inférieure de la canne qui glissait le long de la lame d'acier à laquelle elle servait de gaine. C'était ce qu'il avait espéré ; son agresseur venait de libérer lui-même l'arme, en plus de lui avoir indiqué involontairement sa position et sa distance approximative. Alors le maître d'escrime recula le bras de manière à extraire totalement l'épée et, se laissant tomber à trois reprises sur sa jambe fléchie, il lança trois estocades à fond, à l'aveuglette, dans l'ombre. Quelque chose de solide s'interposa sur le trajet de la troisième et, en même temps, quelqu'un émit un gémissement de douleur.

– A moi, se remit à crier don Jaime, s'élançant en direction de la porte, l'épée en avant.

On entendit un fracas de meubles tombant par terre, un objet passa près de lui et se brisa en heurtant le mur. La partie inférieure, inoffensive, de la canne frappa sans beaucoup de force, sur un bras, quand il dépassa le lieu où devait se trouver son ennemi.

– Attrape-le, cria une voix, quasiment à deux pas de lui. Il s'échappe par la porte !... Il m'a donné un coup d'épée !

Apparemment, l'assassin n'avait été que blessé. Et ce qui était plus grave : il n'était pas seul. Don Jaime s'appuya contre la porte, sortit dans le corridor, assenant des estocades dans l'obscurité.

– A moi !

La sortie devait être à gauche, au bout du couloir, de l'autre côté du rideau qu'il avait vu en entrant. Une forme obscure se dressa sur son chemin et quelque chose heurta le mur près de son crâne. Don Jaime baissa la tête, avançant toujours, l'épée à la main. Il entendit une respiration entrecoupée et une main l'agrippa par le col de sa chemise ; il sentait tout près de lui une odeur âcre de sueur, tandis que des bras puissants essayaient de le maîtriser. La poigne mortelle se refermait sur sa poitrine. Étouffé par la pression, incapable de s'éloigner pour se servir de l'épée, don Jaime parvint à libérer sa main gauche et tâta un visage mal rasé. Alors, rassemblant ses forces déjà défaillantes, il attrapa son adversaire par les cheveux et projeta sa tête en avant aussi brutalement qu'il le put, frappant le visage de l'autre avec son front. Il sentit une douleur aiguë entre ses deux sourcils en même temps que quelque chose craquait sous l'impact. Un liquide chaud et visqueux coula sur sa tête ; il ignorait si ce sang était le sien ou s'il avait réussi à casser le nez de son agresseur, mais ce qui était certain c'était qu'il se vit tout à coup libre. Il s'adossa au mur et entreprit de glisser au long de celui-ci en décrivant des demi-cercles avec la pointe de son épée. Il renversa un objet qui tomba avec fracas.

– A moi, canailles !

Quelqu'un, en effet, vint à lui. Il ressentit sa présence avant de le toucher, il entendit le frottement de ses pieds sur le sol et tira des estocades à l'aveuglette jusqu'à ce que l'autre reculât. Il s'appuya de nouveau au mur, haletant, tout à l'effort de retrouver son souffle. Il était épuisé et se pensait incapable de résister davantage ; mais dans l'obscurité, il lui était impossible de trouver la porte de sortie. D'autre part, même s'il y parvenait, il n'aurait pas le temps de dénicher la clé et de la faire tourner dans la serrure avant qu'ils ne lui tombent à nouveau dessus. « Ta dernière heure est arrivée, mon ami », se dit-il en scrutant sans trop d'espoir les ombres qui l'entouraient. Assurément, l'idée de mourir là, dans les ténèbres, ne l'effrayait pas ; il était simplement triste de penser qu'il allait partir sans connaître la clé de l'énigme.

Il y eut un bruit à sa droite. Il lança une estocade dans cette direction et l'acier de l'épée se courba violemment en rencontrant un obstacle sur son chemin ; l'un des assaillants utilisait un fauteuil pour se protéger tout en avançant vers lui. Il se glissa à nouveau contre le mur, vers la gauche, jusqu'à ce que son épaule cognât contre un meuble, peut-être une armoire. Il agita son épée comme un fouet, entendant avec satisfaction le sifflement menaçant de la lame coupant l'air ; sans aucun doute, ses ennemis l'entendaient-ils aussi et ce son devait les inciter à la prudence, ce qui, pour le maître d'escrime, signifiait quelques secondes de vie en plus.

Ils étaient à nouveau tout proches ; il les pressentit avant de les entendre bouger. Il fit un bond en avant, trébuchant contre des meubles invisibles, renversant des objets sur le sol, et il parvint à l'autre mur. Là, il demeura immobile, retenant son souffle, car le bruit de l'air entrant et sortant par sa bouche et son nez l'empêchait d'entendre les autres bruits de l'appartement. Quelque chose tomba avec fracas à sa gauche, tout près de lui. Sans hésiter un instant, il s'arc-bouta sur sa jambe gauche pour lancer deux nouvelles estocades et il entendit un gémissement furieux :

– Il m'a encore touché !

Décidément, ce type était un idiot. Jaime Astarloa profita de l'occasion pour changer encore une fois de place, cette fois sans rien bousculer sur son passage. Souriant en lui-même, il ne put s'empêcher de penser au jeu enfantin des quatre coins. Il se demanda combien de temps il pourrait résister. Évidemment, pas beaucoup. Mais ce n'était pas, après tout, une mauvaise manière de mourir. Bien meilleure que celle qui l'attendait, dans quelques années, dans l'asile où il s'éteindrait, des nonnes lui subtilisant les dernières économies gardées sous son lit, et où il maudirait un Dieu auquel il n'avait jamais réussi à croire.

– A moi !

Cette fois, son cri de bataille, à présent défaillant, résonna en vain. Une ombre fugitive passa à côté de lui en piétinant les dalles inégales et soudain un rectangle de clarté s'ouvrit dans le mur. L'ombre se glissa rapidement par la porte ouverte, suivie, une seconde après, par une autre silhouette fugace qui s'éloigna en boitant. Dans la galerie, on entendait les voix des voisins qui avaient été réveillés par le vacarme de la lutte. Il y avait des bruits de pas, des persiennes et des portes qu'on ouvrait, des interrogations inquiètes, les cris des commères. Le maître d'escrime se dirigea en vacillant vers la porte et s'appuya au chambranle en remplissant avec délices ses poumons de l'air frais de la nuit. Sous ses vêtements, il sentait son corps tout couvert de sueur et la main qui tenait l'épée tremblait comme le feuillage d'un arbre. Il eut un peu de mal à se faire à l'idée qu'après tout il allait devoir rester vivant.

Peu à peu, il vit se rassembler autour de lui des voisins apeurés, en chemise de nuit, qui s'entassaient, poussés par la curiosité, s'éclairant avec des chandelles et des quinquets tout en lançant des regards méfiants à l'intérieur de l'appartement où ils ne se décidaient pas à pénétrer. Lanterne et pique à la main, un veilleur de nuit, hors d'haleine, montait l'escalier de la galerie ; les voisins s'écartèrent devant l'autorité qui fit son entrée en regardant d'un air soupçonneux l'épée que don Jaime tenait encore à la main.

– Vous les avez attrapés ? demanda le maître d'escrime sans trop d'espoir.

Le veilleur de nuit fit non en se grattant la nuque sous son bonnet.

– C'était impossible, monsieur. Un voisin et un domestique ont poursuivi deux hommes qui s'échappaient en dévalant la rue à toutes jambes ; mais près de la porte de Tolède, ils ont sauté dans une voiture qui les attendait et se sont enfuis sans qu'on puisse rien y faire... Il est arrivé un malheur ?

Don Jaime acquiesça en désignant l'intérieur de la maison.

– Il y a un homme mal en point à l'intérieur ; voyez ce que vous pouvez faire pour lui. Il conviendrait de prévenir un médecin. (L'énergie que le combat avait injectée dans son corps était maintenant en train de disparaître, faisant place à une grande lassitude ; il se sentit soudain très vieux et fatigué.) Il faudrait aussi envoyer quelqu'un chercher la police. Il est de la plus grande urgence de contacter son chef, don Jenaro Campillo.

Le représentant de l'autorité se montra obligeant.

– Sur l'heure. (Il regarda attentivement don Jaime, observant avec inquiétude son visage taché de sang.) Vous êtes blessé, monsieur ?

Le maître d'armes toucha son front. Il sentit ses sourcils enflés, à cause sans doute du coup de tête assené pendant la bataille.

– Ce sang n'est pas le mien, répondit-il avec un faible sourire. Et si l'on a besoin de la description des deux individus qui se trouvaient ici, je regrette de ne pouvoir vous être d'aucune aide... Je puis seulement vous dire que le nez de l'un est cassé et que l'autre a reçu deux estocades à un quelconque endroit du corps.

Les yeux de poisson le regardaient froidement derrière les verres des besicles.

– C'est tout ?

Jaime Astarloa contempla le marc au fond de la tasse de café qu'il tenait entre les mains. Il éprouvait comme un sentiment de honte.

– C'est tout. Maintenant je vous ai dit tout ce que je sais.

Campillo se leva de son bureau, fit quelques pas dans la pièce et resta à regarder par la fenêtre, les pouces passés dans les emmanchures de son gilet. Au bout d'un moment, il se retourna lentement et regarda avec hostilité le maître d'escrime.

– Monsieur Astarloa... Permettez-moi de vous dire que dans toute cette affaire, vous vous êtes comporté comme un gamin.

Le vieil homme balbutia.

– Je suis le premier à l'admettre.

– Soit. Vous l'admettez, parfait. Mais je me demande à quoi diantre cela peut nous servir maintenant que vous l'admettiez. Il ont charcuté ce Cárceles comme s'il était un morceau de viande, et tout ça parce que vous vous étiez mis en tête de jouer les Rocambole.

– Je voulais seulement...

– Je sais très bien ce que vous vouliez. Je préfère ne pas trop y penser pour écarter la tentation de vous mettre en prison.

– Mon intention était de protéger Adela de Otero.

Le chef de la police partit d'un petit rire sarcastique.

– Je vous voyais venir. (Il remua la tête comme un médecin établissant le diagnostic d'un cas désespéré.) Nous avons déjà vu à quoi sert votre protection : un cadavre, bientôt un autre, et vous qui, par miracle, êtes encore en vie. Sans compter Luis de Ayala.

– J'ai toujours essayé de me tenir en dehors...

– Heureusement. Si vous vous en étiez vraiment mêlé, cela aurait fait une belle pagaille. (Campillo sortit un mouchoir de sa poche et entreprit de nettoyer avec soin les verres de ses besicles.) Je ne sais si vous vous rendez compte, monsieur Astarloa, de la gravité de votre situation.

– Je m'en rends compte. J'en assume les conséquences.

– Vous avez essayé de protéger une personne qui pouvait être impliquée dans l'assassinat du marquis... Plus précisément qui y était sans aucun doute impliquée, parce que même sa mort ne dément pas sa participation à l'intrigue. Plus encore : peut-être est-ce justement ce qui lui a coûté la vie...

Campillo fit une pause, chaussa ses besicles et prit son mouchoir pour éponger la sueur de son visage.

– Répondez seulement à une question, monsieur Astarloa... Pourquoi m'avez-vous caché la vérité sur cette femme ?

Quelques instants s'écoulèrent. Puis le maître d'escrime leva doucement la tête et son regard traversa le chef de la police comme s'il ne le voyait pas mais observait une chose invisible située derrière lui, très loin. Il plissa les paupières, rendant plus accusée l'expression de ses yeux gris :

– Je l'aimais.

Par la fenêtre ouverte montait le bruit des attelages circulant dans la rue en bas. Campillo demeura immobile, silencieux ; pour la première fois, il ne savait que dire. Il fit quelques pas dans la pièce, toussota, gêné, et alla s'asseoir derrière son bureau sans se décider à regarder le maître d'escrime en face.

– Je regrette, dit-il au bout d'un moment.

Jaime Astarloa acquiesça sans répondre.

– Je vais être sincère avec vous, ajouta le chef de la police après une pause de circonstance, suffisante pour que l'écho des dernières paroles échangées s'éteignît entre eux deux. Plus les heures passent, plus la solution de cette affaire paraît improbable ; au moins en ce qui concerne le fait de passer les menottes aux coupables. Votre ami Cárceles, ou ce qui reste de lui, est l'unique personne vivante qui les connaisse. Nous espérons qu'il vivra assez longtemps pour tout nous raconter... Vous n'avez vraiment pas réussi à identifier aucun des deux individus qui ont torturé ce malheureux ?

– Impossible. Tout s'est passé dans le noir.

– Vous avez eu beaucoup de chance cette nuit. A l'heure qu'il est vous pourriez vous trouver dans un certain lieu de ma connaissance, sur une table de marbre.

– Je sais.

Le policier sourit faiblement pour la première fois de la matinée.

– Je crois comprendre que vous avez la peau dure. (Il assena quelques coups fictifs dans l'air. A votre âge... Je veux dire que ce n'est pas courant, n'est-ce pas ? Faire face de cette manière à deux assassins professionnels...

Jaime Astarloa courba les épaules.

– Je luttais pour ma vie, monsieur Campillo.

L'autre glissa un cigare entre ses lèvres.

– C'est une raison de poids, approuva-t-il avec un geste de compréhension. C'est assurément une raison de poids. Vous ne fumez toujours pas, monsieur Astarloa ?

– Je ne fume toujours pas.

– C'est curieux, cher monsieur. (Campillo craqua une allumette et aspira avec un plaisir non dissimulé les premières bouffées.) Mais malgré votre... attitude peu raisonnable tout au long de cette histoire, je ne peux m'empêcher de ressentir pour vous une étrange sympathie. Sérieusement. Me permettez-vous de vous exposer un rapprochement un peu hardi ? Avec tout mon respect, bien sûr.

– Je vous le permets.

Les yeux aqueux le regardèrent fixement.

– Il y a en vous quelque chose de... D'innocent, me comprenez-vous ? Je veux dire que votre comportement pourrait se comparer, toute proportion gardée, à celui d'un moine reclus qui, tout à coup, se verrait emporté dans le tourbillon du monde. Vous me suivez ? Vous traversez toute cette tragédie comme si vous flottiez dans des limbes personnels, bien loin des impératifs de la logique, en vous laissant porter par un sentiment du réel extrêmement particulier... Un sentiment qui, évidemment, n'a rien à voir avec le *réellement* réel. Et, de plus, c'est justement cette inconscience, pardonnez le terme, qui, par un étrange paradoxe, a permis que notre nouvelle entrevue ait lieu dans ce bureau et non pas à la morgue. En résumé : je crois qu'à aucun moment, et peut-être même pas maintenant, vous n'avez pris la mesure dans toute sa gravité de l'imbroglio dans lequel vous vous êtes mis.

Jaime Astarloa posa la tasse de café sur la table et regarda son interlocuteur en fronçant le sourcil.

– J'espère que vous n'êtes pas en train d'insinuer que je suis un imbécile, monsieur Campillo.

– Non. Bien sûr que non. (Le policier leva les mains en l'air, comme s'il avait l'intention de replacer ses mots dans leur juste contexte.) Je vois que je ne me suis pas bien expliqué, monsieur Astarloa, pardonnez ma maladresse. Voyez-vous... Quand on a affaire à des assassins se comportant d'une manière aussi froide et professionnelle, comme c'est ici le cas, l'affaire doit être prise en charge par l'autorité compétente qui, dans sa mission, est aussi professionnelle qu'eux, ou plus. Vous me suivez ?... Mais il semble insolite que quelqu'un, aussi étranger à cette affaire que vous l'êtes, déambule parmi les assassins et les victimes avec une telle chance qu'il n'attrape même pas une égratignure. J'appelle cela avoir une bonne étoile, cher monsieur ; une très bonne étoile. Mais la chance, un jour ou l'autre, part en fumée. Vous connaissez le jeu de la roulette russe ?... Il se joue avec les revolvers modernes, n'est-ce pas ? Bon, eh bien, quand on tente sa chance, on doit tenir compte du fait qu'il y a toujours une balle dans le barillet. Et si l'on continue à appuyer et à appuyer sur la gâchette la balle finit par sortir, et bang. Fin de l'histoire. Vous me comprenez ?

Le maître d'escrime acquiesça en silence. Satisfait de son exposé, le policier s'installa confortablement sur son siège, le cigare entre les doigts.

– Je vous conseille la chose suivante. A l'avenir, demeurez en dehors de tout cela. Pour que vous soyez plus en sécurité, le mieux serait que vous quittiez temporairement votre domicile habituel. Peut-être qu'un voyage tomberait à point, après de telles émotions. Tenez compte du fait que maintenant les assassins savent que vous possédiez ces documents, et qu'ils seront tentés de vous clore la bouche définitivement.

– J'y penserai.

Campillo leva une main, paume en l'air, comme pour signifier qu'il avait offert au maître d'armes tous les conseils raisonnables qui étaient de son ressort.

– J'aimerais vous donner une protection officielle mais ce n'est guère envisageable. Le moment est critique. Les troupes levées par Serrano et Prim avancent sur Madrid, il se prépare une bataille qui peut être décisive, et qui sait, la famille royale ne rentrera peut-être pas mais restera à

Saint-Sébastien, prête à se réfugier en France... Comme vous pouvez l'imaginer, mes fonctions m'obligent à m'occuper d'affaires plus importantes.

– Vous êtes en train de me dire qu'il n'y a aucun moyen d'attraper les assassins ?

Le policier fit un geste ambigu.

– Pour attraper quelqu'un, il faut d'abord savoir qui c'est. Et je n'ai pas assez d'indices. Il manque trop de pièces au puzzle : deux cadavres, un pauvre malheureux mutilé et à moitié fou, qu'on ne pourra probablement pas sauver, et rien de plus. Peut-être la lecture attentive des mystérieux documents nous eût-elle aidés, mais à cause de votre... disons-le gentiment, absurde négligence, ces papiers ont disparu, j'en ai peur, pour toujours. Ma seule carte à présent est votre ami Cárceles ; s'il parvient à se rétablir, il pourra peut-être nous dire comment les assassins ont su qu'il possédait le dossier, ce qu'il recèle et, peut-être, le nom que nous cherchons... Vraiment, vous ne vous souvenez de rien ?

Le maître d'escrime fit non, découragé.

– Je vous ai déjà dit tout ce que je sais, murmura-t-il. Je n'ai pu les lire qu'une seule fois, très superficiellement, et je ne me rappelle pas grand-chose en dehors des notes officielles et des listes de noms, parmi eux ceux de plusieurs militaires. En tout cas rien qui possède un sens pour moi.

Campillo le regarda comme on regarde une curiosité exotique.

– Je vous assure, monsieur Astarloa, que vous me déconcertez, parole d'honneur. Dans un pays où le divertissement national consiste à tirer à boulets rouges sur le premier qui passe, où deux personnes discutent et en rassemblent tout de suite cent autres qui viennent voir ce qui se passe et prennent parti pour l'un ou pour l'autre, vous détonnez. J'aimerais savoir...

Quelques coups retentirent à la porte et un policier en

civil apparut sur le seuil. Campillo se retourna, fit un geste d'assentiment, et le nouveau venu, s'approchant du bureau, se pencha pour lui murmurer quelques mots à l'oreille. Le chef de la police fronça les sourcils et remua gravement la tête. Quand l'autre salua et sortit, Campillo regarda don Jaime.

– Notre dernier espoir vient de partir en fumée, l'informa-t-il d'un ton lugubre. Votre ami Cárceles a cessé de souffrir.

Jaime Astarloa laissa retomber ses mains sur ses cuisses et retint son souffle. Ses yeux gris, bordés de rides, se fixèrent sur ceux de son interlocuteur.

– Pardon ?

Le policier prit un crayon sur son bureau et le brisa entre ses doigts. Puis il montra les deux morceaux au maître d'escrime comme s'ils revêtaient une quelconque signification.

– Cárceles vient de s'éteindre à l'hôpital. Mes agents n'ont pas pu lui arracher un seul mot, car il n'est pas parvenu à recouvrer la raison : il est mort fou d'épouvante. (Les yeux de poisson de l'autorité soutinrent le regard de don Jaime.) A présent, monsieur Astarloa, vous devenez le seul maillon intact de la chaîne.

Campillo fit une pause et utilisa un morceau du crayon brisé pour se gratter le crâne sous sa perruque.

– Si j'étais vous, ajouta-t-il avec une ironie glaciale, je ne m'éloignerais pas trop de cette précieuse canne-épée.

CHAPITRE VIII

A pointe nue

« Dans le combat à pointe nue, ne doit pas régner le même état d'esprit et l'on ne doit omettre aucun détail pour assurer sa défense, du moment qu'on se maintient dans le respect des lois de l'honneur. »

Les quatre heures de l'après-midi étaient sur le point de sonner quand il sortit des bureaux du ministère. La chaleur était suffocante et il s'arrêta un instant sous l'auvent d'une librairie voisine pour observer distraitement les attelages qui circulaient dans le centre de Madrid. A deux pas de là, un vendeur ambulant vantait à pleine voix son sirop d'orgeat. Jaime Astarloa s'approcha de la charrette et en demanda un verre ; le liquide laiteux rafraîchit sa gorge et lui apporta une passagère sensation de soulagement. En plein soleil, une Gitane offrait des bouquets d'œillets fripés, un mioche aux pieds nus pendu à sa jupe noire. Le gosse se mit à courir près d'un omnibus qui passait, bourré de passagers en nage ; houspillé par le fouet du conducteur, il retourna près de sa mère en ravalant bruyamment sa morve.

Le soleil faisait ondoyer les pavés sur le sol. Le maître d'escrime ôta son haut-de-forme pour éponger la sueur de son front. Il demeura là un moment, sans faire un pas. Réellement, il ne savait où aller.

Il pensa se rendre au Progreso, mais il ne désirait pas répondre aux nombreuses questions que ses compagnons n'omettraient pas de lui poser sur ce qui avait eu lieu chez

Cárceles. Il s'aperçut que ce jour-ci, il avait manqué aux rendez-vous de ses élèves, et cette pensée parut le décontenancer plus que tout ce qui s'était passé ces derniers temps. Il décida que le plus urgent était d'écrire quelques lettres pour s'excuser d'une manière ou d'une autre...

Quelqu'un, parmi les flâneurs qui discutaient en groupe, paraissait l'observer. Il s'agissait d'un homme jeune, modestement vêtu, sans doute un ouvrier. Quand Jaime Astarloa le remarqua, celui-ci détourna le regard, se replongeant dans la conversation qu'il soutenait avec les quatre autres personnes qui se trouvaient à ses côtés, au coin de la rue San Jerónimo. Méfiant, le maître examina suspicieusement l'inconnu. Le surveillait-on ? Son appréhension du départ fit place à une colère rentrée, dirigée contre lui-même. A dire vrai, il voyait en chaque passant un suspect, un assassin se cachait derrière le visage de chaque personne qui le croisait et, pour une raison ou pour une autre, soutenait un instant son regard.

Quitter son domicile, partir de Madrid. Tel était le conseil de Campillo. Se mettre à l'abri. En un mot, fuir. Il médita la chose en sentant croître le malaise. Qu'ils aillent au diable fut l'unique conclusion à laquelle il put parvenir. Qu'ils aillent tous au diable. Il était bien trop vieux pour aller se cacher comme un lapereau apeuré. Plus encore, il trouvait indigne d'avoir seulement envisagé cette éventualité. Sa vie avait été longue et nourrie d'expériences ; il avait engrangé suffisamment de souvenirs pour qu'elle ait eu un sens jusqu'à ce jour. Pourquoi gâcher à la dernière heure l'image de lui-même qu'il avait réussi à conserver, en l'entachant du déshonneur d'une fuite ? De toute façon, il ne savait qui fuir ni quoi fuir. Il n'avait pas non plus l'intention de passer le restant de ses jours à sursauter sans cesse, à changer de trottoir devant chaque visage inconnu. Et la charge des ans pesait trop sur ses épaules pour qu'il commençât une vie nouvelle, ailleurs.

De temps en temps, revenait cette angoisse, cette douleur lancinante qui apparaissait à l'évocation des yeux d'Adela de Otero, du rire éclatant du marquis des Alumbres, des harangues enflammées du pauvre Cárceles. Il décida de fermer son esprit à toutes ces réminiscences sous peine de se laisser aller à la mélancolie et à la confusion derrière lesquelles il entrevoyait la peur qu'il se refusait par principe à reconnaître. A son âge et avec le caractère qui était le sien, il ne devait avoir peur de rien, se dit-il. La mort était ce qui pouvait lui arriver de pire, et il était prêt à lui faire face. Et pas seulement à cela, pensa-t-il avec une profonde satisfaction. De fait, il l'avait affrontée de pied ferme la nuit précédente lors d'un combat sans espoir, et le souvenir de son comportement lui fit alors fermer à demi les yeux, comme si son orgueil s'en trouvait doucement flatté. Le vieux loup solitaire avait démontré qu'il avait encore assez de dents pour mordre.

Il ne fuirait pas. Bien au contraire, il attendrait la tête haute. *A moi*, disait sa vieille devise familiale, et c'était exactement ce qu'il ferait : attendre qu'ils viennent à lui. Il sourit en son for intérieur. Il avait toujours estimé qu'à tout homme on devait donner la possibilité de mourir debout. Maintenant, alors que l'avenir ne lui offrait que la vieillesse, la décrépitude de l'organisme, un lent dépérissement dans un asile ou le coup de pistolet désespéré, Jaime Astarloa, maître d'armes de l'Académie de Paris, avait devant lui la chance de pouvoir jouer un sale tour au destin, en assumant en toute conscience ce qu'un autre à sa place repousserait avec horreur. Il ne pouvait aller au-devant d'eux parce qu'il ignorait qui ils étaient et où ils se cachaient ; mais Campillo avait dit que, tôt ou tard, ils viendraient à lui, le dernier maillon intact de la chaîne. Il se rappela une chose qu'il avait lue quelques jours auparavant. « Si son âme était sereine, le monde entier ligué contre lui ne lui causerait pas la moindre peine. » Ils allaient voir, ces misérables, ce que valait la peau d'un vieux maître d'escrime.

Ces pensées le rassérénèrent. Il regarda autour de lui tel un homme qui lance un défi à l'univers, se redressa et prit le chemin de la maison, en balançant sa canne. En fait, à ceux qui le croisaient, Jaime Astarloa offrait seulement l'aspect d'un vieux monsieur bourru, maigre, vêtu d'un costume passé de mode, qui apparemment effectuait sa promenade quotidienne pour réchauffer ses os fatigués. Mais s'ils avaient pris le temps de regarder ses yeux, ils auraient découvert avec surprise la lueur grise d'une étonnante résolution, aussi ferme que le meilleur acier de ses vieux fleurets.

Il dîna de quelques légumes bouillis et mit ensuite du café à chauffer dans une casserole. En attendant qu'il fût prêt, il choisit un livre dans sa bibliothèque et alla s'asseoir sur le sofa usé. Il ne tarda pas à trouver la phrase qu'il avait soigneusement soulignée au crayon, dix ou quinze ans auparavant.

> Un caractère moral est attaché aux scènes d'automne : ces feuilles qui tombent comme nos années, ces fleurs qui se flétrissent comme nos heures, ces nuages qui fuient comme nos illusions, cette lumière qui faiblit comme notre intelligence, ce soleil qui se refroidit comme nos amours, ces fleuves qui se glacent comme notre vie, tressent des liens secrets avec notre destin...

Il lut plusieurs fois ces lignes, remuant silencieusement les lèvres. Une telle pensée pourrait bien lui servir d'épitaphe, se dit-il. Avec une expression ironique dont il supposa que personne plus que lui n'apprécierait la raison, il laissa le livre ouvert à cette page, sur le sofa. L'arôme qui venait de la cuisine indiqua que le café était prêt ; il y alla, se servit et, la tasse à la main, retourna dans son cabinet.

La nuit tombait. Vénus brillait, solitaire, très loin de la fenêtre, à une distance infinie. Il but une gorgée de café sous le portrait de son père. « Un bel homme », avait dit Adela de Otero. Il s'approcha ensuite de l'insigne de l'ancien régiment de la Garde royale, dans son cadre, qui avait représenté le début et la fin de sa brève carrière militaire et contempla, à côté, le diplôme de l'Académie de Paris jauni par les ans ; l'humidité des nombreux hivers avait fait germer des taches sur le parchemin. Il se rappela sans effort le jour où il l'avait reçu des mains d'un jury composé des maîtres d'escrime les plus en vue d'Europe. Le vieux Lucien de Montespan, assis de l'autre côté de la table, avait regardé son élève avec un légitime orgueil. « L'élève a surpassé le maître », lui dirait-il plus tard.

Il caressa du bout des doigts la petite urne qui contenait un éventail à moitié ouvert ; c'était tout ce qui lui restait de la femme pour laquelle, un jour, il avait quitté Paris. Où était-elle à présent ? C'était sans doute une vénérable grand-mère, distinguée et douce, qui voyait grandir ses petits-enfants tandis que, les mains occupées à broder, ces mains autrefois si belles, elle caressait de secrètes nostalgies de jeunesse. Ou peut-être n'en était-il rien ; qui sait si tout simplement elle n'avait pas oublié le maître d'escrime.

Un peu plus loin, sur le mur, pendait une autre urne avec un rosaire de bois fortement usé et noirci par l'usage. Amelia Bescós de Astarloa, veuve d'un héros de la guerre contre les Français, avait conservé ce rosaire entre ses mains jusqu'au jour de sa mort et un ami pieux l'avait ensuite remis à son fils. Sa contemplation produisait en Jaime Astarloa une sensation particulière. Le souvenir des traits de sa mère s'était peu à peu effacé avec les années ; il était maintenant incapable de les évoquer. Il savait seulement qu'elle avait été belle et sa mémoire conservait le toucher de ses mains fines et douces lui caressant les cheveux quand il était enfant, et le battement d'un cou tiède dans lequel il enfouissait son visage quand il croyait souffrir. Sa mémoire conservait une autre image, estompée comme un vieux tableau : celle d'une femme penchée, vue en raccourci, attisant les braises d'une grande cheminée qui éclaboussait de reflets rougeoyants les murs d'une vaste salle plongée dans l'obscurité.

Le maître d'escrime finit sa tasse de café, tournant le dos à ses souvenirs. Il demeura ensuite un long moment immobile, sans qu'aucune pensée ne troublât la paix qui semblait régner dans son esprit. Puis il posa la tasse sur la table, alla vers la commode, ouvrit un tiroir et en sortit un étui long et plat. Il en défit la fermeture et extirpa un objet pesant habillé d'un tissu. Quand il eut ôté cette enveloppe apparut un pistolet-revolver Lefaucheux à culasse de bois et d'une contenance de cinq cartouches de gros calibre. Bien qu'il possédât depuis cinq ans cette arme, cadeau d'un client, il n'avait jamais voulu s'en servir. Son code de l'honneur s'opposait par principe à l'emploi des armes à feu, qu'il définissait comme le recours des lâches pour tuer à distance. Cependant, en cette occasion, les circonstances l'obligeaient à passer outre certains scrupules.

Il posa le revolver sur la table et commença à le charger précautionneusement, insérant une cartouche dans chaque alvéole du barillet. L'opération terminée, il soupesa un moment l'arme dans la paume de sa main et la reposa sur la table. Il regarda autour de lui, les poings sur les hanches, se dirigea vers le fauteuil et le déplaça pour l'installer en face de la porte. Il approcha une petite table, y posa le quinquet et une boîte d'allumettes. Après un nouveau coup d'œil destiné à vérifier si tout était en ordre, il alla éteindre toutes les lampes à gaz de l'appartement, à l'exception de celle qui brûlait dans le petit couloir qui se trouvait entre la porte d'entrée et celle du cabinet ; pour celle-là il se contenta d'en raccourcir un peu la flamme, jusqu'à ce qu'elle émît à peine une pâle clarté bleuâtre qui laissait dans la pénombre le vestibule et le salon dans le noir. Puis il dégaina la canne-épée, prit le revolver et les posa tous deux sur la petite table près du fauteuil. Il se tint ainsi un moment dans l'ombre, contemplant l'effet, apparemment satisfait. Enfin, il se rendit dans le vestibule et déverrouilla la porte.

Il sifflotait quand il se dirigea vers la cuisine pour remplir une carafe avec le café de la casserole, et prendre en même temps une tasse propre. L'une et l'autre en main, il retourna près du fauteuil et les posa sur la petite table, près du quinquet, des allumettes, du revolver et de la canne-épée. Il alluma alors le quinquet, en baissa la flamme, se versa une tasse de café et, la portant à ses lèvres, se prépara à l'attente. Il ignorait combien ils seraient, mais il avait la certitude qu'à l'avenir ses nuits allaient être longues.

Ses yeux se fermaient. Il redressa subitement la tête et ressentit une douleur lancinante à la nuque. Il battit des paupières, déconcerté. A la lumière feutrée du quinquet il tendit une main vers la carafe de café et en versa un peu dans sa tasse. Il sortit sa montre de sa poche et regarda les aiguilles ; deux heures et quart du matin. Le café était froid, mais il le but d'un trait en faisant la grimace. Le silence était absolu tout autour de lui et il pensa que, peut-être, après tout, ils ne viendraient pas. Sur la petite table, le revolver et la lame dénudée de l'épée reflétaient avec des lueurs mates la douce brillance de la lampe à pétrole.

Le bruit d'un attelage passant dans la rue lui parvint par la fenêtre ouverte et attira son attention durant quelques instants. Il retint son souffle tout en écoutant, guettant le moindre son annonciateur de danger et il resta ainsi jusqu'à ce que le bruit décrût dans la rue en bas, s'atténuant dans le lointain. Un peu plus tard, il lui sembla percevoir un craquement dans l'escalier et il maintint longtemps ses yeux rivés sur la pénombre bleue du vestibule tandis que sa main droite effleurait la crosse du revolver.

Une souris allait et venait dans le plafond. Il leva les yeux, écoutant le doux frôlement produit par le petit animal qui remuait entre les poutres. Voilà plusieurs jours qu'il essayait de lui donner la chasse et, à cet effet, il avait disposé des pièges dans la cuisine, à côté de la cheminée, près d'un orifice par où le rongeur avait coutume de lancer ses incursions nocturnes vers le garde-manger. Il s'agissait sans doute d'une souris astucieuse, car on retrouvait toujours le fromage grignoté près du ressort, sans que les pièges métalliques eussent fonctionné. De toute évidence, il avait affaire à un rongeur de talent, facteur qui établissait la différence entre chasser et être chassé. Et en l'écoutant trottiner, le maître d'escrime se réjouit de n'avoir pu encore l'attraper. Sa minuscule compagnie, là-haut, allégeait la solitude de cette longue attente.

D'étranges images s'agitaient dans son esprit en état de veille et de tension. Par trois fois, il crut voir quelque chose se profiler dans le vestibule et il se redressa en sursautant, et par trois fois il se rencogna dans son fauteuil, après avoir constaté qu'il avait été abusé par ses sens. Non loin, l'horloge de San Ginés sonna moins le quart puis trois heures du matin.

Cette fois ne subsistait pas le moindre doute. Il y avait eu du bruit dans l'escalier, comme un frôlement retenu. Il se pencha très lentement en avant et se concentra jusqu'au dernier recoin de son être pour écouter avec la plus grande attention. Quelque chose bougeait précautionneusement de l'autre côté de la porte. Retenant son souffle, la gorge serrée par la tension, il éteignit la lumière du quinquet. L'unique clarté, désormais, était la demi-pénombre du vestibule. Sans se lever, il saisit le revolver de la main droite, l'arma en étouffant le bruit du percuteur entre ses deux jambes et, les coudes appuyés sur la table, visa la porte. Il n'était pas excellent tireur mais, à cette distance, il lui semblait difficile de rater sa cible. Et dans le barillet il y avait cinq balles.

Il fut surpris d'entendre quelques légers coups à la porte. Il était insolite, se dit-il, qu'un assassin demandât la permission d'entrer chez sa victime. Il resta immobile et silencieux dans l'obscurité, dans l'expectative. Ils avaient peut-être l'intention de vérifier s'il dormait.

A nouveau des coups se firent entendre, un peu plus forts, mais sans excessive énergie. Il était clair que le mystérieux visiteur ne désirait pas réveiller les voisins. Jaime Astarloa commençait à se sentir déconcerté. Il s'attendait à ce que l'on tentât de forcer l'entrée, pas qu'on frappât à sa porte à trois heures du matin. De toute manière, il ne l'avait pas verrouillée et il suffisait d'en actionner la poignée pour l'ouvrir. Il attendit tout en retenant l'air dans ses poumons, soutenant avec fermeté le revolver, l'index effleurant la gâchette. Qui que ce fût, il finirait bien par entrer.

Un craquement métallique retentit. On remuait la poignée. Il entendit un léger grincement quand la porte tourna sur ses gonds. Le maître laissa sortir doucement l'air de ses poumons et se remit à inspirer profondément, puis retint à nouveau son souffle. Son index pressa plus fort la gâchette.

Il laisserait la première silhouette s'encadrer au centre du couloir et alors il lui tirerait dessus.

– Don Jaime ?

La voix avait résonné dans un murmure, interrogative. Un froid glacial se répandit dans le vieux cœur du maître d'escrime, s'écoula doucement dans ses veines et paralysa ses membres. Il sentit que ses doigts relâchaient leur pression et que le revolver retombait sur la table. Il porta une main à son front tout en se levant, aussi raide qu'un cadavre. Parce que cette voix doucement rauque, au léger accent étranger, qui venait du vestibule, lui parvenait des brumes de l'au-delà. Elle n'était autre que celle d'Adela de Otero.

La silhouette féminine se découpa dans la pénombre bleutée, et s'arrêta sur le seuil du salon. On entendit un faible bruissement de jupes et la voix résonna de nouveau :

– Don Jaime ?

Celui-ci tendit une main, cherchant à tâtons les allumettes. Il en frotta une, et la petite flamme fit danser un sinistre jeu de lumière et d'ombres sur ses traits crispés. Ses doigts tremblaient quand il alluma le quinquet et il l'éleva pour éclairer l'apparition qui venait d'assener un coup mortel à son âme.

Adela de Otero se tenait toujours immobile devant la porte, les mains dans le giron de son vêtement noir. Elle portait un chapeau de paille foncée avec des rubans noirs eux aussi, et ses cheveux étaient attachés sur sa nuque. Elle avait l'air timide et mal assurée, comme une enfant indocile qui demanderait pardon de rentrer à la maison à des heures indues.

– Je crois que je vous dois une explication, maître.

Jaime Astarloa avala sa salive tandis qu'il reposait le

quinquet sur la table. Sans le moindre doute, c'était elle. Dans son esprit passa l'image de l'autre femme, mutilée, sur la table de marbre de la morgue, et il pensa qu'en effet Adela de Otero lui devait beaucoup plus qu'une simple explication.

Il ouvrit par deux fois la bouche pour parler mais les mots refusèrent de franchir ses lèvres. Il demeura ainsi, appuyé au bord de la table, voyant la jeune femme avancer de quelques pas jusqu'à ce que le cercle de lumière l'éclairât à hauteur de la poitrine.

– Je suis venue seule, don Jaime. Pouvez-vous m'écouter ?

La voix du maître d'escrime résonna dans un sifflement éteint.

– Je peux vous écouter.

Elle bougea légèrement et la lumière du quinquet éclaira son menton, sa bouche et sa petite cicatrice à la commissure des lèvres.

– C'est une longue histoire...

– Qui était la femme morte ?

Il y eut un silence. Bouche et menton se retirèrent du cercle de lumière.

– Patience, don Jaime. Chaque chose en son temps. (Elle parlait d'un ton très posé, doucement, avec cette légère modulation rauque qui suscitait tant de sentiments contraires chez le vieux maître d'escrime.) Nous avons tout le temps devant nous.

Jaime Astarloa avala sa salive. Il avait peur de se réveiller tout à coup, de fermer les yeux et, en les rouvrant, de constater qu'Adela de Otero n'était pas là. Qu'elle n'avait jamais été là.

Elle avança lentement, une main dans la clarté, les doigts tendus comme si elle n'avait rien à cacher.

– Pour que vous compreniez ce que je suis venue vous dire, don Jaime, je dois remonter longtemps en arrière. Quelque chose comme dix années, plus ou moins. (A présent, sa voix semblait neutre, distante. Le maître d'escrime ne pouvait voir ses yeux mais il les imaginait absents, fixés sur un point de l'infini. Ou peut-être, pensa-t-il plus tard, à l'affût, étudiant le reflet sur son visage à lui des sentiments suscités par les souvenirs qu'elle évoquait.) A cette époque, une certaine jouvencelle vivait une histoire d'amour, une histoire d'amour éternel...

Elle se tut un instant, comme si elle soupesait le mot.

– Amour éternel, répéta-t-elle. Pour simplifier, j'éviterai les détails qui pourraient vous paraître de mauvais goût, et je dirai que la belle histoire d'amour s'acheva six mois plus tard dans un pays étranger, un soir d'hiver, sur les berges d'un fleuve d'où montait une brume. Les eaux grises fascinaient la jeune fille. Vous comprenez ? Elles la fascinaient tant qu'elle pensa chercher en elles ce que les poètes nomment la douce paix de l'oubli... Comme vous pouvez le voir, la première partie du récit a des airs de feuilleton. Un feuilleton assez banal.

Adela de Otero fit une pause, riant de son rire de contralto, sans joie. Jaime Astarloa n'avait pas bougé d'un pouce et continuait à écouter en silence.

– Ce fut alors qu'il arriva, continua-t-elle. Alors que la jeune fille s'apprêtait à franchir son propre mur de brume apparut dans sa vie un autre homme... (Elle s'arrêta un moment ; sa voix s'était adoucie presque imperceptiblement, et ce fut l'unique fois où elle tempéra la froideur de son récit.) Un homme qui, sans rien demander en échange, mû seulement par un sentiment de pitié, prit soin de l'enfant perdue au bord du fleuve gris, ferma ses blessures, lui rendit son sourire. Il devint le père qu'elle n'avait pas connu, le frère qu'elle n'eut jamais, l'époux qu'elle n'aurait jamais et, se montrant d'une noblesse extrême, il n'osa jamais lui imposer les droits qui, probablement, auraient pu être siens... Comprenez-vous ce que je suis en train de raconter, don Jaime ?

Le maître d'escrime ne voyait toujours pas ses yeux mais il sut qu'Adela de Otero le regardait fixement.

– Je commence à comprendre.

– Je doute que vous compreniez tout, commenta-t-elle sur un ton si bas que don Jaime devina plus qu'il n'entendit ses paroles. (Un long silence s'ensuivit, au point que le vieux professeur se mit à craindre que la jeune femme ne continuât pas son récit, mais au bout d'un moment elle se remit à parler.) Durant deux années, cet homme bon entreprit de modeler une femme nouvelle, très différente de la petite fille qui tremblait en contemplant le courant du fleuve. Et toujours sans rien demander en échange.

– Un altruiste sans doute.

– Peut-être pas, don Jaime. Peut-être pas. (Elle parut s'arrêter un instant comme si elle réfléchissait à une question.) Je suppose qu'il y avait quelque chose de plus. En réalité, son attitude n'était pas dénuée d'égoïsme... Il s'agissait probablement de la satisfaction d'une ambition personnelle, l'orgueil d'éprouver une sorte de sentiment de possession qu'il n'exerçait pas mais qui existait bel et bien, quelque part. « Tu es ce que j'ai créé de plus beau », dit-il une fois. Peut-être était-ce vrai, car il n'épargna rien dans cette tâche : ni efforts, ni argent, ni patience. Elle eut de beaux vêtements, des maîtres de danse, d'équitation, de musique... d'escrime. Oui, don Jaime. Cette jouvencelle, par un insolite caprice de la nature, était très douée pour l'escrime... Un jour, à cause de ses affaires, cet homme fut obligé de retourner dans son pays... Il prit la jeune femme par les épaules, l'amena devant un miroir et la fit se contempler durant un long moment. « Tu es belle et libre, lui dit-il. Regarde-toi bien. Voilà ma récompense... » Il était marié, avait une famille et des contraintes. Mais il était résolu à continuer à veiller sur son œuvre, en dépit de tout. Avant de partir, il lui offrit en cadeau une maison où elle pourrait vivre de manière convenable. Et, de très loin, son bienfaiteur continua à veiller scrupuleusement à ce que rien ne lui manquât. Sept années passèrent ainsi.

Elle se tut un moment puis répéta « sept années » à voix basse. Ce faisant, elle bougea un peu et le cercle de lumière remonta sur son corps jusqu'à éclairer les yeux violets qui scintillèrent en reflétant la flamme vacillante du quinquet. La cicatrice de sa bouche imprimait toujours cet ineffaçable sourire énigmatique.

– Vous, don Jaime, savez qui est cet homme.

Le maître d'escrime cligna des yeux, surpris, et il fut sur le point d'exprimer son embarras à voix haute. Une subite inspiration lui conseilla, cependant, de s'abstenir de tout commentaire, de crainte de rompre le fil des confidences. Elle le regarda comme si elle évaluait la qualité de son silence.

– Le jour où ils se quittèrent, poursuivit-elle au bout d'un instant, la jeune femme fut seulement capable d'exprimer à son bienfaiteur l'immensité de la dette qu'elle avait contractée par une phrase : « Si un jour tu as besoin de moi, appelle-moi. Même s'il s'agit de descendre aux Enfers... » Je suis sûre, maître, que si vous aviez eu l'occasion de connaître la trempe de cette jeune femme vous n'auriez pas trouvé hors de propos de semblables paroles sur des lèvres féminines.

– Autre chose m'eût surpris, reconnut don Jaime.

Son sourire s'épanouit et elle fit un geste de la tête comme si elle venait de recevoir un éloge. Le maître d'escrime passa une main sur son front aussi froid que le marbre. Les pièces s'emboîtaient lentement et douloureusement.

– Et ainsi vint le jour, ajouta-t-il, où il vous demanda de descendre aux Enfers...

Adela de Otero le regarda, surprise par l'exactitude de l'observation. Elle leva les mains et les joignit avec lenteur, simulant un applaudissement silencieux.

– Excellente définition, don Jaime. Excellente.

– Je me borne à répéter vos paroles.

– Excellente, malgré tout. (Sa voix était chargée d'ironie.) Descendre aux Enfers. C'est ce qu'il me demanda de faire.

– La dette était-elle si grande ?

– Je vous ai dit qu'elle était immense.

– Et l'entreprise si inévitable ?

– Oui. La jeune femme avait reçu de cet homme tout ce qu'elle possédait. Et ce qui est le plus important : tout ce qu'elle était. Rien de ce qu'elle ferait pour lui ne serait comparable à ce qu'il avait mis en elle... Mais laissez-moi continuer. L'homme dont nous sommes en train de parler occupait de très hautes fonctions dans une importante société. Pour des raisons qu'il vous sera facile de deviner, il se vit entraîné dans un certain jeu politique. Un jeu très dangereux, don Jaime. Ses intérêts commerciaux l'amenèrent à se joindre à Prim, et il commit l'erreur de financer l'une de ses tentatives révolutionnaires qui s'acheva par un complet désastre. Malheureusement pour lui, il fut découvert. Cela impliquait le bannissement, la ruine. Mais sa haute position sociale et certains facteurs supplémentaires pouvaient lui permettre de se sauver. (Adela de Otero fit ici une pause ; quand elle se remit à parler, il y avait dans sa voix un ton métallique, plus dur et impersonnel.) Alors il décida de coopérer avec Narváez.

– Et que fit Prim en apprenant sa trahison ?

Elle se mordit la lèvre inférieure, pensive, méditant sur le terme qu'il avait employé.

– Trahison... ? Oui, je crois que cela peut s'appeler ainsi. (Elle le regarda d'un air malicieux comme une gamine qui partagerait un secret.) Prim n'en a jamais rien su, naturellement. Et il n'en sait toujours rien.

A présent, le maître d'escrime était sincèrement scandalisé :

– Vous êtes en train de me dire que *tout cela* vous l'avez fait pour un homme qui s'est montré capable de trahir les siens ?

– Vous ne comprenez rien à ce que je vous raconte. (Les yeux violets le regardaient maintenant avec mépris.) Vous ne comprenez absolument rien. Vous croyez encore qu'il existe des bons et des mauvais, des causes justes et des causes injustes... ? Que m'importe à moi ce général Prim ou bien un autre ? Je suis venue ici cette nuit pour vous parler de l'homme à qui je dois tout ce que je suis. Ne fut-il pas toujours bon et loyal avec moi ? M'a-t-il trahie, *moi* ?... Faites-moi le plaisir de garder pour vous vos hypocrites scrupules, cher monsieur. Qui êtes-vous pour juger ?

Jaime Astarloa exhala lentement l'air de ses poumons. Il était très fatigué, et il se serait avec plaisir laissé choir sur le sofa. Il souhaitait ardemment dormir, disparaître, que tout ne soit en fait qu'un mauvais rêve qui s'évanouirait aux premières lueurs de l'aube. Il ne savait même pas avec certitude s'il désirait connaître le reste de l'histoire.

– Qu'arrivera-t-il s'ils le découvrent ? demanda-t-il.

Adela de Otero fit un geste indolent.

– Ils ne le découvriront jamais, dit-elle. Seules deux personnes traitèrent cette affaire avec lui : le président du Conseil et le ministre de l'Intérieur avec lequel il était en relation directe. Par chance, tous les deux sont morts... de mort naturelle. Il n'y avait plus aucun obstacle pour qu'il reprît contact avec Prim, comme si rien n'avait eu lieu. En théorie, il ne restait pas de témoins gênants.

– Et maintenant Prim et les siens sont en train de gagner...

Elle sourit.

– Oui, ils sont en train de gagner. Et il est l'un de ceux qui financent l'entreprise. Imaginez les avantages que cela lui apportera.

Le maître d'escrime ferma à demi les yeux et remua la tête en un geste muet d'assentiment. A présent tout était clair comme de l'eau de roche.

– Mais il y avait un fait imprévu, murmura-t-il.

– Exact, confirma-t-elle. Et Luis de Ayala était ce fait

imprévu. Durant son passage dans la vie politique, le marquis assuma une charge importante auprès de son oncle Vallespín, le ministre de l'Intérieur qui traitait avec mon ami. A la mort de Vallespín, Ayala eut l'occasion d'accéder à ses archives privées et là il tomba sur une série de documents qui relataient une bonne partie de l'histoire.

– Ce que je ne comprends pas, c'est l'intérêt que pouvait y trouver le marquis... Il a toujours affirmé s'être éloigné de la politique.

Adela de Otero arqua les sourcils. Le commentaire de don Jaime avait l'air de beaucoup l'amuser.

– Ayala était ruiné. Les dettes s'accumulaient et il avait pris de lourdes hypothèques sur la majeure partie de ses biens. Le jeu et les femmes (à ce moment précis, la voix d'Adela de Otero adopta une inflexion d'infini dédain) étaient ses deux points faibles et tous deux lui coûtaient très cher...

C'en était trop pour Jaime Astarloa.

– Vous insinuez que le marquis s'adonnait au chantage ?

Elle sourit, moqueuse.

– Je l'affirme. Luis de Ayala menaça de rendre publics les documents, si on ne lui accordait quelques crédits à fonds perdus, rien de moins. Notre cher marquis était un homme qui savait vendre très cher son silence.

– Je ne puis le croire.

– Je me fiche que vous le croyiez ou pas. Le fait est que les exigences d'Ayala transformèrent la situation en quelque chose de très délicat. Mon ami n'avait pas le choix : il devenait nécessaire de neutraliser le danger, faire taire le marquis et récupérer les documents. Mais Ayala était un homme prévoyant...

Le maître appuya ses mains sur le bord de la table et rentra sa tête dans les épaules.

– C'était un homme prévoyant, répéta-t-il d'une voix lugubre. Mais il aimait les femmes.

Adela de Otero lui adressa un sourire indulgent.

– Et l'escrime, don Jaime. C'est là que nous entrons en scène vous et moi.

– Dieu du Ciel.

– Ne le prenez pas ainsi. Vous ne pouviez imaginer.

– Dieu du Ciel.

Elle tendit une main, comme si elle allait lui toucher le bras, mais son mouvement s'arrêta à peine amorcé. Jaime Astarloa venait de reculer comme s'il avait aperçu un serpent.

– On me fit venir d'Italie, expliqua-t-elle au bout d'un instant. Et vous fûtes le moyen qui me permit de parvenir jusqu'à lui sans éveiller sa méfiance. Mais nous ne pouvions prévoir que cela finirait par devenir un problème. Comment imaginer qu'Ayala vous confierait les documents ?

– Donc, sa mort fut inutile.

Elle le regarda avec une surprise ingénue.

– Inutile ? Aucunement. Ayala devait mourir, avec les documents ou sans eux. Il était trop dangereux et trop malin. Durant les derniers temps, son attitude envers moi changea, comme s'il commençait à avoir des soupçons. Il fallait en finir.

– Vous l'avez fait vous-même ?

Le regard de la jeune femme se planta dans celui du maître d'escrime comme une aiguille d'acier.

– Bien sûr. (Il y avait dans sa voix un tel naturel, un tel calme que don Jaime se sentit atterré.) Qui l'aurait fait sinon ? Les événements se sont précipités et il restait à peine le temps... Cette nuit-là, comme les autres fois, nous soupâmes au salon. Dans l'intimité. Je me rappelle qu'Ayala était trop aimable ; de toute évidence, il était sur ma piste. Cela ne me préoccupait pas exagérément car je savais que nous nous voyions pour la dernière fois. Pendant qu'il débouchait une bouteille de champagne, simulant une gaieté qu'aucun de nous deux ne ressentait, je l'ai trouvé particulièrement beau, avec cette chevelure qu'il avait, si viril, et ces dents si blanches, si parfaites, et cet éternel sourire. J'ai même pensé que ce que le destin lui réservait était vraiment regrettable.

Elle haussa les épaules en ayant l'air d'attribuer toute la responsabilité au destin.

– Mes précédentes tentatives pour lui arracher son secret, ajouta-t-elle après un silence, s'étaient révélées inutiles ; elles ne firent que renforcer sa méfiance envers moi. Comme l'affaire n'avançait pas, j'ai résolu de lui poser la question sans plus d'ambages. J'ai dit exactement ce que je voulais, en faisant une offre que j'étais autorisée à faire : beaucoup d'argent contre les documents.

– Et il n'a pas accepté, dit Jaime Astarloa.

Elle le regarda d'une façon étrange.

– En effet. En réalité, l'offre était un stratagème pour gagner du temps, mais lui ne pouvait pas le savoir. Le fait est qu'il me rit au nez. Il dit que les papiers étaient en lieu sûr et que mon ami devrait continuer à payer pour eux le restant de ses jours, s'il ne voulait pas les voir échouer entre les mains de Prim. Il dit aussi que j'étais une putain.

Adela de Otero se tut et ses dernières paroles restèrent suspendues dans l'air. Elle les avait prononcées de manière objective, sans inflexion, et le maître d'escrime sut que cette nuit-là elle avait agi de la même façon dans le palais du marquis : sans emportement ni mouvement d'humeur. Bien au contraire, avec la méthode de qui préfère l'efficacité à la passion. Lucide et froide comme ses coups d'escrime.

– Mais vous ne l'avez pas tué pour cela...

La jeune femme observa don Jaime avec attention, comme si la justesse du commentaire la surprenait.

– Vous avez raison, je ne l'ai pas tué pour cela. Je l'ai tué parce qu'il était dit qu'il devait mourir. Je me suis dirigée vers la salle d'armes pour chercher tranquillement un fleuret dépourvu de mouche ; il avait l'air de prendre cela pour une plaisanterie. Il était sûr de lui et me regardait les bras croisés comme s'il attendait de voir à quoi tout cela aboutirait. « Je vais te tuer, Luis, lui ai-je dit avec beaucoup de calme. Peut-être veux-tu te défendre ? » Il partit d'un éclat de rire, acceptant ce qui lui apparaissait comme un jeu excitant, et il prit un autre fleuret de combat. Je suppose qu'il avait l'intention de m'emmener ensuite dans la chambre et de me faire l'amour. Il s'approcha, beau, élégant, en manches de chemise, son sourire éclatant et cynique resplendissait, et il croisa son fer avec le mien tandis que du bout des doigts de sa main gauche, il m'envoyait un baiser moqueur. Alors je l'ai regardé au fond des yeux, j'ai fait une feinte et lui ai planté le fleuret dans la gorge sans autre préambule : estocade courte et torsion du poignet. Le plus puriste des maîtres n'y aurait rien trouvé à redire et Ayala lui non plus n'en dit rien. Il me décocha un regard de stupeur et, avant de toucher le sol, il était mort.

Adela de Otero observa don Jaime, méfiante, avec la même désinvolture que si elle venait de relater une innocente espièglerie. Il ne pouvait détacher ses yeux d'elle, fasciné par l'expression de son visage : ni haine ni remords, ni passion aucune. Seulement l'aveugle fidélité à une idée, à un homme. Il y avait dans sa terrible beauté quelque chose d'hypnotique et de bouleversant, comme si l'ange de la mort s'était confondu dans ses traits. Paraissant deviner ses pensées, la jeune femme recula au point de sortir du cercle de lumière projeté par le quinquet.

– Après cela, j'ai tout fouillé de fond en comble, comme j'ai pu, mais sans trop d'espoir. (De l'ombre, parvenait à nouveau sa voix sans visage et le maître d'escrime ne put décider ce qui était le plus inquiétant.) Je n'ai rien trouvé bien que je sois restée sur les lieux presque jusqu'au matin. De toute manière, le soulèvement avait déjà éclaté à Cadix et Ayala devait mourir, que nous ayons ou non les documents. Il n'y avait pas d'autre solution. Il ne restait plus qu'à sortir de là et espérer que, si les papiers étaient si bien cachés, personne ne les retrouverait, comme moi je ne les avais pas retrouvés... Ma mission accomplie, je m'en allai. L'étape suivante consistait pour moi à disparaître de Madrid sans demander mon reste. Il fallait... (Elle parut douter, cherchant les mots appropriés.) Il fallait que je me fonde à nouveau dans l'ombre d'où j'étais sortie. Adela de Otero quittait définitivement la scène. Et cela aussi était prévu...

Jaime Astarloa ne pouvait plus rester debout. Il sentait ses jambes se dérober et son cœur palpiter faiblement. Il se laissa choir très lentement dans le fauteuil, craignant de s'évanouir. Quand il parla, sa voix était à peine un murmure inquiet, car il pressentait l'atroce réponse.

– Qu'est devenue Lucia... la servante ? (Il avala sa salive en levant la tête pour regarder l'ombre qui se dressait près de lui.) Elle avait la même taille... le même âge environ que vous, la même couleur de cheveux... Que lui est-il arrivé ?

Cette fois le silence fut long. Au bout d'un temps, la voix d'Adela de Otero jaillit, neutre, sans aucune inflexion :

– Vous ne comprenez pas, don Jaime.

Le maître leva une main tremblante en pointant un doigt vers l'ombre. Une poupée aveugle dans un étang ; c'était réellement arrivé.

– Vous vous trompez. (Cette fois il sentit vibrer la haine dans sa propre voix, et il sut qu'Adela de Otero le percevait très clairement.) Je comprends tout. Trop tard, c'est certain, mais je comprends tout à la perfection. Vous l'avez choisie précisément pour cela, n'est-ce pas ? Pour son physique semblable au vôtre... Tout, jusqu'à cet épouvantable détail, était planifié depuis le premier moment !

– Je crois que nous avons eu tort de vous sous-estimer. (Dans sa voix pointait un soupçon d'irritation.) Vous êtes un homme perspicace tout compte fait.

Une moue d'amertume tordit les lèvres du maître d'armes.

– Est-ce aussi vous qui vous êtes chargée d'elle ? demanda-t-il, détachant ses mots avec un infini mépris.

– Non. Nous avons engagé deux hommes qui ne connaissent presque rien de l'histoire. Ce sont les deux mêmes que vous avez rencontrés chez votre ami.

– Canailles !

– Peut-être ont-il été trop loin...

– J'en doute. Je suis sûr qu'ils ont scrupuleusement accompli vos dignes instructions et celles de votre complice.

– De toute façon, si cela peut vous soulager, sachez que la fille était déjà morte quand ils lui firent tout cela. Elle a à peine souffert.

Jaime Astarloa la regarda bouche bée, comme s'il n'en croyait pas ses oreilles.

– Je trouve cela très courtois de votre part, Adela de Otero. En supposant qu'il s'agisse là de votre véritable nom. Très courtois. Vous me dites que la malheureuse a à peine souffert ? Cela honore, assurément, votre sensibilité féminine.

– Je me réjouis de vous voir retrouver votre ironie, maître.

– Ne m'appelez pas maître, je vous prie. Vous auriez pu remarquer que je ne vous appelle pas madame.

Cette fois, elle rit franchement.

– *Touché* *, don Jaime. Touché, oui monsieur. Désirez-vous que je continue ou connaissez-vous déjà la suite et préférez-vous que nous réglions cette histoire ?

– J'aimerais savoir comment vous avez appris que le pauvre Cárceles...

– Ce fut très simple. Nous tenions les documents pour perdus ; évidemment, nous n'aurions jamais pensé à vous. Tout à coup, votre ami se présente à la maison du mien, sollicitant une entrevue urgente afin de discuter d'une affaire grave. Il fut reçu et exposa ses prétentions : certains docu-

* En français dans le texte.

ments étaient arrivés en sa possession et connaissant la haute position financière de l'intéressé, il réclamait une certaine somme en échange des papiers et de son silence...

Jaime Astarloa se passa une main sur le front, assourdi par le fracas de son monde qu'il entendait éclater en mille morceaux.

– Cárceles, lui aussi !

Ces mots s'échappèrent de sa bouche comme une plainte.

– Et pourquoi pas ? demanda-t-elle. Votre ami était un ambitieux et un misérable, comme n'importe qui. Il comptait sur ce commerce pour sortir définitivement de sa crasse, j'imagine.

– Il paraissait honnête, protesta don Jaime. Il était si radical... Si intransigeant... J'avais confiance en lui.

– Je crains que, pour un homme de votre âge, vous n'ayez fait confiance à trop de gens.

– Vous avez raison. J'ai aussi eu confiance en vous.

– Oh, allons. (Elle semblait irritée.) De tels sarcasmes ne nous mèneront nulle part. Vous n'êtes pas curieux d'en savoir plus ?

– Je suis curieux. Continuez.

– Alors voilà. Il se débarrassa de Cárceles avec quelques bonnes paroles et une heure plus tard, nos deux hommes se présentèrent chez lui pour récupérer le dossier. Convaincu... comme il se doit, votre ami finit par dire tout ce qu'il savait, y compris votre nom. C'est alors que vous êtes arrivé, et il faut reconnaître que vous nous avez tous mis dans un sacré pétrin. J'attendais plus loin, dans une voiture, et je les ai vus débouler comme s'ils avaient rencontré le diable. Savez-vous que si je n'avais pas été dans une situation dangereuse j'aurais bien ri de ce qui se passait ? Sans être un jeune homme je crois que vous leur avez donné du fil à retordre : vous avez cassé le nez de l'un et à l'autre vous avez infligé deux belles estafilades, au bras et à l'aine. Ils ont dit que vous vous étiez défendu comme Lucifer en personne.

Adela de Otero garda un moment le silence et reprit ensuite, intriguée :

– A présent, c'est à moi de vous poser une question... Pourquoi avez-vous mêlé ce malheureux à cela ?

– Je ne l'y ai pas mêlé. Je veux dire que je l'ai fait contre ma volonté. J'ai lu les documents mais je n'ai pu en déchiffrer le contenu.

– Vous voulez vous moquer de moi ? (La jeune femme semblait exprimer une surprise sincère.) Ne venez-vous pas de dire que vous aviez lu les documents ?

Le maître d'escrime acquiesça, confus.

– Je vous l'ai dit en effet, mais je n'y ai rien compris. Ces noms, les lettres et tout le reste avaient peu de sens pour moi. Je n'ai jamais éprouvé le moindre intérêt pour ces questions. En lisant, j'ai seulement pu comprendre que quelqu'un dénonçait d'autres personnes et qu'il s'agissait d'une affaire d'État. Mais j'ai eu recours à Cárceles précisément parce que je ne parvenais pas à découvrir le nom du responsable. Je me suis dit que lui, sans doute, le trouverait, car il se souvenait peut-être des faits auxquels on faisait référence ; mais il est parti avant que je ne rentre chez moi.

Adela de Otero s'avança un peu et la lumière éclaira de nouveau ses traits. Une petite ride soucieuse se dessinait entre ses sourcils.

– Je crains qu'il n'y ait ici un malentendu, don Jaime. Vous voulez dire que vous ignorez le nom de mon ami ?... De l'homme dont nous avons parlé durant tout ce temps ?

Jaime Astarloa haussa les épaules et ses yeux gris et francs soutinrent sans vaciller l'inspection à laquelle elle les soumettait.

– Je l'ignore.

La jeune femme pencha légèrement la tête et l'observa attentivement. Son esprit semblait fonctionner à toute vitesse.

– Mais vous avez dû lire la lettre, puisque vous l'avez sortie du dossier...

– Quelle lettre ?

– La principale, celle de Vallespín à Narváez. Celle où figure le nom de... Vous ne l'avez pas remise à la police ? Vous l'avez encore ?

– Je vous répète que je ne sais pas de quelle maudite lettre vous me parlez.

Cette fois, ce fut Adela de Otero qui s'assit face à don Jaime, tendue et méfiante. La cicatrice de sa bouche ne paraissait plus sourire ; elle s'était transformée en une grimace de désarroi. C'était la première fois que le maître d'escrime la voyait ainsi.

– Voyons, don Jaime. Voyons... Je suis venue ici cette nuit pour une raison bien concrète. Parmi les documents de Luis de Ayala, il y avait une lettre écrite par le ministre de l'Intérieur où il indiquait certains renseignements personnels concernant l'agent qui fournissait des informations sur les conspirations de Prim... Cette lettre, dont Luis de Ayala en personne a fait parvenir une copie conforme à mon ami quand il commença à le faire chanter, n'était pas dans le dossier que nous avons récupéré chez Cárceles. Alors c'est vous qui devez l'avoir.

– Je n'ai jamais vu cette lettre. Si je l'avais lue, j'aurais été tout droit chez ce criminel qui a tout manigancé et je lui aurais percé le cœur d'une estocade. Et le pauvre Cárceles serait encore en vie. J'espérais qu'il déduirait quelque chose de ces documents...

Adela de Otero fit un geste pour indiquer que Cárceles, en ce moment, lui importait comme une guigne.

– Il l'a déduit, déclara-t-elle. Même sans la lettre principale, n'importe qui un tant soit peu au courant des avatars politiques des deux dernières années aurait trouvé la chose limpide. On y mentionnait l'affaire des mines d'argent de Carthagène, ce qui mettait directement en cause mon ami. Il y était aussi question des suspects que la police devait surveiller, des gens de qualité parmi lesquels son nom apparaissait et disparaissait ensuite des listes de détenus... En résumé, toute une série d'indices qui, réunis, permettaient de découvrir sans trop de difficultés l'identité du confident de Vallespín et de Narváez. Si vous n'étiez pas un homme qui dédaigne le monde qui vous entoure, vous l'auriez trouvé facilement, comme n'importe qui.

La jeune femme se leva et fit quelques pas dans l'appartement, perdue dans ses pensées. Malgré l'horreur de la situation, Jaime Astarloa ne put s'empêcher d'admirer son sang-froid. Elle avait participé à l'assassinat de trois personnes, elle se présentait chez lui au risque de tomber aux mains de la police, elle lui avait rapporté en toute simplicité une histoire atroce, et maintenant elle se promenait tranquillement dans son cabinet, ignorant le revolver et l'épée qu'il avait posés sur la table, à portée de sa main, seulement préoccupée par le fait de savoir où se trouvait une malheureuse lettre... De quoi était faite cette femme qui se faisait appeler Adela de Otero ?

C'était absurde, mais le maître d'escrime se retrouva en train de réfléchir à l'endroit où pouvait bien se trouver la mystérieuse lettre. Que s'était-il passé ? Luis de Ayala n'avait-il pas eu totalement confiance en lui ? Il était, en tout cas, sûr d'une chose, il n'avait lu aucune...

Il resta très calme, sans respirer, la bouche entrouverte, tout en essayant de retenir un fragment de ce qui, un bref instant, avait traversé sa mémoire. Il y parvint avec un effort qui fit se crisper ses traits, jusqu'au moment où Adela de Otero se remit à le regarder, étonnée. C'était impossible. Il était complètement ridicule d'imaginer que cela se soit déroulé ainsi. C'était absurde ! Et pourtant.

– Que se passe-t-il, don Jaime ?

Il se leva très lentement, sans répondre. Il saisit le quinquet et resta quelques instants immobile en regardant autour de lui comme s'il s'éveillait d'un profond sommeil. Maintenant il parvenait à se souvenir. Il *parvenait* à se souvenir.

– Que vous arrive-t-il ?

La voix de la jeune femme venait à lui de très loin tandis que ses pensées se bousculaient. Après la mort de Luis de Ayala, quand il avait ouvert le dossier et avant de commencer sa lecture, il s'était vu contraint à y mettre un peu d'ordre. Il lui avait échappé des mains et les feuilles s'étaient éparpillées sur le sol. Cela s'était passé dans un coin du petit salon près de la commode de noyer. Mû par une subite inspiration, il passa près d'Adela de Otero et se pencha sous le meuble massif, introduisit une main entre les pieds de la commode et tâta le sol en dessous. Quand il se releva, ses doigts tenaient une feuille de papier. Il la regarda fixement.

– La voilà, murmura-t-il en agitant la lettre dans l'air. Elle était restée là pendant tout ce temps... Que je suis stupide !

Adela de Otero s'était approchée et fixait la lettre avec incrédulité.

– Vous voulez me faire croire que vous l'avez trouvée ici... ? Qu'elle est tombée là-dessous ?

Le maître d'escrime était aussi pâle que la cire.

– Grand Dieu..., murmura-t-il d'une voix à peine audible. Pauvre Cárceles ! Bien qu'on l'ait torturé il ne pouvait parler de ce qu'il ne connaissait pas. C'est pour cela qu'ils se sont ainsi acharnés sur lui.

Il posa le quinquet sur la commode et approcha la lettre de la lumière. Adela de Otero se tenait à ses côtés et regardait fascinée la feuille de papier.

– Je vous demande de ne pas la lire, don Jaime. (Il y avait un insolite mélange d'injonction et de prière dans son obscure intonation.) Donnez-la-moi sans la lire, s'il vous plaît. Mon ami croyait nécessaire de vous tuer vous aussi, mais je l'ai convaincu de me laisser venir seule. A présent, je me réjouis de l'avoir fait. Peut-être est-il encore temps...

Les yeux gris du vieil homme la regardèrent avec dureté.

– Le temps de quoi ? Le temps de redonner vie aux

morts ? Le temps de me faire croire à votre innocence virginale, ou en la bonté des sentiments de votre bienfaiteur... ? Allez au diable.

Il plissa les paupières tout en lisant à la flamme fumante du quinquet. En effet, là était la clé de tout.

A Son Excellence Monsieur don Ramón María Narváez, Président du Conseil

Mon général,

L'affaire dont nous avons parlé l'autre jour en privé se présente à nous sous un aspect inattendu et, à mon avis, prometteur. Dans l'affaire Prim est impliqué Bruno Cazorla Longo, fondé de pouvoir de la Banque d'Italie à Madrid. Ce nom ne vous est sans doute pas inconnu car ce monsieur a été l'associé de Salamanca dans l'affaire du chemin de fer du Nord. J'ai les preuves que Cazorla Longo a accordé de généreux prêts à de Reus avec lequel il entretient d'étroites relations depuis son luxueux cabinet de la place de Santa Ana. Durant un certain temps, j'ai fait étroitement surveiller notre oiseau et je crois que l'affaire est maintenant assez mûre pour que nous puissions y aller franchement. Nous avons entre les mains un scandale qui le mènerait à la ruine et, de plus, nous pouvons l'envoyer méditer un bon bout de temps sur ses erreurs dans quelque charmant endroit des Philippines ou de Fernando Poo, ce qui, pour un homme habitué au luxe comme il l'est, représenterait sans doute une expérience inoubliable.

Toutefois, en évoquant ce que nous avions dit l'autre jour sur la nécessité de recueillir plus d'informations sur ce que trame Prim, il m'est apparu que nous pourrions tirer grand parti de ce monsieur. De telle sorte que, après avoir sollicité une entrevue avec lui, je lui ai exposé la situation avec toute la subtilité possible. Comme il s'agit d'un homme très intelligent, et comme ses convictions libérales sont moins fortes que ses convictions commerciales, il a

fini par se montrer déterminé à nous rendre certains services. Au bout du compte, il comprend tout ce qu'il peut perdre si nous traitons d'une main de fer ses frasques révolutionnaires et, en bon banquier, le mot banqueroute l'épouvante. Il est donc disposé à coopérer avec nous, toutes les fois que cela pourra se faire avec discrétion. Il nous tiendra au courant de tous les mouvements de Prim et de ses agents auxquels il continuera à fournir des fonds, mais à partir de maintenant, nous saurons ponctuellement à qui ils appartiennent et à quoi ils servent.
Naturellement, il pose certaines conditions. La première est que rien de cela ne s'ébruite ni par votre intervention ni par la mienne. La seconde est une certaine compensation économique. A un homme comme lui, quelques sous ne suffisent pas, il exige donc la concession qui se décide à la fin du mois sur les mines d'argent de Murcia, qui l'intéresse beaucoup, de même que sa banque.
A mon avis, cette affaire sert le gouvernement et la couronne, car notre homme est on ne peut mieux avec Prim et son état-major, et l'Union libérale le considère comme l'un de ses plus solides piliers à Madrid.
L'affaire possède plusieurs aspects, mais ce n'est pas une chose qu'on peut traiter entièrement dans une lettre. J'ajouterai seulement que, à mon avis, Cazorla Longo est rusé et ambitieux. Avec lui nous aurions, à un prix raisonnable, un agent infiltré au cœur même de la conspiration.
Comme je n'estime pas prudent de mentionner ce sujet durant le Conseil de demain, il serait utile que V. E. et moi discutions en privé sur ce point.
Je prie Votre Excellence d'accepter mes respects,

Joaquín Vallespín Andreu
Madrid, le 4 novembre
(copie unique)

Jaime Astarloa acheva sa lecture et demeura silencieux tout en remuant lentement la tête.

– Alors c'était la clé de tout..., murmura-t-il finalement, d'un filet de voix à peine audible.

Adela de Otero le regardait, immobile, guettant ses réactions le sourcil froncé.

– C'était la clé, confirma-t-elle dans un soupir, comme si elle déplorait que le maître d'escrime fût parvenu à éclairer le dernier recoin du mystère. J'espère que vous êtes satisfait.

Le vieil homme regarda la jeune femme d'étrange façon, surpris de la trouver encore là.

– Satisfait ? (Il parut remuer le mot dans sa bouche et sa saveur ne lui plut guère.) La satisfaction est bien pitoyable qui se cache dans tout ceci... (Il leva la lettre en l'agitant doucement entre le pouce et l'index.) Et je suppose que maintenant vous allez me demander de vous rendre ce papier... Est-ce que je me trompe ?

La lumière du quinquet fit danser une étincelle dans les yeux de la jeune femme. Adela de Otero tendit une main.

– S'il vous plaît.

Jaime Astarloa la contempla longuement en admirant une nouvelle fois son aplomb. Elle se tenait là, dressée devant lui, dans la pénombre de la pièce, exigeant avec le plus parfait sang-froid qu'on lui remît la preuve écrite où figurait le nom du responsable de cette tragédie.

– Vous comptez peut-être me tuer moi aussi, si je n'accède pas à votre désir ?

Un sourire moqueur erra sur les lèvres d'Adela de Otero. Son regard était comme celui d'un serpent fascinant sa proie.

– Je ne suis pas venue pour vous tuer, don Jaime, mais pour parvenir à un arrangement. Personne n'estime votre mort nécessaire.

Le maître d'escrime leva un sourcil, comme si ces paroles le décevaient.

– On ne compte pas me tuer ? (Il parut méditer sérieusement la question.) Diantre, doña Adela. C'est très courtois de votre part.

La bouche de la jeune femme se tordit en un autre sourire, plus moqueur que mauvais. Don Jaime comprit qu'elle était en train de choisir soigneusement ses mots.

– J'ai besoin de cette lettre, maître.

– Je vous ai demandé de ne pas m'appeler, maître.

– J'en ai besoin. Je suis allée trop loin pour l'avoir, comme vous le savez.

– Je le sais. Je dirais même que je le sais parfaitement, j'en suis le vivant témoignage.

– Je vous le demande. Nous sommes encore dans les temps.

Le vieil homme la regarda avec ironie.

– C'est la deuxième fois que vous me dites que nous sommes dans les temps, mais je ne parviens pas à savoir le temps de quoi. (Il contempla le papier qu'il tenait à la main.) L'homme auquel fait allusion cet écrit est un parfait misérable ; un truand et un assassin. J'espère que vous n'êtes pas en train de me demander de participer au camouflage de ses crimes ; je n'ai pas l'habitude d'être insulté et encore moins à une heure aussi tardive... Vous savez une chose ?

– Non. Dites-la-moi.

– Au début, quand j'ignorais ce qui s'était passé, lorsque j'ai découvert votre... ce cadavre sur la table de marbre, j'ai décidé de venger la mort d'Adela de Otero. C'est pour cela qu'alors, je n'ai rien dit à la police.

Elle le regarda, pensive. Son sourire semblait s'être adouci.

– Je vous en sais gré. (Dans sa voix perça un lointain écho d'évidente sincérité.) Mais, comme vous le voyez, la vengeance n'est plus nécessaire.

– Vous croyez ? (Cette fois c'était au tour de don Jaime de sourire.) Vous vous méprenez sans doute. Il reste encore des gens à venger, Luis de Ayala, par exemple.

– C'était un viveur et un maître chanteur.

– Agapito Cárceles...

– Un pauvre diable. Sa cupidité l'a tué.

Les pupilles grises du maître d'escrime transpercèrent la jeune femme d'une infinie froideur.

– Cette pauvre fille, Lucia..., dit-il lentement. Elle aussi méritait de mourir ?

Pour la première fois, Adela de Otero évita le regard de don Jaime. Et quand elle parla, elle le fit avec la plus grande prudence.

– La mort de Lucia était inévitable. Je vous supplie de me croire.

– Évidemment. Votre parole me suffit.

– Je parle sérieusement.

– Mais bien sûr. Douter de vous serait une impardonnable félonie.

Un silence oppressant s'installa entre eux deux. Elle avait incliné la tête et paraissait abîmée dans la contemplation de ses mains croisées dans son giron. Les deux rubans noirs de son chapeau glissèrent sur son cou dénudé. Bien malgré lui, le maître d'escrime pensa que, même en tant qu'incarnation du diable, Adela de Otero continuait à être follement belle.

La jeune femme, au bout de quelques instants, leva la tête.

– Que pensez-vous faire de cette lettre ?

Jaime Astarloa haussa les épaules.

– J'hésite, répondit-il avec sincérité. Je ne sais pas si je dois aller directement à la police ou passer d'abord chez votre bienfaiteur et lui mettre une paume d'acier dans la gorge. Et ne me dites pas maintenant que vous avez une meilleure idée.

Le bas de la robe de soie froufrouta doucement en glissant sur le tapis. Elle s'était approchée et le maître put percevoir, tout près de lui, la fragrance de l'eau de rose.

– J'ai une meilleure idée. (La jeune femme le regardait à présent au fond des yeux, le menton levé dans une attitude de défi.) Une offre que vous ne pourrez pas repousser.

– Vous vous leurrez.

– Non. (Cette fois, sa voix était chaude et suave comme le ronronnement d'un beau félin.) Je ne me leurre pas. Il y a toujours quelque chose de caché quelque part... Tout homme a son prix. Et je peux payer le vôtre.

Devant les yeux médusés de don Jaime, Adela de Otero leva les mains et dégrafa le premier bouton de sa robe. Le maître d'escrime sentit sa gorge se dessécher soudain tandis qu'il contemplait, fasciné, les yeux violets qui soutenaient son regard. Elle fit sauter le deuxième bouton. Ses dents, blanches et parfaites, luisaient doucement dans la pénombre.

Il fit un effort pour s'éloigner mais il lui sembla que les yeux de la jeune femme le maintenaient sous hypnose. A la fin, il parvint à détourner le regard mais il resta pris dans la contemplation de ce cou dénudé, de la délicate courbe des clavicules, du voluptueux frémissement de la peau qui descendait en doux triangle entre la naissance des seins de la jeune femme.

La voix surgit à nouveau en un chuchotement intime :

– Je sais que vous m'aimez. Je l'ai toujours su, depuis le début. Peut-être que tout aurait été différent si...

Les mots se perdirent. Jaime Astarloa retenait sa respiration, il avait l'impression de flotter loin de la réalité. Il remarqua sur ses lèvres son souffle chaud ; la bouche charnue et désirable s'entrouvrait comme une blessure sanglante chargée de promesses. Elle délaçait maintenant les cordons de son corsage, les rubans blancs se dénouaient entre ses doigts. Alors, incapable de résister à la séduction de cet instant, le maître d'escrime eut l'impression que les mains de la jeune femme cherchaient l'une des siennes ; son contact fut presque comme une brûlure. Avec lenteur, Adela de Otero guida sa main et l'appuya sur ses seins nus. A cet endroit, sa chair palpitait, jeune et tiède, et don Jaime frémit en retrouvant une sensation presque oubliée, à laquelle il croyait avoir renoncé pour toujours.

Il gémit et ferma à demi les yeux, s'abandonnant à la douce langueur qui s'emparait de lui. Elle sourit tranquillement, avec une étrange tendresse, et lâchant sa main elle leva les bras pour ôter son chapeau. Ce faisant, elle releva légèrement le buste et le maître d'escrime approcha ses lèvres, très lentement, jusqu'à sentir la chaleur morbide de ses beaux seins dénudés.

Le monde se trouvait bien loin de là ; il n'était plus qu'une marée confuse, distante, qui battait faiblement le bord d'une plage déserte dont l'éloignement amortissait la rumeur. Rien n'existait hormis une vaste étendue claire et lumineuse, une absence totale de réalité, de remords, même de sensations... Absence telle qu'elle excluait jusqu'à la passion. L'unique vibration, monocorde et continue, était celle d'un gémissement d'abandon, un murmure de solitude contenu pendant longtemps, que le contact de cette peau faisait affleurer aux lèvres du vieux maître.

Soudain, quelque chose dans sa conscience endormie sembla crier, provenant du lieu reculé où elle demeurait, encore en alerte. Le signal mit quelques instants à se frayer un chemin jusqu'aux ressorts de sa volonté et cette impression de danger commençait à se faire jour en lui quand Jaime Astarloa leva la tête pour regarder le visage de la jeune femme. Alors il frissonna comme s'il avait reçu une décharge électrique. Ses mains étaient occupées à ôter son chapeau et ses yeux étincelaient comme des braises. Sa bouche se contractait en un rictus intense que la cicatrice de la commissure transformait en une grimace diabolique.

Les traits de la jeune femme étaient crispés par cette concentration inouïe gravée au fer rouge dans la mémoire du maître d'escrime : c'était le visage d'Adela de Otero quand elle s'apprêtait à tirer à fond pour effectuer une estocade violente et définitive.

Don Jaime fit un bond en arrière sans parvenir à réprimer un cri d'angoisse. Elle avait laissé choir son chapeau, sa main droite empoignait la longue épingle qui servait à l'agrafer dans ses cheveux et elle se disposait à la planter dans la nuque de l'homme qui, une seconde auparavant, se tenait penché devant elle. Le vieux maître recula en trébuchant contre les meubles de la pièce, il crut que son sang se glaçait dans ses veines. Paralysé par l'horreur, il la vit renverser la tête en arrière et partir d'un éclat de rire sinistre qui lui retourna les entrailles et se répercuta dans son cœur comme un glas.

– Pauvre maître... (Les mots sortaient lentement de la bouche de la jeune femme, dépourvus de toute intonation, comme s'ils étaient destinés à une tierce personne dont le sort lui était indifférent. Il n'y avait en eux ni haine ni mépris ; seulement une froide et sincère commisération.) Ingénu et crédule jusqu'au bout, n'est-ce pas ? Mon pauvre vieil ami !

Elle laissa échapper un autre rire et observa don Jaime avec curiosité. Elle paraissait désireuse de voir en détail l'expression altérée que l'épouvante plaquait sur le visage du maître d'escrime.

– De tous les personnages de ce drame, monsieur Astarloa, vous avez été le plus crédule ; le plus touchant mais aussi le plus pitoyable. (Les paroles semblaient s'écouler lentement dans le silence.) Tout le monde, les vivants comme les morts, s'est payé votre tête en toute conscience. Et vous, comme dans les mauvaises comédies, avec votre éthique éculée et vos désirs réprimés, interprétant le rôle du mari trompé, le dernier à comprendre... Mais regardez-vous, si vous le pouvez. Dénichez un miroir et dites-moi où vous ont mené tout votre orgueil, votre aplomb, votre certitude infatuée. Qui diable vous croyiez-vous donc ? Tout fut fort attendrissant, soit. Je peux, si vous le désirez, applaudir une fois de plus, mais la dernière, parce qu'il est l'heure de baisser le rideau. Vous avez besoin de repos.

Tandis qu'elle parlait, sans précipiter ses mouvements, Adela de Otero s'était retournée vers la petite table où se trouvaient le revolver et la canne-épée et elle s'empara de cette dernière après avoir laissé tomber sur le sol l'épingle de son chapeau, à présent inutile.

– En dépit de votre ingénuité, vous êtes un homme sensé, dit-elle tout en contemplant avec un œil de connaisseur la lame d'acier effilée, comme si elle en estimait les qualités. Aussi je crois sincèrement que vous vous rendez compte de la situation. Dans toute cette histoire, je n'ai rien fait d'autre que de tenir le rôle qui me fut assigné par le destin. Je vous assure que je n'y ai pas mis le moindre gramme de méchanceté qui ne fût nécessaire... Mais la vie est ainsi. Cette vie dont vous avez toujours essayé de rester en marge et qui aujourd'hui, cette nuit, surgit tout de go pour vous présenter la facture des péchés que vous n'avez pas commis. Saisissez-vous l'ironie de la situation ?

Elle s'était approchée sans cesser de parler, comme l'une de ces sirènes qui ensorcelaient de leurs chants les navigateurs pendant que le bateau se précipitait sur un récif. Elle tenait le quinquet d'une main et serrait l'épée de l'autre ; elle était face à lui, aussi inébranlable qu'une statue de glace, souriant comme si au lieu d'une menace il y avait eu dans son geste une aimable invitation à la paix et à l'oubli.

– Nous devons nous dire adieu, maître. Sans rancune.

Quand elle fit un pas en avant, prête à le frapper de l'épée, Jaime Astarloa vit à nouveau la mort dans ses yeux. A ce moment-là seulement, il sortit de sa stupeur, rassembla assez de présence d'esprit pour bondir en arrière et lui tourner le dos pour se précipiter vers la porte la plus proche.

Il se retrouva dans la salle d'armes plongée dans l'obscurité. Elle lui collait aux talons, la lumière du quinquet illuminait faiblement la pièce. Don Jaime regarda autour de lui, cherchant désespérément une arme pour affronter sa poursuivante, et il trouva seulement à portée de sa main la panoplie avec les fleurets de salon, portant tous une mouche à leurs pointes. Pensant que le pire était de se retrouver les mains nues, il s'empara de l'un d'eux; mais le contact de la poignée ne lui apporta qu'une faible consolation. Adela de Otero était déjà à la porte de la salle d'armes et les miroirs réfléchirent la lumière du quinquet quand elle se pencha pour le poser à terre.

– Un lieu tout indiqué pour résoudre notre affaire, maître, dit-elle à voix basse, rassurée de constater que le fleuret que don Jaime avait à la main était inoffensif. Je vais maintenant avoir l'occasion de vérifier le bénéfice que j'ai tiré de vos leçons. (Elle fit deux pas vers lui, avec un calme glacial, sans se préoccuper de ses seins nus sous sa robe entrouverte, et elle se mit en position de combat.) Luis de Ayala a éprouvé dans sa propre chair l'excellence de votre magnifique botte, celle des deux cents écus. A présent c'est à son créateur d'en faire l'expérience... Vous conviendrez avec moi que la chose ne manque pas de piquant.

Elle n'avait pas encore fini de parler qu'avec une effarante célérité elle lançait son poing en avant. Jaime Astarloa recula en parant en quarte, opposant la pointe arrondie de son arme à l'épée acérée. Les vieux mouvements familiers de l'escrime lui rendaient peu à peu son aplomb disparu, l'arrachaient à l'horrifiante stupeur sous l'emprise de laquelle il s'était trouvé l'instant d'avant. Il comprit immédiatement qu'avec son fleuret de salon il ne pouvait lancer aucune estocade. Il devait se contenter de parer autant d'attaques qu'il le pourrait en se maintenant toujours sur la défensive. Il se souvint qu'à l'autre extrémité de la salle se trouvait un râtelier d'armes fermé contenant une demi-douzaine de fleurets et de sabres de combat, mais son adversaire ne lui permettrait jamais d'arriver jusque-là. De toute façon, il n'aurait pas le temps de se retourner, de l'ouvrir et de se servir. Ou peut-être que si. Il résolut de battre en retraite jusqu'à cet endroit de la salle, et de se tenir dans l'attente d'une opportunité.

Adela de Otero eut l'air de deviner ses intentions et le coinça en l'acculant dans un angle de la pièce, couvert de deux miroirs. Don Jaime comprit son manège. Là, privé d'espace, incapable de reculer, il finirait inévitablement embroché.

Elle se lança à fond, le sourcil froncé et les lèvres serrées, presque réduites à une fine ligne, dans la nette intention d'atteindre les tierces de l'arme, en le forçant à se défendre avec la partie de l'arme la plus proche de la poignée, ce qui limitait beaucoup ses mouvements. Jaime Astarloa était à trois mètres du mur, et ne voulait pas reculer davantage, quand elle lui lança une demi-attaque sur le bras qui le plaça dans une situation très délicate. Il para, conscient de son incapacité à répondre comme il l'eût fait avec un fleuret de combat, et Adela de Otero effectua avec une extraordinaire légèreté le mouvement connu sous le nom de *torsion de poignet*, changeant l'orientation de sa pointe quand les deux lames se touchèrent, et la dirigeant vers le corps de son adversaire. Quelque chose de froid effleura la chemise du maître d'escrime, pénétrant dans son côté droit entre la peau et les côtes. Il sauta en arrière au même instant, les dents serrées pour étouffer l'exclamation de panique qui voulait à tout prix jaillir de sa gorge. Il était trop absurde de mourir ainsi, de cette manière, des mains d'une femme et dans sa propre maison. Il se mit à nouveau en garde, sentant le sang tiède empeser sa chemise, au-dessous de son aisselle.

Adela de Otero baissa son épée, s'arrêta pour inspirer profondément, et lui adressa une moue maligne.

– Ça n'était pas si mal, n'est-ce pas ? demanda-t-elle avec une lueur d'amusement dans les yeux. Passons maintenant à la botte des deux cents écus, si cela vous sied... En garde !

Les fers tintèrent. Le maître d'armes savait qu'il était impossible de parer l'estocade sans une pointe de fleuret qui menaçât l'adversaire. D'autre part, s'il concentrait tous ses efforts à couvrir toujours son haut pour faire face à ce type précis d'attaque, Adela de Otero pouvait en profiter pour lui lancer une estocade différente, basse, avec des résultats également mortels. Il se trouvait dans un cul-de-sac et il devinait la présence du mur dans son dos, très proche ; il pouvait apercevoir à la dérobée le miroir situé à sa gauche. Il décida que son unique recours était de tenter de désarmer la jeune femme ou de tirer continuellement au visage où il pouvait causer des dommages malgré la mouche de son fleuret.

Il opta pour la première possibilité, d'exécution plus facile, laissant le bras souple et le corps appuyé sur la hanche gauche. Il attendit qu'Adela de Otero engageât en quarte, il para, retourna sa main sur la pointe de l'épée et assena un coup sec avec toute la force de son fleuret sur la lame ennemie, pour constater, marri, que la jeune femme restait ferme. Il tira alors sans espoir une quarte sur le bras, menaçant le visage. Son coup fut un peu trop court et la mouche ne put s'approcher que de quelques pouces mais cela fut suffisant pour la faire reculer d'un pas.

– Allons, allons, commenta la jeune femme avec un malicieux sourire. Voilà que le gentilhomme prétend me défigurer... Il va falloir terminer rapidement dans ces conditions.

Elle fronça les sourcils et ses lèvres se contractèrent en une moue de joie sauvage alors que, se campant solidement sur ses jambes, elle lançait à don Jaime une fausse estocade qui obligea celui-ci à baisser son fleuret en quinte. Il comprit son erreur à la moitié du mouvement, avant qu'elle n'actionnât son poignet pour lancer le tir décisif, et il fut seulement capable d'opposer sa main gauche à la lame ennemie qui pointait déjà vers sa poitrine. Il l'écarta par une flanconade, tandis qu'il sentait la lame acérée de l'épée lui couper nettement la paume de la main. Elle retira immédiatement son arme, par crainte que le maître d'escrime ne l'agrippât afin de la lui arracher, et Jaime Astarloa contempla un instant ses doigts ensanglantés avant de se mettre en garde pour repousser l'attaque suivante.

Tout à coup, au beau milieu de ce geste, le maître d'escrime entrevit une fugace lueur d'espérance. Il avait tiré une nouvelle estocade menaçant le visage de la jeune femme qui obligea celle-ci à parer faiblement en quarte. Alors qu'il se mettait de nouveau en garde, Jaime Astarloa entendit avec la fulgurance de l'éclair son instinct lui chuchoter que là, durant un bref instant, il y avait eu un trou, un temps mort qui découvrait le visage d'Adela de Otero durant une seconde à peine. C'était son intuition, non ses yeux, qui avait capté pour la première fois ce point faible. Durant les moments qui suivirent, les remarquables réflexes professionnels du vieux maître d'armes se mirent en marche de façon automatique, avec la froide précision d'un mécanisme d'horlogerie. Oubliant l'imminence du péril, pleinement lucide après sa subite inspiration, conscient de ne disposer ni de temps ni de moyens pour la confirmer, il résolut de confier sa vie à sa qualité d'escrimeur vétéran. Et tandis qu'il recommençait pour la deuxième et dernière fois le mouvement, il lui restait encore suffisamment de sérénité pour comprendre que, s'il se trompait, il n'aurait plus jamais l'occasion de regretter son erreur.

Il respira profondément, répéta le tir de la même façon que la fois précédente et Adela de Otero, à ce moment, pour plus de sûreté, opposa une parade de quarte sur une position quelque peu forcée. Alors, au lieu de se mettre tout de suite en garde, comme c'était prévisible, don Jaime simula le mouvement tout en doublant son estocade dans le même geste et, lançant son arme vers le haut du bras de la jeune femme, il l'obligea à reculer la tête et les épaules tandis qu'il dirigeait la pointe mouchetée plus haut encore. La lame glissa doucement sans rencontrer d'obstacle et la mouche de métal qui garnissait l'extrémité du fleuret pénétra dans l'œil droit d'Adela de Otero et s'enfonça jusqu'au cerveau.

Quarte. Parade de quarte. Doubler en quarte sur le bras. A fond.

Le jour se levait. Les premiers rayons du soleil filtraient à travers les fentes des persiennes fermées et leur tracé lumineux se multipliait jusqu'à l'infini dans les miroirs de la salle d'armes.

Tierce. Parade de tierce. Tirer en tierce sur le bras.

Sur les murs, il y avait de vieilles panoplies où dormaient du sommeil éternel des fers rouillés, condamnés au silence. La douce clarté dorée qui illuminait la salle ne parvenait pas à arracher des reflets à ces vieilles garnitures couvertes de poussière, obscurcies par le temps, qu'ébréchaient d'antiques cicatrices métalliques.

Quarte à fond. Parade en demi-cercle. Tirer en quarte.

Quelques diplômes jaunis pendaient au mur, dans leurs cadres de guingois. L'encre s'effaçait, le cours des ans l'avait transformée en de pâles tracés, à peine lisibles sur les parchemins. Des hommes morts depuis très longtemps les avaient signés et ils étaient datés de Rome, Paris, Vienne, Saint-Pétersbourg.

Quarte. Épaules et tête en arrière. Quarte basse.

Traînait sur le sol une épée abandonnée, au manche d'argent très poli, usé par l'usage, sur le pommeau de laquelle serpentaient de fines arabesques près d'une devise finement ciselée : *A moi.*

Quarte sur le bras. Parade de prime. A fond en seconde.

Sur un tapis décoloré, un quinquet brûlait à peine, sans flamme et sa mèche calcinée crépitait en fumant. Près de lui était étendu le corps d'une femme qui avait été belle. Elle portait une robe de soie noire et sous sa nuque immobile, près des cheveux retenus par une barrette de nacre en forme de tête d'aigle, une flaque de sang imprégnait les bords du tapis. Le reflet d'un fin rayon de lumière lui donnait de doux éclats rougeâtres.

Quarte à l'intérieur. Parade de quarte. Tirer en prime.

Dans un recoin obscur de la salle, sur un vieux guéridon de noyer, luisait un délicat vase de cristal taillé, d'où s'inclinait la tige flétrie d'une rose. Ses pétales secs étaient éparpillés sur la surface de la table, fripés et pathétiques, composant un minuscule tableau d'une décadente mélancolie.

Seconde à l'extérieur du bras. L'adversaire pare en octave. Tirer en tierce.

De la rue montait une rumeur lointaine, semblable aux assauts d'une tempête sur la mer quand l'écume se fracasse avec furie contre les rochers. A travers les persiennes, on entendait, atténuées, des voix en clameur qui, dans l'allégresse, faisaient fête à ce nouveau jour qui leur apportait la liberté. Un auditeur attentif eût perçu la signification de ces cris; ils parlaient d'une reine qui partait en exil et d'hommes justes qui venaient de loin avec leurs malles bosselées remplies d'espérance.

Seconde à l'extérieur. Parade en octave. Tirer en quarte sur le bras.

Étranger à tout cela, dans cette salle d'armes où le temps avait suspendu son cours et demeurant aussi calme et immuable que les objets contenus dans son silence, se trouvait un vieil homme debout face à un grand miroir. Il était délicat et tranquille, le nez légèrement aquilin, le front dégagé, les cheveux blancs et la moustache grise. En manches de chemise, il ne semblait pas gêné par la grande tache brunâtre de sang séché qu'il avait au côté. Son port était digne et altier; dans la main droite, il tenait avec une élégante désinvolture un fleuret à poignée italienne. Ses jambes étaient un peu fléchies et il levait le bras gauche en angle droit sur l'épaule, laissant pendre sa main en avant dans le style épuré d'un vieil escrimeur, sans prêter attention à la profonde coupure qui lui traversait la paume. Il se mesura silencieusement à son propre reflet, concentré sur les mouvements qu'il exécutait, tandis que ses lèvres pâles semblaient les énumérer sans qu'en jaillît le moindre mot, répétant les séquences une fois puis une autre avec une précision méthodique. Absorbé, il tentait de se rappeler, de fixer dans son esprit qui flottait bien au-delà de la fureur du monde, tous les mouvements qui, enchaînés avec une rigueur absolue, une certitude mathématique, conduisaient, à présent il le savait enfin, à la botte la plus parfaite qui eût jamais surgi d'un cerveau humain.

La Navata, juillet 1985.

Table

RÉALISATION : PAO ÉDITIONS DU SEUIL
IMPRESSION : S. N. FIRMIN-DIDOT AU MESNIL-SUR-L'ESTRÉE
DÉPÔT LÉGAL : AVRIL 1994. N° 20896 (26655)